KB260907

3막의 비극

Three-Act Tragedy

애거서 크리스티 추리 문학 10

3막의 비극

유명우 옮김

해문

■ 옮긴이 유명우

호남대학 영문과 교수, 한국추리작가 협회 총무 이사
《오리엔트 특급살인》, 《죽음과의 약속》, 《ABC 살인사건》,
《애크로이드 살인사건》 외 다수

3막의 비극

초판 발행일	1985년 09월 15일
중판 발행일	2008년 11월 30일
지은이	애거서 크리스티
옮긴이	유 명 우
펴낸이	이 경 선
펴낸곳	해문출판사
주 소	서울시 마포구 합정동 392-2 써니힐 202호
TEL/FAX	325-4721~2 / 325-4725
홈페이지	http://www.agathachristie.co.kr
출판등록	1978년 1월 28일 (제3-82호)
가격	6,000원
ISBN	978-89-382-0210-9 04840
	978-89-382-0200-0(세트)

●등 장 인 물●

찰스 카트라이트 경— 런던 무대에서 뛰어난 활약을 하다가 은퇴한 중년배우. 수려한 용모와 부드러운 태도 때문에 여자들에게 많은 호감을 받는다.

새터드웨이트— 찰스 경의 친구. 상류층 사교계에 발이 넓으며, 사람들을 판단하는 눈이 놀라울 정도로 날카롭다.

비솔로뮤 스트레인지 경— 찰스 경의 친구. 유명한 신경과 전문의.

안젤라 서트클리프— 나이 든 유명한 여배우.

스티븐 배빙턴— 친절하고 소박한 늙은 목사.

마거릿 배빙턴— 배빙턴 목사의 부인.

프레디 데이크리스— 생활이 방탕하고 경마에 관심이 많은 제대한 대위.

신시어 데이크리스— 데이크리스 대위의 부인. 의상실을 경영하며, 성격이 까다롭다.

메리 리튼 고어— 에그의 어머니. 새터드웨이트와 가깝게 지낸다.

에그 리튼 고어— 찰스 경에게 각별한 마음을 가진 활기 있고 매력적인 처녀. 본명은 허미온.

바이올렛 밀레이— 찰스 경의 비서. 키가 크고 못생긴 노처녀. 하지만, 자기가 맡은 일은 빈틈없이 해내는 똑똑하고 도덕적인 여자.

앤서니 애스터— 안경 너머로 사람을 뚫어지게 바라보는 습관이 있는 여류 희곡작가. 본명은 무리엘 윌스.

올리버 맨더스— 에그에게 관심을 둔 잘생긴 젊은이. 언제나 우울한 표정을 짓고 있다.

에르큘 포와로— 벨기에인 사립탐정. 찰스 경이 여는 파티에 참석했다가 우연히 사건에 끼어들게 된다.

차 례

차   례

제1막 사건
제1장

새터드웨이트는 크로스 네스트(돛대 위의 망대라는 뜻)의 테라스에 앉아서 이집 주인인 찰스 카트라이트 경이 바다 쪽에서 걸어 올라오는 것을 지켜보고 있었다. 크로스 네스트는 초현대식 방갈로였다. 여기에는 건축가가 흔히 생각하게 되는 대들보나 박공벽 같은 것들이 전혀 없었다. 새하얀 색에다가 꽤나 튼튼했으며, 보기보다는 훨씬 큰 건물이었다. 이 건물이 크로스 네스트라고 이름이 붙여진 까닭은 루마우드 항구를 굽어보는 곳에 세워져 있기 때문이다. 크로스 네스트는 마을에서 약 1마일 가량 떨어져 있다. 바다 쪽으로 나 있는 꼬부랑길을 찰스 카트라이트 경이 걸어 올라오고 있는 중이었다.

찰스 경은 잘생긴 중년에다가 햇볕에 그을린 피부를 가지고 있었다. 그는 낡은 회색 플란넬 바지와 흰색 스웨터를 입고 있었다. 그는 반쯤 주먹을 쥔 손을 흔들면서 느긋하게 걸어오고 있었다.

십중팔구 사람들은 이렇게 말할 것이다.

"제대한 해군이 분명해."

하지만 그를 좀더 면밀히 살펴본 사람들은 경솔하게 이와 같이 말하지는 않을 것이다.

그 사람들의 눈앞에는 이런 광경이 떠오를 것이다. 어떤 배의 갑판—진짜 배는 아니고, 일부분은 무대용 커튼으로 가려진 갑판 위에 찰스 카트라이트가 반쯤 주먹을 쥔 채로 불빛을 받으면서 서 있는 그러한 광경 말이다. 그리고 세련되고 맑은 영국 선원의 목소리도 함께 듣게 될 것이다.

찰스 카트라이트가 말한다.

"아니오, 그 질문에는 대답할 수가 없습니다."

그리고 육중한 커튼이 내려오게 되고, 오케스트라가 요란하게 울리기 시작하면 아가씨들은 깊이 머리를 숙여 인사하면서 말한다.

"초콜릿? 레모네이드?"

이렇게 해서 밴스톤 사령관 역을 맡은 찰스 카트라이트가 등장하는 '바다의 함성'의 제1막이 끝나게 되는 것이다.

아래를 굽어보면서 새터드웨이트는 미소를 지었다. 새터드웨이트는 예술과 연극의 후원자로서, 사교계에서 중요하다고 여겨지는 집안의 파티에는 한 번도 빠지지 않고 꼬박꼬박 참석하곤 했다. 즉, 그의 이름은 큰 파티가 있을 때마다 언제나 손님들의 명단에서 빠지지 않았던 것이다. 그는 사람들에 대해 놀라운 판단력을 가지고 있었다.

그는 머리를 흔들면서 중얼거렸다.

"그걸 생각해서는 안 돼. 아냐, 정말로 그걸 생각해선 안 되지."

테라스에 발걸음 소리가 들리자, 그는 고개를 돌려서 쳐다보았다. 반백의 중년 남자가 의자를 당겨서 앉았다. 그의 날카로우면서도 친절한 얼굴에는 직업으로 인한 인상이 뚜렷하게 박혀 있었다. 그는 의사였다. 바솔로뮤, 즉 바솔로뮤 스트레인지 경은 의사로서 대단히 성공한 인물이다. 그는 신경계통 분야에서 명성을 떨치고 있었으며, 그 덕분에 최근에는 작위까지 받았다.

그는 새터드웨이트 옆으로 의자를 바싹 갖다 대면서 말을 건넸다.

"도대체 뭘 생각하지 않겠다는 거죠? 한번 이야기나 들어봅시다."

미소를 지으면서 새터드웨이트는 황급히 올라오는 사람을 가리켰다.

"찰스 경이 이토록 오랫동안 은둔 생활을 하리라고는 생각할 수 없다는 뜻이오."

"나도 맹세하지만, 이 생활이 결코 오래 가지는 못할 겁니다!"

그렇게 말하면서 의사는 고개를 뒤로 젖히고 웃음을 터뜨렸다.

"나는 찰스를 어릴 때부터 알고 지내왔지요. 우리는 옥스퍼드 대학에서도 함께 지냈습니다. 그는 언제나 무대 위에서보다도 실생활에서 더욱 뛰어난 연기자였신 찰스는 언제나 연기를 하거든요. 자신도 어쩔 수가 없는 거죠. 제2의 천성이니까. 그가 이곳에 온 것은 일종의 역할 변화라고도 할 수 있을 겁니다. 2년 전, 그는 무대생활을 청산하고 시골 생활을 즐기고 싶다면서 이곳으로 내려와 이 집을 지었지요. 그런데 시골 오두막집이라는 생각으로 지은 이 집을 보세요. 세 개의 욕실에다가 온통 초현대적인 시설들뿐이니 말입니다! 새터드웨이트 씨, 나도 당신과 생각이 같아요. 결코 오래 가지 못할 겁니다. 아무튼 찰스도 인간이니까요. 자신의 관객을 필요로 할 겁니다. 2, 3명의 퇴역 해군 장교들, 늙은 아낙네들, 그리고 목사. 기껏 이 정도뿐이라면 생활이 단조로울 수밖에 없으니 '그의 바다에 대한 사랑'은 기껏해야 6개월도 제대로 못 갈 겁니다. 그런 다음에는 그는 이 역할에 싫증을 느끼게 될 테고, 결국에는 몬테카를로 같은 곳을 찾게 될 테지요. 그 사람은 변덕스럽소 찰스 말이오."

의사는 말을 끝냈다. 무척이나 길게 이야기했던 것이다. 하지만 아래쪽에서 올라오는 친구를 쳐다보는 그의 눈길에는 애정과 함께 유쾌한 기색이 곁들여져 있었다.

바솔로뮤 경이 다시 말을 이었다.

"하지만 우리가 잘못 생각하고 있는지도 모르지요. 이런 단조로운 생활이 어쩌면 더 매력적일지도 모르니까……"

새터드웨이트가 한마디 했다.

"연기 생활을 하는 사람들은 가끔씩 다른 사람들에게서 오해를 받게 되는 법이죠. 다른 사람들이 그의 마음을 진심으로 받아들이지 않으니까요."

의사는 고개를 끄덕이고는 생각에 잠긴 채 대답했다.

"예, 맞는 말이죠."

찰스 카트라이트가 유쾌하게 외치면서 계단을 뛰어올라 왔다.

"미라벨을 타지 그랬어, 새터드웨이트. 정말 멋졌다고"

새터드웨이트는 설레설레 고개를 저었다.

그는 영국 해협을 건널 때도 뱃멀미 때문에 무진 애를 써야만 했다. 그날 아침, 그는 침실의 창문을 통해 미라벨을 쳐다보았다. 바람이 무척 거세게 불고 있었기 때문에 그는 거기 올라타지 않고 육지에 남아 있는 게 참으로 다행스럽게 여겨졌던 것이다.

찰스 경은 음료수를 가져오라고 시키고는 친구에게 말했다.

"자네도 와야 했어, 톨리. 할리가에 앉아서 환자들에게 바닷가로 요양 가는 것이 좋다는 둥, 그런 이야기나 하면서 지낼 수는 없지 않은가?”

바솔로뮤 경이 말했다.

“그게 의사의 특권이지. 말로는 그러면서도 막상 자기 자신은 그렇게 하지 못하는 것 말일세.”

찰스 경이 웃음을 터뜨렸다. 그는 무의식적으로 여전히 해군 장교 배역을 연기하고 있었다, 호탕하고 용맹한 배역을. 그는 대단히 수려한 용모를 지니고 있었다. 균형 잡힌 몸매에다가 유머러스한 얼굴. 게다가 관자놀이 부근에서 물결치는 회색 머리카락이 그의 개성을 한층 돋보이게 해주고 있었다. 그는 첫 번째로 신사처럼 보였고, 두 번째로는 배우처럼 보였다.

의사가 물었다.

“자네, 혼자 갔었나?”

찰스 경은 어여쁜 하녀가 가져다 준 잔을 들면서 말했다.

“아니, 비서가 한 명 있었지. 정확하게 말해서, 에그라는 처녀 말일세.”

그의 목소리에는 왠지 모르지만, 새터드웨이트로 하여금 날카롭게 쳐다보게 만드는 수줍은 기색이 숨어 있었다.

“리튼 고어 양? 그 아가씨가 항해에 대해 아는 거라도 있나?”

찰스 경은 약간 서글픈 미소를 지었다.

“그녀는 날 어쩔 수 없는 육지 사람으로 느끼도록 했다네. 하지만 나는 그녀에게 감사하고 있네.”

여러 가지 생각이 새터드웨이트의 머릿속을 스쳐갔다.

‘그렇다면 혹시, 에그 리튼 고어……, 어쩌면 그 때문에 이 사람이 이곳에 싫증을 안 느끼는 것인지도 모르지. 그 여자는 아주 매력적이니까 말이야.’

찰스 경이 계속 말을 이었다.

“바다……! 그만한 게 없다네. 태양과 바람, 그리고 바다. 게다가 소박한 오두막집.”

그렇게 말하면서 그는 뒤편에 서 있는 초현대식 시설의 하얀색 건물을 흐뭇한 눈길로 쳐다보았다.

찰스 경의 소박한 생활이라는 표현은 아무리 생각해도 다소 과장된 것임이 분명하다. 이때, 키가 크고 지독히도 못생긴 여자가 현관에서 나오더니 그들 쪽으로 다가왔다.

"안녕, 밀레이 양."

"안녕하세요, 찰스 경, 안녕하세요."

그녀는 다른 두 사람 쪽을 향해서 살짝 고개를 숙였다.

"저녁식사 메뉴를 가져왔습니다. 혹시 마음에 안 드신다면, 얼마든지 바꿀 수 있답니다."

찰스 경은 메뉴를 건네받고서 중얼거렸다.

"흠, 멜론 칸타롤페, 보르시치 수프, 뇌조, 수플레 서프라이즈, 카나페 다이안……, 아주 좋아요, 밀레이 양. 사람들은 모두 4시 30분 열차로 올 거요."

"이미 홀게이트에게 말해두었습니다. 그런데, 찰스 경, 혹시 실례가 안 된다면, 오늘밤만큼은 주인님과 함께 식사하고 싶은데요."

찰스 경은 깜짝 놀란 듯했지만 상냥하게 말했다.

"물론, 나는 괜찮소, 밀레이 양. 하지만, 저……."

밀레이 양은 침착하게 설명했다.

"그렇게 하지 않으면 식탁에 앉는 사람들이 13명이 되거든요. 보통 사람들은 대단히 미신적인 데가 있는 법이랍니다."

그녀의 말투로 미루어 봐서 밀레이 양 자신은 13명이 되는 식탁에 앉는 걸 조금도 꺼리지 않는 것 같았다.

그녀는 계속해서 말했다.

"모든 게 다 준비된 것 같군요. 홀게이트로 하여금 메리 부인과 배빙턴 씨 부부를 모셔오라고 말했습니다. 괜찮겠지요?"

"물론. 당신더러 그렇게 해달라고 말할 작정이었소."

약간 우쭐하는 미소가 밀레이 양의 못생긴 얼굴에 번졌다. 그녀가 물러갔다.

찰스 경이 한마디 했다.

"저 여자는 아주 대단하네. 나는 언제 저 여자가 내 이를 닦아 주겠다고 하지나 않을까 몹시 걱정한다네."

스트레인지가 말했다.

"대단히 똑똑한 여자로군."

찰스 경이 말했다.

"저 여자는 나와 6년간 함께 지냈다네. 처음엔 런던에서 내 비서로, 그리고 지금은 이곳에서. 정말 저 여잔 아무도 못 당할 만큼 똑똑하다네. 마치 이 집을 시계처럼 이끌어 나가지. 그런데 이제 와서 떠나겠다는 거야."

"왜?"

찰스 경은 미심쩍다는 투로 코를 매만지면서 말했다.

"그 여자 말로는 병든 어머니가 있다더군. 하지만 솔직히 말해서 난 그 말을 믿지 않네. 저런 여자는 어머니가 없는 법이거든. 발전기에서 자연발생적으로 생겼을 거야. 아니, 그밖에도 얼마든지 다른 방법이 있지."

비솔로뮤가 짓궂게 말했다.

"그럴듯하군. 사람들이 이야기할 만해."

배우가 빤히 쳐다보았다.

"이야기하다니? 도대체 무슨 이야기를 한다는 거지?"

"여보게 찰스, 이야기한다는 게 무슨 뜻인지는 자네도 알고 있을 텐데."

"설마 저 여자와 나에 대해 떠든다는 건 아니겠지? 저런 얼굴과 말이야? 게다가 저렇게 나이 든 여자와?"

"그 여잔 그래도 쉰 살은 안 된 것 같던데."

"그럴 테지."

찰스 경은 그 문제에 대해 곰곰이 생각하는 눈치였다.

"하지만, 톨리, 자네도 그 여자의 얼굴을 봤을 테지? 눈이 두 개에다가 코가 하나, 그리고 입이 하나 있지만, 그걸 정말 얼굴이라고 부를 수 있겠는가? 더구나 여자의 얼굴인데 말이야. 아무리 남의 이야기하길 좋아하는 사람들이라도, 저런 얼굴을 가진 여자와의 스캔들을 생각하지는 못할 걸세."

"자네는 영국 노처녀의 상상력을 과소평가하는군."

찰스 경은 고개를 저었다.

"믿을 수가 없어. 물론 밀레이 양에게는 유별난 미덕이 있지. 그 여자는 대단히 똑똑하고 도덕적인 여자야. 하지만 언제나 나는 비서를 뽑을 때 아주 못

생긴 여자를 고르거든."

"현명하군."

찰스 경은 잠깐 동안 깊은 생각에 빠져 있었다.

그를 생각 밖으로 이끌어내기 위해 바솔로뮤 경이 물었다.

"오늘 오후에 누가 올 건가?"

"흠, 우선 앤지가 오지."

"안젤라 서트클리프 말인가? 그것참 잘됐군."

새터드웨이트는 파티에 참석하는 사람들이 누굴까 하고 흥미있게 귀를 기울였다. 안젤라 서트클리프는 유명한 여배우였다. 꽤 나이가 들었지만, 여전히 대중에게서 사랑을 받고 있었다. 그녀는 때때로 엘렌 테리에 버금간다고 추켜세워지기도 했다.

"그리고 데이크리스 씨 부부가 있고."

또다시 새터드웨이트가 고개를 끄덕였다.

데이크리스 부인은 앰브로신이라는 의상실을 하고 있었는데, 대단한 성공을 거두었다. 연극 프로그램에 보면, '제1막에서 블랭크 양이 입은 의상은 앰브로신 의상실에서 제공한 것'이라는 글귀가 실리곤 했다. 그녀의 남편인 데이크리스 대위는 경마에 관한 한은 대단한 인물이었다. 그는 수많은 시간을 경마장에서 보내곤 했다. 그들 부부 사이에는 불화가 있다는 소문이 있다. 사실 여부는 정확히 알 수 없었으나, 아무튼 그런 소문이 만발하고 있었다. 공공연하게 떠들지는 않았지만, 사람들은 프레디 데이크리스의 이야기만 나오면 눈을 찡긋해 보이곤 했다.

"그리고 앤서니 애스터가 있네. 희곡작가지."

새터드웨이트가 말했다.

"그렇지. 그 여자는 '일방통행'이라는 작품을 썼지. 나도 그걸 두 번이나 보았다네. 무척 성공한 작품이었어."

그는 앤서니 애스터가 여자라는 사실을 알고 있다는 게 무척이나 자랑스럽다는 태도였다.

찰스 경이 말했다.

"맞아. 그 여자의 진짜 이름이 뭐였더라……, 그래, 윌스일 거야. 그녀를 딱 한 번 만나본 적이 있었지. 그때 그녀더러 안젤라를 기쁘게 해달라고 부탁했었네. 그런데 이제 내 집에서 여는 파티에 그녀가 오게 될 거란 말일세."

의사가 물었다.

"그리고 이 지방 사람들도?"

"오, 그렇지! 배빙턴 씨 부부가 있지. 그 사람은 목사인데, 아주 좋은 사람이라네. 목사 티를 지나치게 내지도 않거든. 그 부인도 아주 좋은 여자지. 그 부인이 내게 정원 손질하는 법을 가르쳐 주고 있다네. 그리고 메리 부인과 에그가 올 걸세. 그게 다야……. 아, 그렇지, 맨더스라는 젊은이가 한 명 오기로 되어 있지. 그는 신문기자라든가 뭐 그런 사람일세. 잘생긴 젊은이지. 이 사람들이 파티에 참석하는 사람들이라네."

새터드웨이트는 천성적으로 계산을 즐기는 사람이었다. 그는 머릿수를 세어 보았다.

"서트클리프 양, 하나. 데이크리스 부부, 셋. 앤서니 애스터, 넷. 메리 부인과 딸, 여섯. 목사와 그 부인, 여덟. 젊은이, 아홉. 우리들, 열둘. 그런데 자네 아니면 밀레이 양이 잘못 계산한 것 같군."

찰스 경이 장담했다.

"밀레이 양이 잘못 계산했을 리가 없네. 그 여자는 결코 실수하는 법이 없거든. 자, 다시 생각해보세. 그래, 자네 말이 맞네. 내가 손님 한 명을 빠뜨리고 말았군. 깜박 잊어버렸어."

그는 낄낄거리며 웃었다.

"그다지 반가운 손님은 아니라네. 그 사람은 내가 본 중에서 가장 자만심이 강하지."

새터드웨이트의 눈이 반짝였다. 그는 여태껏 이 세상에서 가장 허영심이 많은 사람은 배우라고 생각해왔던 것이다. 그런 생각에는 찰스 카트라이트 경도 포함되어 있었다. 그래서 그에게는 자기 자신을 파악하지 못하고 다른 사람더러 그렇게 말하는 찰스 경의 태도가 재미있게 느껴진 것이다.

"그 에고이스트는 도대체 누군가?"

찰스 경이 말했다.

"거지같은 사람이야. 하지만 축복받은 거라고나 할까. 자네도 그 사람에 대해 들은 적이 있을 걸세. 에르퀼 포와로라는 벨기에 사람이지."

새터드웨이트가 말했다.

"탐정이군. 그 사람을 만나본 적이 있네. 상당히 특이한 사람이더군."

찰스 경이 한마디 했다.

"괴짜야."

바솔로뮤 경이 말했다.

"난 그 사람을 만나본 적이 없는걸. 하지만 들은 이야기는 아주 많지. 얼마 전에 은퇴했다고 하던데? 내가 들은 이야기가 터무니없는 소문일지도 모르지만. 어쨌거나, 찰스, 이번 주말에는 범죄가 생기지 않았으면 좋겠네."

"왜? 이 집에 탐정이 올 거라서? 괜히 미리부터 쓸데없는 생각을 하는 게 아닐까, 톨리?"

"글쎄, 어쨌거나 그건 내 지론이거든."

새터드웨이트가 물었다.

"당신의 지론이란 도대체 어떤 겁니까?"

"사건이 사람들에게 다가오는 것이지, 사람이 사건에 다가가는 게 아니란 겁니다. 왜 어떤 사람들은 손에 땀을 쥐게 하는 인생을 사는데, 또 어떤 사람들은 따분한 인생을 사는 걸까? 그들의 환경 때문일까? 천만에, 어떤 사람은 지구의 끝까지 여행하더라도 아무런 사고도 안 당하지요. 그가 도착하기 바로 1주 전에 대학살이 있었을 거고, 그가 떠난 다음날 지진이 생기고, 하마터면 탈 뻔했던 배가 난파될 수도 있지요. 그런데 이와는 반대되는 사람이 있다고 가정해봅시다. 그는 밸헴에 살면서 매일 아침 그 시내만 왔다 갔다 할 뿐이지. 그런데도 그에게 사고가 생길 수가 있답니다. 그는 갱단이나 아름다운 여인들, 아니면 노상강도 등에게 당할 수 있지요. 또 어떤 사람들은 아주 평온한 호수를 건너다가도 배가 뒤집혀서 목숨을 잃는 경우도 있잖습니까? 이와 마찬가지로, 에르퀼 포와로의 경우에도 그가 범죄를 찾아다니는 게 아니라, 범죄가 그에게 다가오는 거란 말이지요."

새터드웨이트가 말했다.

"그렇다면, 역시 밀레이 양이 말한 대로 13명이 앉지 않는 게 좋을지도 모르겠군."

찰스 경이 쾌활하게 말했다.

"좋아, 자네가 그토록 살인사건을 보고 싶다면 그렇게 하게나. 하지만 한 가지 장담하건대, 나는 송장은 되지 않겠다 이 말씀이야."

그들 세 사람은 껄껄거리고 웃으면서 집 안으로 들어갔다.

새터드웨이트는 주로 사람들에게 관심을 쏟았다. 그는 대체로 남자들보다는 여자들에게 더욱 흥미를 느꼈다. 남자치고 그는 여자에 대해 지나칠 정도로 많이 알고 있었다. 그의 성격에는 여자들의 마음을 꿰뚫어볼 수 있게 해주는 여성적인 감각이 있었다. 여자들은 항상 그에게 비밀을 털어놓곤 했지만, 그들은 정작 그를 대수롭지 않게 여기고 있었다. 가끔 그는 그런 것 때문에 씁쓸한 기분을 느끼곤 했다. 그는 언제나 자신이 직접 연기하지 못하고, 다른 사람들의 연기나 지켜봐야 하는 관객의 신세라고 느꼈다. 하지만 사실 관객의 역할이 그에게는 어울렸다.

이날 저녁, 마치 선실을 연상케 하는 테라스로 통해 있는 커다란 방에서 그는 신시어 데이크리스의 염색한 머리에 흥미를 느끼고 있었다. 그 머리 색깔은 새로이 유행하는 색이었다(파리에서 직수입된 것일 거라고 그는 생각했다). 초록빛이 감도는 갈색이었다.

데이크리스 부인의 생긴 모습을 정확히 말하기란 참으로 어려웠다. 그녀는 키가 컸으며, 길쭉한 손가락을 가지고 있었다. 그녀의 목과 팔은 햇볕에 그을려 있었다. 일부러 그렇게 만든 것인지, 아니면 자연히 그렇게 된 건지는 모르겠지만……. 그 염색 머리는 런던 최고의 미용사가 아니면 하기 힘들 정도로 멋지게 말려 있었다. 그녀의 잘 손질된 눈썹, 진하게 화장을 한 얼굴, 그리고 자연스럽게 곡선을 이루도록 립스틱을 바른 입술 등은 독특한 담청색 이브닝 가운과 썩 잘 어울렸다.

새터드웨이트가 그녀에게서 시선을 떼지 않은 채로 중얼거렸다.

"아주 똑똑한 여자로군. 실제 모습이 어떨지 참으로 궁금한데."

하지만 이 말은 다른 사람들에게 들리지는 않았다.

그때 그녀의 말이 가까이서 들려왔다.

"그건 불가능했다고요. 아니, 제 말은, 가능한 일이 있고 그렇지 않은 것도 있는 법인데, 그건 그렇지 않다는 뜻이에요."

찰스 경은 칵테일 잔을 흔들면서 안젤라 서트클리프와 말을 나누고 있었다. 그녀는 아름다운 눈매를 가진 키가 큰 여자였다.

데이크리스는 바솔로뮤 경에게 가서 말을 걸고 있었다.

"누구나 다 늙은 레이디 스본에게 무슨 일이 있었는지 알고 있지요. 모든 기수들이 다 알고 있다고요."

그는 높고 째지는 듯한 목소리로 말하고 있었다. 키가 작고, 짧은 수염이 있고, 약간 사기꾼 같은 눈매를 가진 사람이었다.

새터드웨이트 옆에는 윌스 양이 앉아 있었는데, 그녀의 희곡 '일방통행'은 근래 보기 드문 걸작이라는 호평을 받았다. 윌스 양은 키가 크고 깡마른 체격에다가 턱이 뾰족하였으며, 머리를 적당히 말아 올린 모습이었다. 그녀는 안경을 쓰고 있었고, 후줄근한 초록색 모슬린 옷을 입고 있었다.

그녀의 목소리는 높았지만 별다른 특색은 없었다.

"저는 프랑스 남부에 갔었어요. 하지만 그다지 즐겁게 지내지는 못했답니다. 사람들과 별로 친하게 지내지 못했거든요. 하지만 그게 오히려 제 일에는 도움이 되었어요. 그 대신 다른 일이 진행되는 걸 지켜보는 거죠."

새터드웨이트는 생각했다.

'가엾은 여자. 가엾게도 정신적인 고향인 본마우스의 하숙집에서 쫓겨난 꼴이로군. 그 하숙집이야말로 이 여자가 가장 좋아하는 곳일 텐데 말이야.'

그는 작품과 그것을 쓴 작가 사이에 현격한 차이가 있다는 데 놀랐다. 앤서니 애스터가 자기 희곡에서 묘사했던, 세상을 거의 다 산 노인의 모습은 윌스 양의 그 어디에도 존재하지 않았던 것이다. 그저 그는 안경을 쓴 그녀의 눈이 똑똑해 보인다고만 생각했을 뿐이다. 그 눈은 이제 그를 뚫어지게 훑어보고 있었다. 마치 윌스 양이 그의 속을 빤히 들여다보는 듯했다.

찰스 경이 막 칵테일을 따르고 있었다.

새터드웨이트가 말하면서 자리에서 일어났다.

"칵테일 한 잔 가져다 드리죠."

윌스 양이 낄낄거리며 말했다.

"제가 직접 가져와도 괜찮아요."

이때 문이 열리고 템플이 메리 리튼 고어 부인과 배빙턴 부부와 리튼 고어 양이 도착했음을 알렸다. 새터드웨이트는 윌스 양에게 칵테일 잔을 갖다 준 다음 리튼 고어 부인에게로 다가갔다.

그는 '레이디(리튼 고어 부인에게는 귀족의 부인을 나타내는 Lady라는 호칭이 붙어 있다)'라든가 하는 타이틀에 약한 사람이었다. 하지만 그런 것은 별개로 치더라도 그는 숙녀를 좋아했다. 이 점에서 메리 부인은 한치의 손색도 없는 귀부인임이 틀림없었던 것이다.

딸이 세 살이었을 때 가난한 과부 신세가 되어버린 그녀는 루마우드로 와서 조그만 집을 사서는 충성스러운 하녀 한 명과 함께 조용히 살아 왔다.

그녀는 키가 크고 마른 여자였으며, 실제 나이인 쉰다섯 살보다 더 늙어 보였다. 그녀는 부드러운 표정을 짓고 있었지만, 약간 수줍어하는 기색이 있었다. 그녀는 자기 딸을 무척이나 아끼고 있었다. 하지만 그 딸로 인해서 종종 놀랄 때도 있었다.

허미온 리튼 고어는 어떤 이유에서인지는 몰라도 에그라고 불리게 되었는데, 어머니와는 별로 닮은 데가 없었다. 즉, 그녀는 활기 넘치는 성격인 것이다. 새터드웨이트는 그녀가 아름답지는 않지만 아주 매력적이라고 생각했다. 그리고 그 매력의 근원은 그녀의 생동하는 활기에서 비롯되는 것 같았다. 그녀는 이 방에 모인 그 어느 사람보다도 훨씬 더 생기 있게 보였다. 그녀는 검은 머리에 회색빛 눈을 가지고 있었으며, 키는 중간 정도였다. 그녀의 목 언저리라든가, 곱슬곱슬한 머리카락, 그리고 매끄러운 눈매, 터질 듯한 웃음소리 등에는 젊은이 특유의 생기가 넘쳐흐르고 있었다.

그녀는 이제 막 도착한 올리버 맨더스에게 말을 걸었다.

"도대체 당신이 왜 항해를 따분하게 여기는지 알 수가 없군요. 당신은 그걸 무척이나 좋아했었잖아요?"

그는 눈썹을 치켜세우면서 느릿느릿 말했다.

"에그, 이봐요, 사람이란 자라게 마련인 거요."

한 스물다섯 살 정도 되어 보이는 잘생긴 젊은이였다. 그의 잘생긴 얼굴 못지않게 모습도 단정해 보였다. 그리고 그밖에 또 다른 것, 그건 아마 이국적인 멋이었을까? 아무튼 그에게는 어쩐지 비영국적인 멋이 깃들어 있는 것 같았다.

또 다른 사람이 올리버 맨더스를 지켜보고 있었다. 달걀형의 머리에다가 대단히 이색적인 콧수염을 기른 자그마한 남자였다. 새터드웨이트는 그가 다소 외국인 같은 모습을 더욱 과장해 보이는 건 아닐까 하고 생각했다. 그의 조그맣고 반짝거리는 두 눈은 마치 이렇게 말하는 듯이 보였다.

"너희들은 내가 익살광대라고 생각하겠지? 너희들을 위해 코미디를 보여 달라고? 좋아, 그렇게 원한다면 기꺼이 해주고말고!"

하지만 이제 에르큘 포와로의 두 눈은 더 이상 반짝거리지 않았다. 그는 침통한 표정에다가 다소 슬픈 표정까지 짓고 있었다.

스티븐 배빙턴 목사, 즉 루마우드 교구목사가 다가와서 메리 부인과 새터드웨이트의 이야기에 끼어들었다. 그는 예순 살가량 된 친절한 노인으로서, 그의 태도는 참으로 붙임성이 있었다.

그는 새터드웨이트에게 말했다.

"찰스 경이 우리와 함께 있다니 영광입니다. 그는 대단히 친절하고 자비로운 사람이지요. 아주 좋은 이웃이고요. 메리 부인도 그렇게 생각하실 겁니다."

메리 부인이 미소를 지었다.

"그분을 무척 좋아해요. 성공했다고 해서 사람이 변한 것도 아니거든요. 여러 가지 점에서 그는(그녀는 여전히 미소를 머금고 있었다) 아직도 어린아이랍니다."

새터드웨이트가 여자들의 모성애에 대해 골똘히 생각해보고 있을 때, 하녀가 칵테일 잔이 놓인 쟁반을 가지고 다가왔다.

에그가 잔 하나를 건네주면서 말했다.

"어머니, 칵테일 한 잔 드세요. 딱 한 잔만이에요."

메리 부인이 온화하게 말했다.

"고맙다, 얘야."

"내 생각에는 아내가 나더러 칵테일 한 잔쯤은 마셔도 좋다고 할 것 같은데요."

배빙턴 목사가 이렇게 말하면서 성직자다운 웃음을 지었다.

새터드웨이트는 찰스 경에게 비료에 대해 진지하게 이야기를 나누는 배빙턴 부인을 흘끔 쳐다보았다.

'아름다운 눈을 가진 부인이로군.'

배빙턴 부인은 체구가 크고, 약간 어수선해 보이는 여자였다. 그녀는 아주 건강해 보였으며, 옹졸한 성격과는 거리가 먼 것처럼 여겨졌다.

찰스 카트라이트가 말한 대로 멋진 여자였다.

메리 부인이 약간 고개를 앞으로 내밀면서 말했다.

"말해보세요. 우리가 들어올 때 당신과 이야기하고 있었던 젊은 아가씨는 누군가요? 초록색 옷을 입은 아가씨 말이에요."

"희곡작가인 앤서니 애스터랍니다."

"뭐라고요? 저렇게……, 빈혈증 환자처럼 보이는 아가씨가 말이에요? 오!"

그녀는 말이 막히는 모양이었다.

"세상에! 정말 놀랍군요. 그 여자는 그렇게 보이지 않던데, 제 말은 그 아가씨가 그저 평범한 가정교사 정도로밖에는 보이지 않았다는 뜻이에요."

이 말은 윌스 양의 모습에 대한 아주 적절한 표현이었기 때문에 새터드웨이트는 웃지 않을 수 없었다.

배빙턴 목사는 안경을 낀 부드러운 눈으로 방을 둘러보았다.

그는 칵테일을 조금 마셨다. 새터드웨이트는 그가 아마도 칵테일을 마시는 데 익숙지 못한가 보다 생각했다. 칵테일이란 현대적인 것을 상징하는데, 어쩌면 그는 그런 걸 좋아하지 않는지도 모른다.

배빙턴 목사는 약간 찌푸린 얼굴로 다시 한 모금 들이키면서 말했다.

"저기, 저 아가씨 말이죠? 아, 으……."

그의 손이 목 있는 데로 올라갔다.

에그 리튼 고어의 목소리가 낭랑하게 울렸다.

"올리버 당신은 사기꾼 샤일록이에요……."

‘물론, 어쩌면 저 젊은이도 유태인일지 모르지.’

새터드웨이트는 생각했다. 그들은 아주 잘 어울리는 한 쌍이었다.

두 사람 다 젊은데다가 선남선녀들이고, 열심히 말다툼하는 것도 똑같았다. 그건 바로 건강하다는 신호였다.

그는 바로 옆에서 나는 소리에 문득 고개를 돌렸다.

배빙턴 목사가 선 채로 비틀거리고 있었다. 그의 얼굴에는 경련이 일고 있었다. 다른 사람들이 이 모습에 눈을 돌린 건 바로 에그의 날카로운 목소리 때문이었다. 그때는 이미 메리 부인이 자리에서 일어나서 손을 뻗쳐 부축하려 하고 있었다.

에그가 외쳤다.

“어머나, 배빙턴 목사님이 이상해요.”

바솔로뮤 스트레인지가 황급히 뛰어와서 쓰러진 그를 부축해 소파 위에 눕혔다. 다른 사람들은 근심 어린 얼굴로 주위를 에워쌌다.

2분 뒤, 스트레인지가 굽혔던 허리를 펴면서 고개를 저었다.

그는 더 이상 아무 소용이 없다는 걸 알고 짤막하게 한마디 했다.

“유감스럽게도 돌아가셨습니다.”

제3장

찰스 경이 문 밖으로 고개를 내밀고 말했다.

"새터드웨이트, 잠깐 들어오지 그래?"

한 시간 반이 흘렀다. 혼란 다음엔 평온이 찾아오기 마련이다.

메리 부인은 흐느끼는 배빙턴 부인을 데리고 나가 목사관까지 바래다주었다. 밀레이 양은 재빨리 전화를 걸었다. 그 지방 의사가 도착해서 모든 일을 처리해주었다. 예정보다 간소한 저녁 식탁이 마련되었고, 식사를 마친 손님들은 은연중 묵계를 통해 조용히 각자의 방으로 들어가 버렸다. 새터드웨이트 역시 목사가 쓰러진 방에서 찰스 경이 그를 부를 때까지 자기 방에 틀어박혀 있었다.

새터드웨이트는 몸이 떨리는 걸 가까스로 참으면서 방 안으로 들어섰다. 그는 죽음 같은 것을 의식하고 싶지 않을 만큼 나이가 들어 있었다. 그리고 곧 그 자신도……, 하지만 도대체 그런 생각을 할 필요가 있을까?

'나는 앞으로 20년은 끄떡없을 거야.'

새터드웨이트는 힘을 내면서 스스로를 타일렀다.

바솔로뮤 스트레인지가 중얼거렸다.

"이 사람이 왔으니 다 잘될 거요. 새터드웨이트 씨와 함께 의논해보지요. 이분은 그래도 세상을 잘 아는 사람이니까요."

약간 놀란 얼굴로 새터드웨이트는 의사 옆에 있는 안락의자에 주저앉았다.

찰스 경은 서성거리고 있었다. 그는 반쯤 주먹을 쥐지도 않았으며, 아까에 비해 거의 해군 같은 모습도 없었다.

바솔로뮤 경이 말했다.

"찰스는 몹시 충격을 받았소 가엾은 배빙턴 영감님의 죽음 때문에 말이오."

새터드웨이트는 그의 표현이 다소 잘못되었다고 생각했다. 어느 누구도 이번 일 때문에 '놀라지' 않은 사람이 없었던 것이다. 스트레인지의 말에는 또 다른 저의가 숨겨져 있는 것 같았다.

새터드웨이트가 자신의 감정을 조심스럽게 말해보았다.

"아주 기분 나쁜 일이죠."

한마디 덧붙이면서 그는 약간 몸을 떨었다.

"기분이 언짢은 일이오."

의사가 특유의 직업적인 태도로 말했다.

"흠, 그렇지요. 좀 곤혹스럽기까지 한 사건이지요."

카트라이트가 서성거리던 걸 잠시 멈추었다.

"전에 혹시 그렇게 죽은 사람을 본 적이 있나, 톨리?"

"전혀." 바솔로뮤 경이 생각에 잠긴 채로 대답했다.

"그런 적은 없었네. 하지만……."

그는 잠깐 있다가 덧붙였다.

"사실 나는 자네가 생각하듯이 그렇게 많은 죽음을 보지는 못했다네. 신경과 전문의란 원래 환자들의 목숨과 직접적으로 관계된 분야의 의사는 아니거든. 우리는 환자들을 살려서 그 대가로 수입을 올리지. 맥도갤이라면 분명히 나보다 더 많은 환자들의 죽음을 보았을 걸세."

맥도갤 박사는 루마우드의 지도적인 위치에 있는 의사였다. 밀레이 양이 부른 사람도 바로 그 의사였다.

"맥도갤은 목사가 죽는 걸 보지 못했네. 그가 도착했을 때, 이미 목사는 죽은 뒤였어. 그는 그저 우리들에게서 상황 설명을 들었을 뿐이지. 그의 말로는 그게 일종의 발작이라더군. 배빙턴은 나이도 꽤 들었고, 건강도 그리 좋은 편이 아니었다고 하면서 말이야. 하지만 아무래도 나는 수궁이 가지 않는군."

"어쩌면 그 사람도 그렇게 생각했는지도 모르지."

상대방이 말했다.

"하지만 의사란 반드시 무슨 말을 해줘야 한다네. '발작'이란 적당한 단어이긴 하지만, 반대로 아무 뜻도 없는 말이라네. 그러나 사람들의 마음을 진정시

키는 데는 어느 정도 효력이 있지. 게다가 배빙턴 씨는 나이가 든데다가 최근
에는 건강이 좋지 않았다더군. 그의 부인이 그렇게 말했네. 그러니 분명히 그
의 몸 어디엔가 잘못된 구석이 있었을 걸세."

"그게 전형적인 발작이라는 것일까?"

"무엇의 전형적인?"

"어떤 질병 말일세."

"만일 자네가 의학을 공부했다면⋯⋯."

바솔로뮤 경이 말했다.

"자네는 분명히 전형적인 경우는 거의 없다는 걸 알게 될 걸세."

"그런데, 찰스 경, 자넨 도대체 무슨 뜻으로 그렇게 이야기하는 거지?"

새터드웨이트가 물었다.

카트라이트는 아무런 대답도 하지 않았다. 그는 그저 어깨를 조금 으쓱해
보였을 뿐이다.

스트레인지가 낄낄거리면서 웃으며 말했다.

"찰스 자신도 모르는 겁니다. 그저 자연적으로 그의 극적인 생각이 가능성
으로 향하게 된 것뿐이죠."

찰스 경은 손을 내저었다. 그는 생각에 깊이 빠져 있는 듯한 표정이었다.
그는 골똘히 생각에 잠긴 채 가끔씩 고개를 흔들곤 했다.

바솔로뮤 경은 계속해서 찰스 경의 의심에 대해 물어보았다.

"그래, 도대체 자네는 무얼 생각하고 있는 건가, 찰스? 자살? 살인? 도대체
누가 아무런 해도 끼치지 않는 늙은 목사를 해치려 한단 말인가? 그건 말도
안 돼. 자살? 글쎄, 그게 문제의 핵심이겠군. 사람들은 어쩌면 배빙턴이 자신
의 목숨을 끊을 만한 무슨 특별한 이유가 있을 거라고 생각할지도 모르지."

"어떤 이유?"

바솔로뮤 경은 머리를 설레설레 흔들었다.

"어떻게 우리가 인간 마음속 비밀을 알 수 있겠나? 그저 한 가지 가정해본
다면, 배빙턴이 암과 같이 치유 불가능한 그런 병에 걸렸다고 생각해보세. 그
런 경우라면 자살의 동기가 될 만도 하지. 그는 자신의 아내가 길고 긴 고통

을 지켜봐야 하는 수고를 덜어 주고자 그랬을지도 모르니까. 물론 그건 단지 가정일 뿐이네. 도대체 그가 자기 목숨을 끊을 만한 이유는 아무데도 없는 것 같다네."

"나는 자살에 대해 생각하는 게 아니야."

찰스 경이 입을 열었다.

바솔로뮤 스트레인지는 다시금 나직이 낄낄거렸다.

"어련하려고, 찰스 자네는 타당성 따위는 개의치 않아. 자네는 그저 센세이션만을 기대할 뿐이야. 칵테일 잔에서 새로운 독약이 발견되기를 잔뜩 기다리고 있는 거지."

찰스 경은 찌푸린 표정을 지어 보였다.

"그걸 원하는 건 결코 아닐세. 내가 바로 그 칵테일을 만들었다는 걸 잊지 말게, 톨리."

"그럼, 살인광의 갑작스런 발작일까, 응? 그렇다면, 우리의 경우에는 그 증세가 다소 연기된 것 같군. 하지만 아침이 되기 전에 우리 모두가 죽게 될지도 모르겠는데."

"세상에, 자네 농담하는군. 하지만……."

찰스 경은 초조한 기색으로 말을 멈췄다.

"나는 사실 농담하는 게 아니네."

의사의 목소리가 변했다. 차분하고, 그러면서도 사람에게 호소하는 듯한 목소리였다.

"가엾은 배빙턴 영감의 죽음을 놓고서 농담할 생각은 없네. 그저 자네의 생각을 놀려 주려는 것뿐이야. 왜냐하면, 사실 나는 자네에게 아무런 피해가 없기를 바라거든."

"피해라고?" 찰스 경이 깜짝 놀라서 물었다.

"새터드웨이트 씨는 어쩌면 내 말을 이해할 수도 있을 것 같은데요?"

"그럴 수 있을 것 같군요." 새터드웨이트가 말했다.

"자네는……." 바솔로뮤 경이 말하기 시작했다.

"자네의 어리석은 의심이 커다란 해가 된다는 사실을 모르겠나? 이런 일에 대해서는 여러 가지 말들이 많기 마련이야. 자네의 엉터리 추측, 확실한 증거도 없는 그러한 추측 때문에 심각한 문제가 생길지도 모르고, 또 나아가서는 배빙턴 부인에게도 고통을 안겨 주게 될 걸세. 나는 그와 같은 일이 생기는 걸 본 적이 있다네. 갑작스러운 죽음, 그 뒤에는 수많은 근거 없는 소문들이 떠돌게 되지. 일단 소문이 돌게 되면 어느 누구도 그걸 막을 수가 없다네. 찰스, 그런 생각 때문에 쓸데없이 일이 시끄러워진다는 걸 이해 못하겠나? 바로 자네의 턱없는 상상 때문에 말이야."

곤혹스러운 표정이 배우의 얼굴 위에 어렸다.

"나는 그런 일은 생각해보지 못했어." 그가 솔직히 시인했다.

"자네는 아주 좋은 사람이야, 찰스. 하지만 상상은 단지 자네 마음속으로만 하게나. 그건 그렇고, 자네, 정말로 어느 누군가가 그처럼 아무런 해도 없는 노인네를 살해하고 싶어 한다고 생각하는 건가?"

"그렇지는 않아." 찰스 경이 말했다.

"아니, 역시 자네 말대로 쓸데없는 생각이야. 미안하네, 톨리. 하지만 장난으로 그런 말을 한 건 아니야. 어쩐지 뭔가 잘못되었다는 예감이 들었거든."

새터드웨이트가 기침을 했다.

"내가 한 가지 생각을 말해볼까요? 배빙턴 목사는 이 방에 들어선 지 불과 몇 분 뒤에, 그것도 칵테일을 마시자마자 쓰러졌어요. 그런데 그가 칵테일을 마실 때 우연히도 나는 그가 얼굴을 찡그리는 것을 보았지요. 그래서 아마도 그가 칵테일이 익숙지 않아서 그럴 거라고 생각했었습니다. 하지만 바솔로뮤 경의 가정이 사실이라면, 배빙턴 목사는 자살할 만한 특별한 이유가 있었는지도 모릅니다. 내 생각으로는 살인보다는 자살 쪽이 더 가능성이 큰 것 같이 느껴지는군요. 그러나 그게 가능하다고 생각하지만, 그래도 실제로 그럴 것 같지는 않아요. 배빙턴 목사가 우리에게 들키지 않고 몰래 잔에다가 무엇을 집어넣었으리라고는 생각되지 않습니다. 자, 이 방에 있는 그 어떤 것도 손대지 않은 채로 있습니다. 칵테일 잔들도 원래 있던 자리 그대로 있지요. 이게 바로 배빙턴의 잔입니다. 여기서 그와 이야기하고 있어서 잘 알고 있지요. 그러니 말인데, 바솔로뮤 경이 잔의 내용물을 검사해보는 게 좋을 것 같습니다. 그렇게 해보면 더 이상 아무런 이론이 없을 테니까요."

"좋아요." 바솔로뮤 경이 일어나 그 잔을 집어들었다.

"자네의 끈덕진 의심을 풀어 주지, 찰스 그리고 내기하지만, 분명히 거기엔 진과 베르뭇(흰 포도주의 일종) 밖에 아무것도 없을 걸세."

"좋아."

찰스 경이 말했다. 그런 다음 서글픈 미소를 지으면서 한마디 덧붙였다.

"톨리, 자네도 나의 이 공상의 날개에 얼마간 책임이 있어."

"내가?"

"그래, 오늘 아침에 자네가 범죄에 대해 한 그 말 말일세. 자네는 에르큘 포와로라는 사람이 가는 데마다 범죄가 따라다닌다고 말했지 않은가? 그가 도착하자마자 갑작스럽게 한 사람이 죽어 버렸네. 그러니 내가 금방 살인을 생각하게 되는 것도 무리는 아니지."

"글쎄……." 말을 하려던 새터드웨이트가 그만 입을 다물어버렸다.

"그래, 나는 바로 그 생각을 한 거란 말일세……."

찰스 카트라이트가 말했다.

"자네는 어떻게 생각하나, 톨리? 그 사람 생각을 한번 물어보는 게 어떨까 하는데? 그것도 일종의 예의가 아닐까?"

"좋은 생각이군." 새터드웨이트가 말했다.

"나는 의학상의 예의는 알고 있지만, 수사상의 예의라는 건 도대체 모르겠군."

바솔로뮤 경이 말했다.

"사람들은 직업 가수에게 노래를 부르게 하지."

새터드웨이트가 중얼거렸다.

"그러니, 직업 탐정에게 조사해봐 달라고 하는 것도 좋지. 그래, 좋은 생각이야."

"그저 의견일 뿐일세." 찰스 경이 말했다.

그때 문을 두드리는 소리가 들리더니, 에르큘 포와로가 미안하다는 표정으로 들어왔다.

"오, 어서 들어오시오!"

찰스 경이 의자에서 벌떡 일어나면서 소리쳤다.

"마침 당신에 대해 이야기하고 있었습니다."

"내가 방해가 된 건 아닐까요?"

"천만에요. 자, 한 잔 드시지요."

"고맙소. 하지만 나는 위스키는 전혀 마시지 않습니다. 시럽 한 잔 정도라면……."

하지만 시럽은 찰스 경이 준비했던 것들 중에는 없었다. 손님이 자리에 앉자마자 배우는 단도직입적으로 이야기하기 시작했다.

"탁 터놓고 말하지요. 막 당신에 대해 이야기하고 있었습니다, 포와로 씨. 그리고 오늘밤 사건에 대해서도……. 이것 보십시오, 오늘 일에 대해 뭔가 이상하다고 생각되는 게 없나요?"

포와로의 눈썹이 올라가더니 입을 열었다.

"이상하다니? 이상하다니, 도대체 무슨 뜻입니까?"

바솔로뮤 스트레인지가 말했다.

"내 친구는 배빙턴 노인이 살해된 게 아닌가 생각하는 겁니다."

"그렇다면 당신도 그렇게 생각합니까?"

"우리는 당신 생각을 알고 싶은 겁니다."

포와로는 생각에 잠긴 목소리로 말했다.

"물론, 그는 너무나 갑작스럽게 죽었지요."

"그렇소."

새터드웨이트는 자살에 대한 생각과 자기가 칵테일 잔을 검사해보라고 했다는 이야기를 들려주었다.

포와로가 고개를 끄덕였다.

"그것도 나쁘진 않겠지요. 사태를 파악해보건대, 어느 누구도 그처럼 점잖은 노인을 살해할 것 같지는 않군요. 또한, 그 자살이라는 이야기도 내게는 별로 타당성이 없게 느껴지는군요. 하지만 일단 칵테일 잔을 조사해보는 것도 나쁘지는 않겠죠."

"그럼, 검사 결과는 어떨 거라고 생각합니까?"

포와로는 어깨를 으쓱했다.

"나요? 그저 추측만 해볼 뿐인걸요. 당신은 나더러 그 결과를 추측해보라는 말인가요?"

"예."

"그렇다면, 내 추측으로는 고급 마티니만 약간 추출될 것 같군요."

그는 찰스 경에게 고개를 약간 숙이며 말했다.

"칵테일로 어떤 사람을 독살한다는 건……, 여러 사람들이 잔을 맘대로 집어드는 와중에서는 대단히 어려운 일입니다. 그리고 만일 목사 양반이 정말로 자살을 생각했다 하더라도 파티에서는 그런 짓을 하지 않을 겁니다. 그런 짓이야말로 다른 사람들을 전혀 생각해주지 않는 행위인데, 배빙턴 씨는 그렇게 생각이 모자란 분 같지는 않았거든요."

한 순간 침묵이 흘렀다. 그다음 찰스 경이 깊은 한숨을 내쉬었다. 그는 창문을 열고 밖을 내다보았다.

"소용돌이 바람이 일고 있군."

그의 모습에서는 이미 지금까지의 탐정 역할이 사라지고 그 대신 예전의 해군 같은 배역이 깃들어 있었다. 하지만 그를 지켜보던 새터드웨이트에게는 그의 이러한 역할 변화가 왠지 석연치 못하게 느껴졌다.

"예, 그래요. 하지만 당신은 어떻게 생각하시죠, 새터드웨이트 씨? 정말 어떻게 생각하시냐고요?"

새터드웨이트는 두리번거렸다. 아무런 출구도 없었다.

에그 리튼 고어는 그를 막다른 선창가에다 몰아넣었던 것이다. 요즘 젊은 아가씨들은 냉혹할 정도로 적극적이라니까……

"찰스 경이 그런 생각을 갖도록 한 모양이군요."

그가 입을 열었다.

"아뇨, 그렇지 않아요. 원래 그게 사실인걸요. 처음부터 그렇게 생각했어요. 너무나 갑작스런 죽음이었으니까요."

"그는 노인인데다가 건강도 무척 안 좋았는데……"

에그가 말 중간에 끼어들었다.

"그건 다 허튼소리예요. 물론, 그분은 신경염과 류머티즘을 앓고 있었어요. 하지만 그 때문에 갑자기 죽을 리는 없어요. 게다가, 그런 병 때문에 발작을 일으킨다는 건 도저히 말도 안 되는 이야기예요. 그분은 최소한 아흔 살까지는 살 수 있었을 거예요. 당신은 어떻게 생각하시죠?"

"글쎄, 모든 게 다 아주 정상인 것 같은데."

"맥도갤 박사님의 진단에 대해서는 어떻게 생각하세요? 지긋지긋한 의학 용어는 알아들을 수가 없지만, 최소한 그분이 무슨 말을 하는지는 알 수 있었지요. 그분의 말로는 목사님이 자연사했다는 걸 나타내 줄 만한 증거는 어디에도 없다는 거예요. 하여튼 그 사람은 자연사라는 결론을 내리지 않았어요."

"좀더 자세히 이야기해주겠소?"

"제 말은 의사가 아무런 결론도 못 내리게 되자 당황한 끝에 적당히 둘러

댄 것이란 말이에요. 바솔로뮤 스트레인지 경은 어떻게 생각하시던가요?”

새터드웨이트는 그 사람의 말을 그대로 들려주었다.

“그러니까, 그저 코웃음만 치더란 말이죠?”

에그가 생각에 잠긴 목소리로 말했다.

“물론 그분은 대단히 신중하신 분이니까요. 그분이야말로 할리가의 명사가 아니겠어요?”

새터드웨이트가 그 사실을 다시 일러주었다.

“칵테일 잔에는 진과 베르뭇 성분밖에는 아무것도 없었소”

“그렇게 해서 결말이 지어진 셈이로군요. 그렇다손 치더라도 검사 뒤에 일어난 일 때문에 의아한 생각이……”

“그 사람이 당신에게 무슨 말이라도?”

새터드웨이트는 유쾌한 호기심을 느끼기 시작했다.

“제게 말한 게 아니라 올리버에게, 올리버 맨더스에게 말한 거예요. 그 사람도 그날 저녁 파티장에 있었는데, 아마 당신은 기억하지 못할 거예요.”

“천만에. 나는 아주 잘 기억하고 있는걸요. 그 사람은 당신의 친구인가요?”

“옛날에는 그랬었죠. 하지만 요즘에는 좀 멀어졌어요. 시티(런던의 상업·금융의 중심 지구)에 있는 그 사람 숙부의 사무실에 나가고 있어서인지, 자꾸만 우쭐거리려고 하거든요. 만날 때마다 언제나 혀를 끌끌 차면서 평을 해대거나 신문기자들에 대한 이야기만 해대거든요. 제법 글 솜씨는 있는 편이지만, 전 그런 것 따위는 말로 떠드는 것과 한가지라고 생각해요. 그 사람은 부자가 되고 싶어 하지요. 모든 사람들은 돈에 대해 혐오감을 느끼는 것 같은데 말이에요. 당신은 어떤가요, 새터드웨이트 씨?”

그 여자의 젊은 생기가 그에게 느껴졌다. 거침없고, 다소 거만하기까지 한 그녀의 젊음이.

“아가씨.” 그가 입을 열었다.

“저마다 사람들에겐 나름대로 혐오하는 대상이 각기 따로 있는 법이라오.”

“대부분의 사람들은 모두 다 돼지 같으니까요.”

에그가 명랑한 목소리로 대꾸했다.

"그 때문에 배빙턴 씨가 더욱더 아쉬운 거예요. 그분이야말로 정말로 훌륭한 분이었거든요. 그분은 제게 견진성사(기독교에서 칠성사(七聖事)의 하나) 같은 걸 받도록 했고, 그분의 일이라는 게 대부분 쓸데없는 이야기를 늘어놓는 것인데도 그분은 그 일에 정말 진지하셨어요. 새터드웨이트 씨도 아시겠지만, 전 진심으로 기독교를 믿는답니다. 어머니처럼 작은 성경책을 끼고 새벽예배에 참석한다든가 하지는 않지만 이성적인 입장에서, 그리고 역사의 일부분으로서 받아들이고 있어요. 교회란 교회는 모두 다 사도 바울의 교훈이 뒤섞여 있어요. 사실, 교회는 형편없지만 기독교 자체는 괜찮은 거죠. 그 때문에 제가 올리버와는 달리 공산주의자가 되지 않는 거예요. 사실 우리들의 믿음은 결국 같은 것으로 귀착되게 마련이지요. 공통점이 있고, 모든 사람에 의한 소유권이라는 점에서 볼 때도 말이에요. 하지만 그 차이점은, 그 이야기까진 하지 않겠어요. 하지만 배빙턴 씨 부부는 진정한 기독교인이었어요. 그 사람들은 쓸데없는 이야기를 하거나 중상모략하는 짓도 하지 않고, 모든 사람들에게 언제나 상냥하게 대했거든요. 그분들은 정말 훌륭했지요. 그리고 로빈은……."

"로빈?"

"그분들의 아들이에요. 인도로 나갔다가 거기서 죽었어요. 저는 로빈에게 약간 마음이 있었어요."

에그는 눈을 깜박거렸다.

그녀의 시선은 바다 쪽으로 향해져 있었다. 그런 다음 그녀는 다시 새터드웨이트에게로, 그리고 현실로 그 시선을 옮겼다.

"그러니까, 저는 이 사건에 대해 아주 흥미가 많다는 뜻이에요. 그건 자연사가 아닌 것 같거든요."

"아가씨?"

"어쨌든 정말 이상한걸요! 그게 이상하다는 건 당신도 인정해야 할 거예요."

"하지만 아가씨 입으로도 배빙턴 씨가 원한을 산다든가 하지는 않았을 거라고 말했지 않소?"

"바로 그 점이 이상하단 말이에요. 도대체 동기가 뭔지 알 수가 없어요."

"말도 안 되는 소리! 칵테일 잔에는 아무것도 없었소"

“어쩌면 누군가 그분에게 피하주사를 놓았는지도 모르죠.”

“남아메리카 인디언의 독을 넣은 주사를 말이지.”

새터드웨이트가 장난기 섞인 말투로 이야기했다.

에그는 싱긋 웃기만 했다.

“바로 그거예요. 효과가 탁월하고 눈치 채기 어려운 물질 말이에요. 하여튼, 언젠가는 우리가 옳았다는 걸 아시게 될 거예요.”

“우리라니요?”

“찰스 경과 저 말이에요.”

그녀는 살짝 얼굴을 붉혔다.

그녀를 보면서 새터드웨이트는 자신이 젊었을 때 한창 유행했던 시의 한 구절을 머리에 떠올렸다.

자기보다 두 배나 더 나이가 든 그를
뺨에는 옛 칼자국 상처가 남아 있고
멍들고 햇볕에 그을린 그를, 그녀는 눈을 들어
운명적으로 그를 사랑했다.

그는 이런 인용구를 생각한 자신이 부끄럽게 생각되었다.

테니슨(영국의 시인) 역시 요즘에는 거의 사람들의 관심 밖에 있었던 것이다. 게다가 찰스 경은 얼굴에 칼자국도 없었고 에그 리튼 고어 역시 정열적이긴 하지만 사랑에 모든 걸 바칠 만한 여자는 아니었다. 그녀에게는 백합 같은 아가씨인 애스톨라트와 같은 성격이 없었던 것이다.

‘다만, 젊다는 것만 똑같을 뿐이지.’

새터드웨이트는 생각했다. 처녀들이란 흥미진진한 과거를 지닌 중년 남자들에게 흔히 매력을 느끼는 법이지. 에그 역시 예외일 수는 없다.

에그가 불쑥 물었다.

“왜 그분은 아직 결혼을 안 하셨을까요?”

“글쎄요.”

새터드웨이트가 잠시 말을 끊었다. 그는 그것에 대한 대답으로서 '신중한 성격'을 생각했다. 하지만 그런 대답은 도무지 에그 리튼 고어에게는 먹혀 들어갈 것 같지가 않았다. 찰스 카트라이트 경은 여배우들이라든가 다른 여자들하고 수많은 애정행각을 벌여 왔지만, 항상 결혼만큼은 회피해왔었다.

에그는 좀더 로맨틱한 설명을 듣고 싶어 하는 것 같았다.

"폐병으로 죽은 여자, R로 시작되는 이름의 배우였는데 하여튼 그분은 그 여자를 몹시도 사랑하셨다죠?"

새터드웨이트는 그 여배우를 생각해보았다. 찰스 카트라이트와 그녀를 둘러싸고 수많은 소문이 떠돌았었다. 하지만 새터드웨이트는 찰스 경이 그녀에 대한 추억 때문에 결혼하지 않는다고는 도저히 생각할 수 없었다. 그는 교묘하게 말을 둘러댔다.

"그분은 수많은 연애를 하신 것 같아요." 에그가 말했다.

"어……, 흠, 그럴지도 모르죠"

새터드웨이트가 다소 딱딱한 투로 말했다.

"전 그렇게 연애를 많이 한 사람이 좋아요. 적어도 그런 사람은 이상한 사람이 아니라는 걸 입증해주니까요."

새터드웨이트의 엄격한 성품은 그런 말을 순순히 받아들일 수가 없었다. 한동안 그는 대답할 말이 막혀 버렸다.

에그는 그의 그러한 기분을 전혀 눈치 채지 못했다.

그녀는 생각에 잠긴 채 계속 말했다.

"아시다시피 찰스 경은 생각보다 훨씬 예리하답니다. 물론 그분은 그렇지 않은 척하실 때가 많지만, 사실은 나름대로 깊이 생각을 하고 계시거든요. 이번 일만 해도 그래요"

"그럴지도 모르죠" 새터드웨이트가 수긍했다.

그의 말투에는 그의 심정이 역력하게 드러나 있었다. 에그는 재빨리 이를 알아차리고 그에 대한 자신의 반응을 말로 나타냈다.

"하지만 당신 생각으로는 목사님의 죽음이 그렇게 충격적인 것은 못된다는 거군요. 그저 저녁 파티에서 벌어진 유감스러운 사고라고만 생각하시는 거죠?

예기치 못했던 불행한 사고라고만 생각하시는 거죠? 하지만 포와로 씨의 생각은 어떤가요? 그 사람도 알고 있어야 할 일인데."

"포와로 씨는 칵테일 잔을 검사할 때까지 기다려보는 게 좋겠다고 말했습니다. 하지만 그 사람도 별다른 성분이 나오지는 않을 거라고 생각하더군요."

"흥, 그래요."

에그가 코웃음 쳤다.

"그 사람도 이젠 늙었군요. 이젠 별수 없게 되어 버렸어요."

새터드웨이트가 이 말에 얼굴을 찌푸렸다.

하지만 에그는 자신의 무례함에도 상관치 않고 계속해서 떠들어댔다.

"저희 집에 오셔서 어머니와 함께 차를 드세요. 어머니는 당신을 좋아한답니다. 제게 그렇게 말씀하셨거든요."

기분이 좋아진 새터드웨이트는 기꺼이 그 초대를 받아들였다.

그녀의 집에 도착하자마자 에그는 자진해서 찰스 경에게 전화를 걸어서는 새터드웨이트가 여기에 와 있다는 사실을 알렸다. 새터드웨이트는 반질반질 윤이 나는 고풍스러운 가구들이 놓인 말끔한 거실에 들어가서 앉았다.

그 방은 빅토리아풍 거실이었으며, 동시에 숙녀의 방이라고 새터드웨이트는 생각했다. 메리 부인과의 대화는 즐거웠다. 특별하게 할 이야기는 없었지만, 수다 떠는 것 자체가 유쾌하게 느껴졌다. 그들은 찰스 경에 대해 이야기했다.

"새터드웨이트 씨는 그에 대해 잘 알고 있나요?"

그렇게 많이 아는 편은 아니라고 새터드웨이트가 대답했다. 그는 몇 년 전에 찰스 경의 연극에 경제적인 이해관계를 가지게 되었다. 그 뒤로 그들은 계속 친구로서 지내오고 있었다.

"그분에게는 굉장한 매력이 있어요."

메리 부인이 미소를 지으면서 말했다.

"나도 에그만큼이나 그걸 많이 느끼고 있답니다. 에그가 영웅 숭배로 몹시 애를 태우고 있다는 건 당신도 이미 눈치 챘겠지요?"

새터드웨이트는 에그의 어머니인 메리 부인이 자기 딸의 그러한 영웅 숭배 태도에 조금도 개의치 않는 걸 보고 의아한 생각이 들었다.

"에그는 세상을 전혀 모른답니다." 메리 부인이 말했다.

"우리는 무척 쪼들리는 형편이랍니다. 언젠가 내 사촌이 에그를 도회지에 데려가 몇 가지 물건들을 사준 적이 있었죠. 그때를 제외하고는, 가끔 다른 집을 방문하는 경우가 아니라면 에그는 거의 여기서 벗어나지를 못했어요. 젊은 애들은 많은 사람들을 만나야 하고, 또 많은 곳을 다녀봐야 해요. 너무 집 안에 틀어박혀서 지내는 건 때론 위험한 일이거든요."

새터드웨이트는 찰스 경과 그 항해에 대한 생각을 떠올리면서 그녀의 말에 수긍했다. 하지만 정작 메리 부인의 생각은 그게 아니라는 게 이런 말로써 표현되었다.

"찰스 경이 오신 덕분에 에그에게는 많은 도움이 되었답니다. 덕분에 에그의 시야가 넓어진 셈이니까요. 아시다시피 이 근처에는 젊은 사람들이 아주 드물답니다. 특히 젊은 남자들이 말이에요. 그래서 나는 늘 에그가 혹시 그 몇 몇 안 되는 사람들만 보다가 그들 중 어느 한 사람하고 덜컥 결혼해버리는 게 아닐까 하고 늘 걱정했었지요."

새터드웨이트는 워낙 눈치가 빠른 사람이었다.

"올리버 맨더스를 두고 말씀하시는 겁니까?"

메리 부인은 깜짝 놀라서 얼굴을 붉혔다.

"어머, 새터드웨이트 씨, 어떻게 그걸 아셨지요! 그 사람을 두고 말한 거예요. 그 청년과 에그는 한동안 꼭 붙어 다녔어요. 내가 구세대 사람이라는 걸 알고는 있지만, 어쨌든 그의 생각이 마음에 안 드는 건 사실이에요."

"젊은 사람들은 종종 황당한 생각들을 많이 하니까요."

새터드웨이트가 말해주었다.

메리 부인은 고개를 설레설레 흔들면서 말했다.

"나는 너무나 걱정스러웠어요. 하지만 나름대로 이유가 있답니다. 나는 그에 대해 속속들이 다 알고 있거든요. 그리고 그 사람을 자기 회사에 넣어 준 그 숙부에 대해서도 잘 알고 있고요. 그 숙부라는 사람은 대단한 부자이지요. 이런 말을 하면 안 되겠지만……."

그녀는 더 이상 어떻게 표현해야 할지 난감한 표정으로 머리를 흔들었다.

새터드웨이트는 이상하게도 친밀감이 솟는 걸 느낄 수 있었다. 그는 침착하고도 조용하게 말했다.

"그렇다 해도 부인은 따님이 두 배나 나이 먹은 사람과 결혼하는 건 원치 않으시겠죠?"

그러나 그녀의 대답은 다소 놀라운 것이었다.

"그게 차라리 더 안전할지도 모르죠. 그런 나이라면 자신의 행동에는 책임을 질 수 있을 테니까요. 그만큼 나이 든 사람이라면 어리석은 행동은 하지 않을 거예요."

새터드웨이트가 뭐라고 대꾸하기 전에 에그가 그들의 대화에 끼어들었다.

"오랫동안 나가서 뭘 했니, 애야?" 부인이 물었다.

"찰스 경에게 전화했어요, 어머니. 그분은 혼자 계시대요."

그녀는 따지는 투로 새터드웨이트에게 말했다.

"제게 사람들이 돌아갔다는 말을 안 해주셨더군요."

"그들은 어제 돌아갔습니다. 바솔로뮤 경만 빼놓고 모두 말입니다. 그분도 사실 내일까지 머물 계획이었는데, 오늘 아침에 런던으로 돌아오라는 전보를 받아서요. 환자들 중 한 사람이 몹시 위독하답니다."

"안됐군요." 에그가 말했다.

"사실은 그때 함께 있었던 사람들을 조사해볼 생각이었거든요. 그렇게 하면 무슨 단서라도 잡힐지 모르니까요."

"어떤 단서 말이니, 애야?"

"새터드웨이트 씨는 알고 계셔요. 오, 아무튼 그건 중요한 게 아니에요. 올리버는 아직 여기 남아 있거든요. 그 사람의 도움을 좀 받으면 되겠지요. 그는 꽤 머리가 좋거든요."

새터드웨이트가 크로스 네스트에 도착했을 때 찰스 경은 테라스에 앉아서 바다를 바라보고 있었다.

"이보게, 새터드웨이트 고어 댁에서 차를 마셨다면서?"

"그래. 왜, 싫은가?"

"천만에. 그럴 리가 있나. 에그가 전화했더군. 에그는 이상한 아가씨야."

“매력 있고” 새터드웨이트가 말했다.

“흠, 그건 그래.”

그는 의자에서 일어나서 서성거렸다.

“차라리……” 그가 불쑥 말을 꺼냈다.

“이 빌어먹을 곳에 오지 않았더라면 좋았을 것을……”

새터드웨이트는 혼자 이렇게 생각했다.

'몹시도 상심한 모양이로군.'

그는 찰스 경이 갑자기 안됐다는 생각이 들었다. 쉰두 살 먹은 유쾌한 플레이보이 찰스 카트라이트는 예전과는 달리 이번에는 자신의 사랑 때문에 고통스러워하는 것이다. 젊은 사람들은 아무래도 같은 또래의 젊은이들을 좋아하는 법이다.

'여자들은 결코 자신의 감정을 솔직히 드러내지 않아.'

새터드웨이트는 생각했다.

'에그는 자신이 찰스 경을 좋아한다고 늘 떠들고 다니지만, 그게 진심이라면 그렇게 내놓고 이야기할 리가 없지. 그녀가 정말로 좋아하는 사람은 바로 맨더스일 거야.'

새터드웨이트의 생각이 빗나간 적은 거의 없었다. 하지만 이번만큼은 잘못된 추측인지도 모른다. 그가 젊음에 대해 너무 높이 평가하고 있으니 말이다. 하지만 에그로서는 젊은이보다도 오히려 중년 남자를 택할지도 모르지.

그러나 막상 에그가 전화해서 올리버를 데려와도 좋으냐고, 그래서 그의 충고를 듣고 싶다고 물어왔을 땐 새터드웨이트는 이제까지의 생각을 더욱 굳힐 수 있었다.

확실히 잘생긴 청년이다. 검은 눈에 깊이 파인 쌍꺼풀이 있었으며, 움직이는 모습은 아주 유연하기만 했다. 그는 에그의 활기찬 태도를 상대해주고는 있지만, 전반적으로 회의적이었다.

"그녀에게 그런 말을 하지 않을 순 없겠습니까?"

그가 찰스 경에게 말했다.

"이렇게 거리낌 없고 활달한 시골 생활로 그녀가 그토록 건강한 겁니다. 당신도 잘 알겠지만, 정말 당신은 기운이 남아돈단 말입니다. 그리고 당신은 좀 유치해요……. 범죄라든가 충격적인 것, 그런 것 따위에 흥분하다니 말입니다."

"맨더스, 자네는 그렇지 않은가?"

"예, 그럼요. 그 가엾은 노인네는 말이죠, 자연사가 아닌 다른 원인으로 죽었다고는 도저히 생각할 수가 없어요."

"자네 말이 맞을지도 모르지."

찰스 경이 말했다.

새터드웨이트는 그를 흘끔 쳐다보았다. 오늘 밤 찰스 경의 역할은 어떤 것일까? 예전의 해군도 아니고, 그렇다고 탐정도 아니다. 아니야, 뭔가 새로운 역할이야. 새터드웨이트가 그 역할이 무엇인지를 깨닫게 되었을 때, 그는 깜짝 놀라지 않을 수 없었다. 찰스 경은 단역을 맡고 있었다.

올리버 맨더스를 주역으로 내세우고, 자기 자신은 단역을 맡고 있었던 것이다. 그는 머리를 뒤로 기댄 채 에그와 올리버가 말다툼하는 것을 지켜보고 있었다. 찰스 경은 평상시보다 더 나이 들어 보였다―늙고 지쳐 보였다.

에그가 여러 번 그에게 말을 걸어보았지만 그의 반응은 시큰둥하기만 했다. 그들이 돌아간 것은 11시였다. 찰스 경은 테라스로 나가 그들의 밤길을 밝혀주기 위해 손전등을 가져다주었다. 그들은 함께 집을 나섰다. 그들이 멀어져 감에 따라 그들의 목소리도 점차 희미해졌다.

달이 밝은 밤이었지만, 새터드웨이트는 한기를 느껴서 안으로 들어와 버렸다. 찰스 경은 테라스에서 좀더 오래 남아 있었다. 잠시 뒤에 방으로 들어온 그는 창문을 닫고 식탁으로 걸어가서는 위스키소다 한 잔을 따랐다.

"새터드웨이트……." 그가 입을 열었다.

"나는 내일 이곳을 영원히 떠날 생각이네."

"뭐라고?" 새터드웨이트가 깜짝 놀란 얼굴로 외쳤다.

카트라이트의 얼굴에는 우수가 깃든 표정이 나타났다.

"그것만이 내가 취할 수 있는 유일한 길이라네."

그가 힘주어 말했다.

"이 집을 팔아버릴 생각이야. 그것이 내게 어떠한 의미를 가지고 있는지는 아무도 모를 걸세."

그의 목소리가 점점 작아졌다. 조금 전까지만 해도 단역을 맡고 있던 그는 다시 주역으로 변신하고 있었다. 이런 역할은 그가 종종 연기하곤 했던 여러 드라마의 대단원 장면에서 나오는 것이었다. 다른 남자의 아내를 포기한다든가, 아니면 자신의 연인을 포기한다든가 하는 따위의 것들……

그가 말을 계속해 나감에 따라 터무니없이 경솔한 그의 성격이 드러나게 되었다.

"이젠 그만 포기하는 것, 이것만이 유일한 방법이야. 젊은 사람들은 역시 젊은 사람들끼리 어울리는 거야. 두 사람은 아주 잘 어울리는 한 쌍이네. 나는 이만 물러서겠어."

"어디로 갈 건가?" 새터드웨이트가 물었다.

"아무 데나. 장소가 무슨 상관이겠나?"

배우는 상관없다는 듯이 말했다.

"어쩌면 몬테카를로에 갈지도 모르지."

그러고 나서 그는 다시 목소리를 높여서 말했다.

"사막 한가운데 있건, 군중 속에 있건 그게 도대체 무슨 차이란 말인가? 가슴 깊숙한 곳에는 고독이 자리하고 있는데 말이야. 나는 워낙 외로운 사람이라네."

이 말은 바로 그의 퇴장 연설을 뜻하는 것이었다.

그는 새터드웨이트에게 고개를 끄덕인 다음 방을 나갔다. 새터드웨이트도 자리에서 일어나서 찰스 경과 마찬가지로 침대에 들 준비를 했다.

"하지만 결코 사막 한가운데는 가지 않을걸."

그는 싱긋 웃으면서 혼자 중얼거렸다.

다음 날 아침, 찰스 경은 새터드웨이트에게 자신이 도시로 나가는 걸 용서해 달라고 말했다.

"하지만, 여보게, 너무 일찍 떠나진 말게나. 내일까지 여기 머무르게. 자네가 태비스톡에 있는 하버튼 씨 댁으로 갈 거라는 건 나도 알고 있네. 자네를 거기까지 태워다 주도록 하지. 이젠 결정을 내려야 할 때가 된 것 같아. 더 이상 뒤를 돌아다보지는 않을 걸세."

찰스 경은 확고한 태도로 말하면서 어깨를 쭉 폈다. 그러고는 새터드웨이트의 손을 잡고 악수를 나눈 다음, 유능한 밀레이 양에게 자기 일을 부탁했다.

밀레이 양은 여느 때처럼 재빠르고도 유능하게 상황에 대처했다. 그녀는 찰스 경의 갑작스러운 결정에 조금도 놀라지 않은 듯했다. 제아무리 똑똑한 새터드웨이트라 해도 그녀로 하여금 놀랍다는 말을 하게 만들 수가 없었다. 갑작스러운 죽음도, 갑자기 계획을 변경하는 것도 밀레이 양을 놀라게 할 수는 없었다. 그녀는 무슨 일이든지 현실로서 태연히 받아들였고, 또 거기에 적절한 태도로 대처해 나갔던 것이다. 그녀는 부동산업자에게 전화하고, 전보를 치고, 열심히 타자를 쳤다.

새터드웨이트는 그녀의 그러한 태도에 질려서 부둣가로 산책을 나가기로 했다. 그가 산책하고 있을 때 누군가 그의 팔을 잡는 사람이 있었다. 그가 돌아다보니 하얗게 질린 아가씨가 서 있었다.

"이게 도대체 무슨 일이죠?" 에그가 다그치듯이 물었다.

"뭐 말인가요?"

새터드웨이트가 슬쩍 말을 돌렸다.

"찰스 경이 떠나신다잖아요. 크로스 네스트를 파실 거래요."

"사실입니다."

"정말 떠나신단 말이에요?"

"이미 떠났는걸요."

"오!" 에그는 잡았던 팔을 스르르 놓아버렸다.

그녀는 상처받은 어린아이처럼 보였다.

새터드웨이트는 무슨 말을 해줘야 할지 난감했다.

"어디로 가셨나요?"

"외국으로요. 프랑스 남부로 갔어요."

"오!"

여전히 그는 무슨 말을 해야 할지 몰랐다. 그녀는 분명히 영웅 숭배 이상으로 그를 생각했던 것이다.

그녀에게 동정을 느끼면서, 그는 몇 마디 위로의 말을 생각해 내었다. 하지만 그때 에그가 꺼낸 말은 그를 소스라치게 놀라게 하고 말았다.

"그 망할 여자들이 도대체 누구죠?"

에그가 분이 넘치는 목소리로 다그쳤다. 새터드웨이트는 멍하니 입을 벌린 채로 그녀를 뚫어지게 쳐다보았다.

에그는 그의 팔을 잡고서 거칠게 흔들어댔다.

"당신이라면 틀림없이 알 거예요!"

그녀가 마구 소리쳤다.

"도대체 어떤 여자예요? 그 잿빛 머리 여자인가요? 아니면 다른 여자인가요?"

"아가씨, 도대체 무슨 말인지 난 도통 모르겠소"

"천만에요! 당신은 알아요! 분명히 여자 때문이에요. 그분은 저를 좋아했어요. 좋아했다는 걸 알고 있단 말이에요. 그날 왔었던 두 여자들 중 어느 하나가 그분을 제게서 빼앗아 가려고 한 거예요. 그 여자들이 미워요. 더러운 고양이들 같으니라고. 그 여자의 옷을 보셨지요, 녹색 머리를 한 여자는 어떻고요? 그 여자들 때문에 샘이 나서 못 살겠어요. 그렇게 어울리지도 않는 옷을 입고 있는 꼴이라니. 당신도 그 사실을 부인하지는 못할 거예요. 그 여자는 지독하게도 늙고 못생겼더군요. 하지만 그게 무슨 상관이겠어요? 그 여자 정도라면 다른 여자들을 모두 초라한 시골 아낙네로 보이게 할 테니 말이에요. 그 여자예요? 아니면 잿빛 머리를 한 여잔가요? 그 여자는 정말 우습더군요. 당신도 보셨을 거예요. 그 여자를 찰스 경은 앤지라고 부르더군요. 다 시들어빠진 양배추 같은 여자를 두고 도대체 둘 중에서 어느 여자인가요?"

"이봐요, 아가씨. 아가씨는 터무니없는 생각을 하고 있어요. 그는, 흠, 찰스 경은 두 여자 중 어느 한 쪽에도 전혀 관심이 없단 말이오"

"믿을 수가 없어요. 그 여자들은 그분에게 관심을 가지고 있었어요."

"아니, 아니오. 당신이 잘못 생각하는 거요. 그건 모두 공상에 불과해요. 아무래도 당신이 쓸데없는 걱정을 하고 있는 것 같군요."

"그렇다면 왜 그분이 떠나신 거예요?"

새터드웨이트는 목청을 가다듬었다.

"내 생각으로는……, 그가 생각하기에 그것이 최선일 것 같아서였을 겁니다."

에그가 그를 뚫어지게 쳐다보았다.

"저 때문이란 말인가요?"

"글쎄요, 말하자면 그런 셈이지요."

"그래서 그분이 달아나 버렸단 말이군요. 저는 제 마음을 어느 정도 알려 드렸다고 생각했어요. 남자들이란 원래 자기를 따라다니는 여자는 싫어하는 법이잖아요? 제 어머니 말이 맞는 것 같군요. 어머니가 남자들에 대해 이야기할 때, 어머니의 표정이 얼마나 황홀하게 변하는지 아마 상상도 못하실 거예요. 언제든지 3인칭을 써서 이야기하죠. 지극히 얌전한 태도로 말이에요. '남자란 여자가 쫓아다니는 걸 싫어하는 법이란다.' '여자는 남자가 자기 뒤를 쫓아다니게 만들어야 하는 거란다.'라고 말하곤 하시죠. 정말 멋진 표현이죠? '쫓아다니게 만드는 것'이라는 표현 말이에요. 그분은 제게서 도망쳐 버렸어요. 겁이 났던 거예요. 그리고 더욱더 속상한 것은 제가 그분 뒤를 쫓아갈 수 없다는 점이에요. 만일 쫓아간다면 그분은 더욱 멀리 도망쳐 버릴 테니까요. 아프리카라든가 그런 곳으로 말이죠."

새터드웨이트가 물었다.

"허미온, 찰스 경에 대해 그렇게 심각한 겁니까?"

그 아가씨는 더 이상 못 참겠다는 듯이 대답했다.

"정말 그래요."

"올리버 맨더스에 대해서는?"

그녀는 설레설레 머리를 흔들었다. 그녀는 이미 딴 생각에 몰두해 있었던 것이다.

"제가 그분에게 편지를 써도 될까요? 특별한 내용은 아니고, 그저 잡다한 이야기만 늘어놓을 생각이에요. 구태여 놀라게 할 필요는 없겠지요. 가만히 내버려두면 스스로 마음을 풀 테니까요."

그녀는 얼굴을 찡그렸다.

"정말 제가 바보였어요. 어머니라면 훨씬 더 잘했을 텐데……. 어머니 세대의 사람들은 어떻게 교묘하게 남자를 유도하는지 잘 아니까요. 수줍은 척하면서 한 걸음 뒤로 물러서는 거지요. 저는 아주 형편없이 행동해버렸어요. 솔직히 말해서, 저는 그분에게 일종의 격려를 해줘야 한다고 생각했어요. 그분은, 그분은 뭐랄까, 어딘지 격려가 필요한 것처럼 보였거든요. 말해주세요."

그녀는 불쑥 새터드웨이트에게 물었다.

"어젯밤에 제가 올리버에게 키스하는 걸 그분이 보셨나요?"

"그건 모르겠는걸요. 언제 말인가요?"

"달빛 속을 걸을 때요. 길을 걸어 내려갈 때였죠. 어쩌면 그분은 저와 올리버를 보셨을지도 몰라요. 저는 그 일 때문에 그분이 조금이나마 정신을 차리시지 않을까 생각했어요. 그분은 절 좋아하셨거든요. 분명히 맹세할 수 있어요. 그분은 절 좋아해요."

"그런 행동은 올리버에게 너무한 게 아닐까요?"

에그는 단호한 태도로 고개를 저었다.

"전혀 그렇지 않아요. 올리버는 어떤 여자라도 여자가 자신에게 키스해준다는 것 자체에 감격할 거예요. 물론, 그 사람을 착각하게 만든 건 옳지 못해요. 하지만 일일이 거기까지 신경을 쓸 수는 없잖아요. 하여간 저는 찰스에게 뭔가 자극을 줘야겠다고 생각한 거예요. 요즘 좀 이상해지신 것 같아서요."

"이봐요, 아가씨." 새터드웨이트가 말했다.

"찰스 경이 무엇 때문에 그처럼 갑자기 떠나 버렸는지 그 이유를 잘 모르고 있는 것 같군요. 그는 당신이 올리버에게 마음이 있다고 생각한 겁니다. 그 사람은 더 이상 고통을 당하기 싫어서 떠난 겁니다."

에그는 고개를 저었다. 그녀는 새터드웨이트를 곁눈질로 쳐다보면서 외쳤다.

"그게 사실인가요? 정말 사실이냐고요? 세상에! 이럴 수가! 오!"

그녀는 그를 잡았던 손을 놓고서 펄쩍펄쩍 뛰었다.

"그럼, 그분은 돌아오실 거예요. 그분은 돌아오실 거예요. 만일 그렇지 않는다면……."

"그렇지 않는다면……?"

에그가 깔깔거리고 웃었다.

"어떻게 해서든 그분을 돌아오게 하겠어요. 두고 보세요."

표현의 차이는 약간 있지만, 그 말은 애스톨라트 양의 말과 거의 같은 이야기였다.

하지만 새터드웨이트는 에그의 방법이 엘레인의 방법보다는 훨씬 현실적일 것이라고 생각했다. 그리고 적어도 그녀는 실연 때문에 죽거나 하지는 않을 거란 생각이 들었다.

제2막 **확신**
제1장

새터드웨이트는 몬테카를로에 와 있었다. 여러 파티를 순례하는 것도 이미 다 끝났고 해서, 9월의 이곳이야말로 그에게는 아주 쾌적한 장소였다.

그는 정원에서 햇빛을 받으면서 이틀 전에 발행된 데일리 메일지를 읽고 있었다. 그러다가 갑자기 어떤 이름이 그의 주의를 끌었다.

'스트레인지'라는 이름이 바로 그것이었다.

'바솔로뮤 스트레인지 경의 죽음'—그는 그 기사를 읽어 내려갔다.

'우리들에게 참으로 유감스러운 소식이 생겼는데, 그것은 바로 바솔로뮤 스트레인지 경의 죽음이다. 저명한 신경과 전문의인 그는 요크셔에 있는 자기 집에서 파티를 열고 있었다. 바솔로뮤 경은 상당히 건강한 상태였는데, 파티가 끝날 무렵 갑자기 사망하였다. 그는 친구들과 담소하면서 포트와인 한 잔을 마시다가 갑자기 경련을 일으켜서 미처 의사가 당도하기 전에 숨을 거두었다. 바솔로뮤 경은 우리들에겐 무척 중요한 인물이다. 그는……(중략).'

여기서부터는 바솔로뮤 경의 지난날의 경력에 대한 설명이 나와 있었다.

새터드웨이트는 너무나 놀라 숨을 제대로 못 쉴 지경이었다. 불과 얼마 전에도 그를 만나지 않았던가? 그는 몹시 충격을 받았다.

마지막으로 그 의사를 보았을 때의 모습이 머리에 떠올랐다. 쾌활하고 즐겁게 떠들어대던 그의 모습이……. 그런데 이제 그가 죽었다.

신문기사의 몇 구절이 그의 머릿속을 산란하게 맴돌았다.

'포트와인 한 잔을 마시다가……, 갑자기 경련을 일으켜서……, 미처 의사가 당도하기 전에 숨을 거두었다…….'

칵테일 대신 포트와인이라는 점만 빼놓고 나머지는 콘월에서 일어났던 사건과 너무나 똑같았다. 새터드웨이트는 다시 한 번 목사의 일그러진 얼굴을 떠올리지 않을 수 없었다. 그걸 생각해보면 결국엔…….

그는 찰스 카트라이트 경이 잔디를 건너오는 것을 보고 얼굴을 들었다.

"새터드웨이트, 세상에 이럴 수가! 자네와 할 이야기가 있네. 가엾은 톨리에 대한 기사를 읽었나?"

"방금 읽었네."

찰스 경은 그 옆에 놓인 의자 위에 털썩 주저앉았다. 그는 요트복을 입고 있었다. 그는 회색 플란넬 바지에다가 낡은 스웨터를 입고 다니지는 않았다. 이제 그는 프랑스 남부에서 요트를 즐기는 세련된 요트맨인 것이다.

"여보게, 새터드웨이트, 톨리는 무척이나 건강했었네. 절대로 몸이 불편하지 않았단 말이야. 만일, 내가 이번 사건을 저……, 그 일과 연관시킨다면 지나친 억측일까?"

"루마우드에서 생겼던 사건 말인가? 물론이지. 하지만, 어쩌면 우리가 잘못 생각한 건지도 몰라. 두 사건 사이에서 찾을 수 있는 공통점이란 그저 피상적인 것뿐이야. 요컨대, 갑작스런 죽음이란 여러 가지 이유에서 비롯된다 이 말일세."

찰스 경은 초조한 듯이 고개를 끄덕이고는 말했다.

"방금 에그 리튼 고어에게서 편지를 받았네."

새터드웨이트는 웃음이 나오려는 걸 억지로 참았다.

"그녀에게서 처음 온 편지인가?"

찰스 경은 순순히 대답해주었다.

"아니, 사실은 여기 도착하자마자 곧 편지를 받았네. 그저 그곳 소식 같은 걸 전하는 내용이었지. 나는 회답을 보내지 않았네……. 솔직히 말하자면, 새터드웨이트, 나는 편지 같은 걸 보낼 용기가 없었어. 물론 그 아가씨는 전혀 모르겠지만, 나는 내 꼴이 우습게 되는 게 싫거든."

새터드웨이트는 웃음이 터져 나오려는 걸 막으려고 황급히 손으로 입을 가렸다.

"그런데, 이번 편지는?"

"이번 편지는 달라. 도움을 요청하는 내용일세."

새터드웨이트의 눈썹이 치켜세워졌다.

"도움을 요청하는 편지라고?"

"그녀는 거기에 있었어. 자네도 알겠지만……, 그 집에 말이야. 사건이 났을 때."

"그러니까 그 아가씨가 바솔로뮤 스트레인지 경이 죽던 그 시간에 함께 있었단 말인가?"

"응."

"그 점에 대해 그 아가씨는 뭐라고 썼나?"

찰스 경이 호주머니에서 편지 한 장을 꺼냈다. 그는 한순간 주저했지만, 곧 새터드웨이트에게 그걸 넘겨주었다.

"자네가 직접 읽어 보는 게 좋겠군."

새터드웨이트는 강한 호기심을 느끼면서 편지를 읽어 내려갔다.

친애하는 찰스 경.

이 편지가 언제쯤 당신에게 도착할지 모르겠군요. 되도록 빨리 도착하길 빌어요. 저는 어떻게 해야 할지 전혀 모르겠어요. 당신도 이미 신문에서 바솔로뮤 스트레인지 경이 돌아가셨다는 기사를 읽으셨으리라고 생각합니다. 맞아요, 그분은 배빙턴 씨와 똑같은 방식으로 죽었어요. 그건 결코 우연의 일치가 아니에요. 그럴 리가 없어요, 절대로. 저는 너무나 걱정스러워요. 부디 돌아오셔서 도와주시지 않겠어요? 이렇게 말씀드리면 이상하게 들리시겠지만 전에도 당신은 뭔가 잘못되었다고 생각하셨어요. 그리고 그때는 어느 누구도 그 말에 귀를 기울이지 않았지요. 그런데 이번에는 당신의 친구 분이 살해되셨어요.

그러니 만일 당신이 돌아오시지 않는다면 아마도 그 진실을 밝혀낼 수가 없을 거예요 당신만이 하실 수 있을 거예요 전 그걸 확신하고 있답니다. 그리고 또 다른 일이 있어요 저는 어떤 사람 때문에 몹시 걱정을 하고 있어요 그는 그 사건과는 하등의 관계도 없어요 저는 그걸 알아요 하지만 일이 자꾸만 이상하게 꼬여 가고 있어요 오, 편지로는 자세히 설명드릴 수가 없군요 하여튼 곧 돌아오시지 않겠어요? 당신이라면 진실을 밝혀내실 거예요 전 확신하고 있어요

조급한 마음으로
에그

"어때?" 찰스 경이 초조해 하면서 물었다.

"물론 좀 어수선한 내용이지. 하긴, 급하게 쓴 편지일 테니까. 자네는 어떻게 생각하나?"

새터드웨이트는 대답하기 전에 천천히 편지를 접어서 그에게 돌려주었다.

그는 편지에 모순이 있다고 느끼긴 했지만 급하게 서둘러 쓴 편지는 아닐 거라고 생각했다. 그의 생각으로는, 그것은 치밀하게 계획된 편지였던 것이다.

편지는 찰스 경의 허영심, 그의 기사도 정신, 그리고 그의 본능에다가 교묘하게 작용하게끔 쓰인 것이다.

새터드웨이트가 찰스 경에 대해 생각해볼 때, 이 편지야말로 찰스 경의 성격을 제대로 이용한 것이었다.

새터드웨이트가 물었다.

"자네 생각에는 '어떤 사람'이라든가 '그'가 도대체 누구일 것 같은가?"

"맨더스일 것 같네."

"그때 그가 거기에 있었나?"

"틀림없이 있었네. 이유는 알 수 없지만, 톨리는 그때 내 집에서 만나본 걸 제외하고는 그를 만난 적이 없는데 말이야. 톨리가 도대체 왜 그를 불렀는지 그 이유를 알 수가 없어."

“그는 자주 그렇게 큰 파티를 열었었나?”

“1년에 서너 번 정도…….”

“요크셔에는 자주 가곤 했나?”

“요양소라든가, 하여튼 그런 걸 요크셔에 가지고 있거든. 멜포트 애비라는 낡은 건물을 사서는 그걸 허물고 거기다가 요양소를 새로 지었다네.”

“알겠네.”

새터드웨이트는 잠시 조용히 있다가 입을 열었다.

“그 파티에 간 사람들은 누구누구였을까?”

찰스 경은 다른 신문에 참석자 명단이 나와 있을지도 모른다고 이야기해주었다. 그래서 그들은 신문을 한 장 더 사기로 했다.

“여기 있군.”

찰스 경이 커다랗게 소리 내어 읽었다.

“바솔로뮤 스트레인지 경은 여느 때와 같이 성 레거 기념파티를 열고 있었다. 손님 중에는 에든 경 부부, 메리 리튼 고어 부인 조셀린 경과 캠벨 부인 데이크리스 부부, 그리고 유명한 여배우 안젤라 서트클리프 양이 있었다.”

찰스 경과 새터드웨이트는 서로의 얼굴을 마주 보았다.

“데이크리스 부부와 안젤라 서트클리프…….”

찰스 경이 말했다.

“올리버 맨더스에 대한 이야기는 없는 걸.”

“콘티넨털 데일리 메일지를 읽어보세.” 새터드웨이트가 말했다.

“뭔가 다른 이야기가 있을지도 모르니까.”

찰스 경은 신문을 펴들었다. 그러고는 갑자기 긴장한 얼굴로 변했다.

“들어봐, 새터드웨이트.”

“바솔로뮤 스트레인지 경의 죽음―고(故) 바솔로뮤 스트레인지 경의 사건 수사 결과, 니코틴 독살이라는 사실이 판명되었다. 하지만 누가 독살을 행했는지, 어떤 방법으로 독살이 행해졌는지를 밝혀낼 만한 증거는 하나도 없다."

그는 얼굴을 찌푸렸다.

"니코틴 독살이라……? 도대체 어찌된 일인지 전혀 모르겠군."

"자넨 어떻게 할 건가?"

"나 말인가? 나는 이제부터 블루 트레인의 침대차를 예약하러 갈 생각이네."

"좋아." 새터드웨이트가 말했다.

"나도 그렇게 하지."

"자네도?"

찰스 경이 깜짝 놀란 얼굴을 하고 그를 쳐다보았다.

"나도 얼마간은 이런 일에 관심이 있거든."

새터드웨이트는 겸연쩍은 태도로 말했다.

"나도, 흠, 약간 경험이 있다네. 게다가 그 방면에서는 꽤 널리 알려진 경찰 서장을 한 명 알고 있거든. 존슨 대령이라는 사람인데, 꽤 도움이 될 거야."

찰스 경이 외쳤다.

"좋아! 그럼 이제 표를 끊으러 가세나."

새터드웨이트는 혼자 생각했다.

'그 아가씨가 드디어 해냈군 그래. 마침내 그를 자기에게 돌아오게 만들었어. 반드시 그렇게 하겠다고 장담했었지. 하여튼 정말 기가 막히게 머리를 잘 쓴 편지야.'

에그 리튼 고어는 기회 포착에 대단히 능숙한 것 같았다. 찰스 경이 표를 사러 가기 위해 자리를 비우자, 새터드웨이트는 어슬렁거리며 정원을 거닐었다. 그는 아직까지도 여전히 에그 리튼 고어를 생각하고 있었다. 그는 그녀의 적극성과 기지에는 감탄을 금치 못할 정도였지만, 한편 다른 마음으로는 여자가 그렇게 적극적으로 나서는 걸 못마땅하게도 생각하고 있었다.

새터드웨이트는 사람을 잘 파악하는 편이었다. 그러한 그에게 에그 리튼 고어는 일반적인 그런 여자들과는 다른 유별난 성격을 지닌 것처럼 여겨졌다.

그는 혼잣말로 이렇게 중얼거렸다.

"전에 어디선가 이렇게 유별난 머리를 가진 사람을 본 적이 있었는데……?"

그 머리의 소유자는 바로 새터드웨이트 앞에 있는 의자에 앉아 그를 뚫어지게 바라보고 있었다. 그는 키에 비해 지나치게 커다란 콧수염을 달고 있는 작달막한 사람이었다.

볼멘 표정을 한 영국 아이가 그 근처에 서 있었는데, 양쪽 발을 번갈아 가며 뛰면서 장난을 치고 있었다.

"얘야, 그렇게 해서는 안 된다."

아이의 엄마가 아이에게 타일렀다. 그녀는 의상 잡지를 읽는데만 정신이 팔려 있었다.

"할 일이 없는걸요." 아이가 대꾸했다.

키 작은 남자가 그때 마침 그녀 쪽으로 고개를 돌렸다. 그러자 새터드웨이트는 당장 그를 알아보았다.

"포와로 씨, 정말 반갑군요."

포와로가 의자에서 일어나서 인사했다.

"안녕하십니까?"

그들은 악수를 한 다음 다시 자리에 앉았다.

"모두 다 몬테카를로에 와 있는 것 같군요. 불과 30분 전에 찰스 카트라이트 경을 만났는데, 이제는 또 당신을 만났으니 말입니다."

"찰스 경도 여기에 있나요?"

"그는 요트를 즐기고 있습니다. 루마우드에 있는 집을 팔아버린 일은 이미 알고 계시죠?"

"오, 아니오. 전혀 몰랐는걸요. 뜻밖이로군요."

"나는 별로 뜻밖이라고는 생각지 않습니다. 너무나 일에 지친데다가, 이젠 은퇴할 때도 되었지만, 그래도 카트라이트는 영원히 세상과 동떨어져서 은둔 생활을 할 만한 사람은 아니거든요."

"오, 그것도 일리가 있군요. 사실 그 생각은 옳다고 봅니다. 나는 또 다른 이유로 해서 놀랐던 겁니다. 사실 찰스 경이 루마우드에 머물 만한 특별한 이유가 있는 것처럼 보였거든요—대단히 매력적인 이유 말입니다. 흠, 내 생각이 옳겠지요? 조그마한 아가씨, 별명이 뭐더라, 에그라든가?"

그의 눈이 반짝거렸다.

"오, 그러니까 당신도 그걸 이미 눈치 챘단 말이군요?"

"그렇고말고요. 연인들 사이를 눈치 채기란 그리 어렵지 않은 일이니까요."

그렇게 말하면서 그는 한숨을 쉬었다.

"내 생각으로는……." 새터드웨이트가 말했다.

"바로 그 이유 때문에 찰스 경이 루마우드를 떠난 것 같습니다. 달아난 것이지요."

"에그 양으로부터 말입니까? 하지만, 분명히 그녀도 그를 좋아하는 것 같던데요. 그런데도 도망쳤단 말입니까?"

새터드웨이트가 말했다.

"오호, 당신은 우리 앵글로색슨인들의 복잡한 심리를 모르시겠군요."

포와로는 자신의 생각을 계속 설명해 나갔다.

"물론 그것도 좋은 방법이지요. 여자에게서 달아나면, 즉시 그 여자는 쫓아오게 되어 있지요. 찰스 경처럼 경험이 많은 분이 바로 그러한 원리를 모를 리가 없겠지요."

새터드웨이트는 이렇게 대꾸했다.

"꼭 그렇게 된 이야기는 아닐 겁니다. 그런데 당신은 도대체 여기 무슨 일 때문에 온 겁니까? 휴가인가요?"

"요즘에야 언제나 휴가지요. 나는 성공한 사람입니다. 돈도 많고요. 그리고 이미 일에서는 물러났지요. 이제는 여기저기 여행이나 하면서 세상 돌아가는 걸 구경할 뿐인걸요."

"멋지군요." 새터드웨이트가 말했다.

"그렇게 생각하십니까?"

"엄마!" 아까 그 영국 아이가 외쳤다.

"다른 할 일이 없을까?"

"얘야." 그 아이의 엄마가 꾸짖듯이 말했다.

"이렇게 외국에 나와서 아름다운 햇빛 속에 있다는 게 얼마나 좋은 일이냐?"

"그건 그래요. 하지만 아무것도 할 게 없는걸."

"여기저기 뛰어다니면서 혼자 놀도록 해라. 가서 바다나 구경하렴."

"엄마." 마침 어떤 프랑스 꼬마가 나타나서 말했다.

"함께 놀아요."

프랑스인 엄마는 읽고 있던 책에서 고개를 들고는 이렇게 대꾸했다.

"혼자서 놀거라, 마르셸드."

그 프랑스 꼬마는 속상한 얼굴로 공을 튀겼다.

"안됐군요." 에르퀼 포와로가 말했다.

그렇게 말하는 그의 얼굴에는 야릇한 표정이 떠올라 있었다. 그러고는 마치 새터드웨이트의 얼굴 표정에서 무슨 대답이라도 읽어 냈는지 이렇게 말했다.

"하지만, 그래요. 당신은 역시 날카로운 사람이군요. 당신 생각 그대로이니까요."

그는 한동안 아무 말도 하지 않고 있다가 입을 열었다.

"당신도 아시겠지만, 어렸을 적에 나는 아주 가난했어요. 나와 같은 사람들이 세상에는 많답니다. 우리는 사회에 뛰어들어야 했어요. 나는 경찰에서 일하게 되었지요. 열심히 일했습니다. 비록 느린 속도이기는 하지만 그 방면에서 차차 인정을 받아 가기 시작했지요. 내 이름이 널리 알려지게 되었습니다. 결국 국제적인 명성도 얻게 되었지요. 그러고는 퇴직하게 되었습니다. 그런데 전쟁이 터진 겁니다. 그때 나는 부상을 당했지요. 영국으로 피신했는데, 어떤 친절한 부인이 내게 아주 잘 대해 주셨습니다. 그런데, 그 부인이 죽었습니다. 자연적인 이유 때문이 아니었지요. 보다 엄밀히 말해 살해되었던 겁니다. 그래서 나는 그 사건을 밝혀내기로 마음먹고는 최대한 노력했지요. 그 결과, 부인의 살인범을 잡아냈습니다. 그로 인해서 아직도 내가 끝장난 몸이 아니란 걸 깨닫게 되었지요. 아니, 사실은 예전보다도 더욱 나아졌습니다.

그래서 나는 두 번째로 새로운 직업을 갖게 된 것입니다. 영국에서 사립탐정이라는 직업을 갖게 된 것이지요. 나는 여러 가지 힘들고 난해한 사건들을 거뜬히 해결해주었습니다. 그래요, 선생, 나는 그렇게 살아왔답니다. 인간의 본성에 대한 연구는 참으로 놀라운 것이지요. 나는 돈도 많이 벌었습니다. 그래서 '언젠가는……'이라고 나 스스로에게 말하곤 했었습니다. '내가 필요로 하는 돈을 전부 다 가지게 될 것이다. 내 꿈을 실현할 거야.'라고 말입니다."

그는 새터드웨이트의 무릎 위에다 한 손을 올려놓았다.

"그런데 말입니다, 막상 자신의 꿈이 실현되었다는 걸 깨닫게 되니까 말이죠—우리 가까이에 있는 저 꼬마 아가씨 역시 외국으로 여행가는 걸 꿈꿔 왔을 테지요. 그런데, 막상 그게 실현되고 나니까 모든 게 달라진 겁니다. 그걸 이해하겠습니까?"

새터드웨이트가 말했다.

"이해합니다. 당신 자신은 만족하지 못하고 있다는 거지요."

포와로가 고개를 끄덕였다.

"그렇습니다."

한순간 새터드웨이트의 얼굴에는 장난꾸러기 같은 표정이 떠올랐다. 그는 입술을 달싹거렸다. 그는 주저하고 있었던 것이다. 말할까? 하지 말까?

그는 천천히 들고 있던 신문을 펴들었다.

"이걸 읽어 보셨습니까, 포와로 씨?"

그는 손끝으로 한 기사를 가리켰다.

조그만 벨기에 남자는 그 신문을 받아들었다. 새터드웨이트는 그가 읽는 모습을 지켜보고 있었다. 그의 얼굴 표정은 전혀 변화가 없었지만, 그의 몸이 빳빳하게 굳어지는 것을 느낄 수 있었다.

에르퀼 포와로는 그 기사를 두 번 반복해서 읽어 본 다음, 신문을 다시 접어서 새터드웨이트에게 건네주었다.

"재미있군요."

"예, 그런 것 같아요. 정말 찰스 경의 생각이 옳고 우리가 잘못 생각한 걸까요?"

포와로가 말했다.

"예, 우리가 잘못 생각한 것 같군요. 솔직히 그 점은 인정합니다. 나는 그때까지만 해도 그처럼 친절하고 착한 분이 살해되리라고는 도저히 생각할 수가 없었거든요. 하여간 내가 잘못 생각했는지도 모르죠. 하지만 이번 사건도 우연의 일치일는지 모르는 겁니다. 우연의 일치란 가끔씩 일어나기 마련이거든요. 심지어 도저히 믿기 어려운 일까지도. 나, 이 에르큘 포와로는 그러한 놀라운 우연의 일치를 종종 보았답니다.”

그는 잠깐 말을 끊었다가 다시 계속했다.

“찰스 카트라이트 경의 직감이 들어맞은 건지도 모르지요. 그분은 예술인이니까요. 예민하고 남달리 감수성이 뛰어난 분 아닙니까? 이번 사건에서도 이성으로 따지기보다는 오히려 직감으로 더욱더 많이 느꼈다고 생각됩니다. 그런 식으로 생각하는 건 대개는 사태를 악화시키기도 하지만, 때로는 합리화되기도 한답니다. 그건 그렇고, 찰스 경은 지금 어디에 있을까요?”

새터드웨이트가 빙그레 미소 지었다.

“그건 내가 알려 드리죠. 지금 표를 사러 갔습니다. 그 사람과 나는 오늘 밤 안으로 영국으로 돌아갈 겁니다.”

“오호!”

포와로가 의미심장한 목소리로 외쳤다. 그의 눈이 반짝거리면서 궁금한 표정으로 물었다.

“우리 찰스 경은 도대체 어떤 생각일까요? 그렇다면, 찰스 경은 아마추어 탐정 역할을 하겠다고 결심한 건가요? 아니면 다른 이유라도?”

새터드웨이트는 아무 대답도 하지 않았다. 그의 침묵으로부터 포와로는 이미 감을 잡은 듯했다.

“그렇군요. 그 아가씨 문제가 여기에 개입되어 있군요. 단지 사건 때문만으로 거기까지 가려는 건 아니겠죠?”

“그 아가씨가 편지를 보내 왔습니다.” 새터드웨이트가 말했다.

“돌아와 달라고 요청하는 편지를 말입니다.”

포와로가 고개를 끄덕였다.

“글쎄요, 나는 잘 이해가 안 되는군요.”

새터드웨이트가 말을 막았다.

“요즘 영국 아가씨들을 이해하지 못하시겠습니까? 뭐 그리 놀라운 일은 아닙니다. 사실 나 자신도 언제나 이해할 수 있는 건 아니긴 하지만 허미온 리튼 고어 양 같은 아가씨는……."

이번에는 포와로가 말을 가로막고 이야기했다.

"죄송합니다만, 내 말뜻을 잘못 이해하신 것 같군요. 리튼 고어 양에 대해선 나도 잘 알고 있습니다. 그런 아가씨들을 많이 봐왔거든요. 당신은 그걸 현대적인 아가씨라고 말씀하셨지만, 내 생각에는 뭐랄까……, 흔한 여성인걸요."

새터드웨이트는 약간 난감한 표정이 되었다. 그는 오직 자기만이 에그를 이해할 수 있으리라고 생각하고 있었다. 이 외국인은 영국의 젊은 아가씨들이 갖고 있는 성향을 전혀 모르고 있을 텐데 하고 생각했던 것이다.

포와로는 여전히 말을 이어나갔다. 그의 음성에는 꿈꾸는 듯한, 그리고 사색에 빠진 듯한 분위기가 서려 있었다.

"인간의 본성에 대한 연구란, 참으로 위험한 일이 될 수도 있답니다."

새터드웨이트가 말을 고쳐서 이야기했다.

"유익한 일이지요."

"글쎄요……."

새터드웨이트가 주저하면서 일어섰다. 그는 약간 실망했던 것이다. 그는 미끼를 던졌지만, 결국 아무것도 낚아 올리지 못했다. 그는 인간 본성에 대한 자신의 이해가 반박을 받은 것 같은 인상을 받았다.

"즐거운 휴가를 보내십시오."

"고맙습니다."

"그리고 런던에 오시면 꼭 내게 연락을 주십시오."

그는 명함을 꺼내 놓았다.

"이게 내 주소입니다."

"정말 감사합니다, 새터드웨이트 씨. 꼭 찾아뵙지요."

"그럼 안녕히……."

"안녕히 계십시오."

새터드웨이트가 멀어져 갔다. 포와로는 그의 뒷모습을 지켜보다가, 눈앞에 펼쳐져 있는 푸른 지중해 물결을 쳐다보았다.

그렇게 그는 약 10분 정도 가만히 앉아 있었다.
그 영국인 아이가 다시 나타났다.
"엄마, 바다를 보고 왔어요. 다음엔 뭘 할까요?"
"좋은 질문이야."
에르퀼 포와로가 숨죽여서 한마디 했다.
그는 자리에서 일어나 어슬렁거리며 걸어갔다.

찰스 경과 새터드웨이트는 존슨 대령의 서재에 앉아 있었다. 대령은 붉은 얼굴에 커다란 체구를 지닌 사람이었다. 목소리 또한 대단히 우렁찼다. 그는 새터드웨이트를 반갑게 맞이했으며, 유명한 카트라이트 경을 알게 된 것을 무척이나 기뻐했다.

"내 아내가 대단한 연극광이랍니다. 아내는 당신의, 미국인들이 뭐라고 하더라? 팬, 그렇지, 팬입니다. 나도 훌륭한 연극은 좋아합니다. 산뜻한 연극 말입니다. 그런데 요즘 연극들은 다 쓰레기 같은 것들뿐이더군요."

찰스 경은 이러한 이야기를 느긋한 태도로 듣고 있었다. 조금 뒤, 그들이 방문한 용건을 이야기하자 존슨 대령은 마구 수다스럽게 떠들어댔다.

"친구 분이시라고요? 거참 안됐군요. 정말 안된 일입니다. 예, 그분은 이 근처에선 아주 유명한 분이었죠. 그분의 요양소는 아주 유명합니다. 뭐니뭐니해도 바솔로뮤 경은 그 분야에선 제일가는 의사였습니다. 친절하고, 관대하고, 유명한 분이었죠. 결코 살해될 만한 분은 아닌데 말이죠. 그런데도 사실은 살해된 것 같거든요. 자살이라고 생각할 만한 근거는 그 어디에도 없는 것 같으니까요. 그리고 사고라고는 도저히 생각할 수도 없고요."

찰스 경이 입을 열었다.

"새터드웨이트와 나는 막 외국에서 돌아오는 길입니다. 그저 신문에 난 기사들을 읽어 봤을 뿐입니다."

"그렇다면, 당연히 좀더 자세히 알고 싶으시겠군요. 예, 내가 자세히 설명해 드리죠. 우리 쪽에서 신경 써야 할 쪽은 분명히 집사였습니다. 그는 새로 온 집사입니다. 바솔로뮤 경은 불과 2주일 전에 그 사람을 채용했는데, 사건이 발생하자마자 사라져 버렸거든요. 땅속으로라도 꺼져 버렸나 봅니다. 정말 희한한 일이죠?"

"어디로 갔는지도 모릅니까?"

존슨 대령의 검붉은 얼굴이 더욱더 붉어졌다.

"솔직히 말해서, 우리들이 실수한 거라고 생각하겠지요? 사실 그렇게 생각하는 것도 무리는 아닙니다. 우리는 당연히 그 녀석을 감시하고 있었지요. 다른 사람들과 똑같이 말입니다. 그는 우리 질문에 만족할 만한 대답을 하긴 했어요. 전에 일하던 주인집 이름을 대었거든요. 호레이스 버드 경 댁에서 일했다더군요. 평판도 아주 좋은 것 같았습니다. 그런데 갑자기 그 사람이 사라져 버린 겁니다. 그 집을 감시하고 있었는데도 말이죠. 부하들을 다그쳤지만, 맹세코 감시를 소홀히 하지 않았다는군요!"

"특기할 만한 일이군요." 새터드웨이트가 말했다.

"다른 모든 건 제쳐두고라도……."

찰스 경이 생각에 잠긴 목소리로 중얼거렸다.

"그건 정말 어리석은 짓인 것 같군요. 제 생각에도 그 사람은 혐의를 받지 않고 있었을 겁니다. 그런데, 달아나 버림으로 해서 자신에게 오히려 주의를 집중시키게 된 거군요."

"그렇습니다. 그리고 영국을 탈출하는 것도 성공할 가능성이 전혀 없거든요. 그 녀석의 몽타주가 이미 널리 배포되었으니까요. 그 녀석이 잡히는 것도 이젠 시간문제랍니다."

"정말 이상한 일인데. 나는 도대체 이해가 안 돼요."

찰스 경이 말했다.

"오, 그 이유는 아주 간단합니다. 그 녀석은 제정신을 잃은 겁니다. 갑자기 두려워진 것이겠죠!"

"살인을 저지른 사람이 그 뒤에 버틸 만한 심장도 못 가졌단 말인가요?"

"사람 나름이겠지요. 맞아요, 사람 나름일 테죠. 나는 범죄자들에 대해 잘 알고 있습니다. 도둑이 제 발 저리는 식이죠. 지레 겁이 나서 자신이 혐의를 받고 있다고 착각하고는 뺑소니쳐 버린 거죠."

"자신에 대해선 뭐라고 설명하던가요?"

"맞아요, 그겁니다, 찰스 경. 그거야말로 정식 코스인걸요. 런던에다가 알아보니까, 그의 말이 사실이더군요. 그는 호레이스 버드 경에게서 추천서를 받아 가지고 있었어요. 호레이스 버드 경, 그분은 현재 서아프리카에 있답니다."

"그렇다면 그 추천서는 확인되었나요?"

존슨 대령이 똑똑한 제자를 타이르는 선생처럼 이야기해주었다.

"물론이지요. 물론 우리는 호레이스 경에게 전보를 쳤습니다. 하지만, 회신을 받기까지는 꽤 시간이 걸릴지도 모릅니다. 그분은 현재 사냥 중입니다."

"그 사람은 도대체 언제 사라졌습니까?"

"사건 다음날 아침입니다. 그날 저녁에 의사가 달려왔었는데, 조셀린 캠벨이라고 하더군요. 그와 데이비스라는 이 지방 의사의 진단 결과를 들은 다음, 모든 사람들이 즉시 소환되었지요. 그날 밤 우리는 모든 사람들을 하나하나 심문했습니다. 엘리스(그 집사 녀석의 이름입니다)는 그날 밤 자기 방으로 돌아갔는데, 다음날 아침 그만 증발해버린 겁니다. 침대를 살펴보니, 그날 밤 잔 흔적은 없더군요."

"밤을 틈타서 도망쳐 버렸군요?"

"그런 것 같습니다. 여자 손님들 중 한 분이 거기에 묵고 있었습니다. 여배우인 서트클리프 양인데요, 당신도 그녀를 알고 계시겠죠?"

"알고말고요."

"서트클리프 양이 우리에게 자기 생각을 말하더군요. 혹시 그 녀석이 비밀통로로 도망친 게 아닐까 하고 말입니다."

그는 코를 문지르면서 마치 변명하듯이 말했다.

"황당무계한 이야기처럼 들릴는지도 모르겠습니다만, 사실 그렇게 생각할 만한 근거도 있거든요. 그런 비밀통로가 실제로 있는 것 같습니다. 바솔로뮤 경이 자랑스럽게 서트클리프 양에게 보여 줬다는군요. 통로 끝이 약 1마일(1.6 km) 정도 떨어진 곳에 있는 어떤 낡은 석조 건물로 연결된다고 하면서요."

"그것도 꽤 타당성 있는 설명이군요."

찰스 경이 말했다.

"문제는 집사란 사람이 그 통로를 알고 있었느냐 하는 점이죠?"

"물론 그게 문제입니다. 내 아내 이야기로는 하인들은 모르는 게 없다는군요. 아내의 말이 맞을지도 모릅니다."

"내가 듣기로는 니코틴 독살이라던데요."

새터드웨이트가 말에 끼어들었다.

"맞습니다. 흔히 쓰이는 그런 성분은 아니지요. 아주 드문 경우라고 할 수 있습니다. 만일 피살자가 지독한 흡연가라면 문제가 복잡해지겠지요. 내 말은 그럴 경우엔 그분이 자연적인, 즉 니코틴 중독으로 사망했을는지도 모른다는 뜻입니다. 물론 이러한 설명에는 반박이 나오겠죠. 너무 갑작스런 사망을 설명하기에는 아무래도 불충분하니까요."

"어떻게 해서 그게 그에게 먹여졌을까요?"

"그건 모릅니다." 존슨 대령이 솔직히 시인했다.

"그게 바로 가장 큰 난점입니다. 의사의 진단에 의하면, 이번 경우엔 분명히 사망하기 불과 몇 분 전에 먹은 것 같다는군요."

"내가 듣기로는, 포트와인을 마셨다는데요?"

"맞습니다. 아무래도 니코틴이 포트와인 속에 들어 있었던 것 같습니다. 하지만, 사실 조사해보니 포트와인 밖에는 아무것도 들어 있지 않았어요. 물론, 다른 와인 잔들도 조사해봤지만, 모두 다 같은 쟁반 위에 놓여 있었고, 그중 어느 것에도 다른 것이 들어 있지는 않았거든요. 그가 먹은 건 다른 사람들과 똑같은 것이었어요. 수프, 감자 으깬 것, 초콜릿 수플레, 부드러운 흰 빵 등 말입니다. 그리고 요리사는 15년 동안이나 그 집에서 일해 왔다는군요. 도대체 어떤 방법으로 그분의 위에 들어가게 되었을까요? 정말 어려운 문제입니다."

찰스 경이 새터드웨이트 쪽을 쳐다보고 흥분된 어조로 말했다.

"똑같아, 전번과 아주 똑같아."

그는 대령에게 변명하듯이 말했다.

"설명해 드리죠. 사실 콘월에 있는 우리 집에서 한 사람이 죽었는데요……."

존슨 대령은 흥미 깊은 표정이었다.

"그 일에 대해서도 들은 적이 있습니다. 리튼 고어 양이라는 젊은 아가씨가……."

"예, 그녀도 그때 거기에 있었지요. 그래 당신에게 그 이야기를 하던가요?"

"그랬습니다. 그 아가씨 나름대로 생각을 말하더군요. 하지만 찰스 경, 솔직히 말해 나는 그 아가씨의 생각에 찬성할 수가 없습니다. 그 사건과 집사가 증발해버린 것과는 아무런 상관도 없거든요. 혹시 당신 하인 중에서 증발한 사람은 없나요?"

"하인은 한 사람도 없어요. 하녀가 하나 있을 뿐입니다."

"그녀가 남자로 위장할 수는 없을 테지요?"

예쁘고 지극히 여성적인 템플 양을 떠올리면서, 찰스 경은 미소를 지었다.

존슨 대령 역시 어색하게 웃었다.

"그저 한번 생각해본 겁니다. 어쨌거나 나로서는 리튼 고어 양의 생각에는 별로 동의할 수 없습니다. 내가 알기로는 그때 죽은 분은 나이 든 목사라던데요? 도대체 그런 늙은 목사를 살해하려는 사람이 어디 있을까요?"

"그게 바로 이상한 점입니다."

찰스 경이 말했다.

"당신도 단순한 우연의 일치라고 생각하실 줄로 알고 있었습니다. 하여튼 그 집사 녀석을 잡아야 할 텐데, 아무래도 전과가 있는 상습범일 것 같아요. 그런데 불행하게도 그 녀석의 지문을 채취할 수가 없다 이 말입니다. 그 녀석의 침실을 샅샅이 뒤져 봤지만, 아무데서도 지문을 채취하지 못했답니다."

"만일 집사가 범인이라면 도대체 동기가 뭘까요?"

"그것 역시 어려운 문제입니다." 존슨 대령이 대꾸했다.

"그 녀석이 뭔가를 훔치려고 했는데, 마침 바솔로뮤 경이 그 낌새를 알아차린 건지도 모르죠."

찰스 경과 새터드웨이트는 아무 말도 하지 않고 가만히 앉아 있었다. 존슨 대령 자신도 그 이야기가 타당성이 없다고 생각한 듯했다.

"사실 우리는 그저 추측해볼 따름이랍니다. 일단 존 엘리스를 찾은 다음에 도대체 그가 누구인지, 또 전과 사실이 있는지 등을 알아보아야 할 겁니다. 그렇게 하면 살인 동기는 자연히 드러나게 될 테지요.

"바솔로뮤 경의 서류들도 이미 조사해보셨겠죠?"

"그거야 당연한 일이죠. 우리는 주의를 기울여서 샅샅이 조사했습니다. 크로스필드 총경, 그가 바로 이 사건을 맡고 있는데, 그 사람을 소개해드려야겠군요. 아주 믿음직한 사람입니다. 그 사람은 내 생각과 같습니다. 그 사람도 바솔로뮤 경의 직업상, 범죄가 일어날 만한 가능성이 아주 크다는 겁니다. 의사들이란 직업상 남의 비밀을 많이 알고 있는 법이거든요. 바솔로뮤 경의 서류들은 모두 다 깔끔하게 정리되어 있더군요. 그의 비서인 린던 양이 서류들을 모두 다 보여 주었습니다."

"그럼, 거기엔 아무것도 이상한 게 없었나요?"

"전혀 없었습니다."

"혹시 없어진 물건들이라도? 보석이라든가 그런 것 말입니다."

"아무것도요."

"그 집에 머물렀던 사람들은 누굽니까?"

"여기 목록이 있습니다……. 어디 놔뒀더라? 오, 크로스필드 총경에게 준 걸 깜박 잊었군. 금방이라도 그를 불러 드릴 수 있습니다."

그가 벨을 눌렀다.

"이제 곧 그 사람이 올 겁니다."

크로스필드 총경은 탄탄한 체격에다가 날카로운 눈매를 지닌 사람으로서, 말을 약간 느리게 하는 편이었다. 그는 상사에게 경례한 다음, 두 방문객에게 인사했다.

만일 새터드웨이트 혼자였더라면 그 총경이 그 정도로 허리를 굽혀서 인사하지는 않았을 것이라고 그는 내심 생각했다. 크로스필드는 '추측'만을 가지고 런던에서 내려온 아마추어 신사에게는 전혀 신경도 쓰지 않았을 것이다. 하지만 찰스 경의 경우에는 문제가 달랐다. 크로스필드는 무대에 대해 어린아이와도 같은 동경심을 가진 사람이었다. 그는 찰스 경의 연기를 두 번이나 봤다고 하면서 지극히 다정하고도 친절하게 대했다.

"선생님, 런던에서 당신의 연기를 보았습니다. 아내와 함께 보았지요. 에인트리 경의 딜레마, 바로 그 연극입니다. 그때는 정말 공연장에 사람들이 무척이나 많이 몰려들었죠. 그래서 우리는 2시간이나 먼저 가서 서 있어야만 했습니다. 그런데도 아내는 기어코 보려고 하더군요. '꼭 이 에인트리 경의 딜레마에 나오는 찰스 경을 봐야 해요.'라고 말하면서요. 팰맬 극장에서였지요.”

“그래요?” 찰스 경이 대답했다.

“아시다시피 이제는 연기 생활을 그만두었습니다. 너무 많이 일한데다가 2년 전에는 건강까지 나빠져서 말이오. 하지만, 여전히 사람들은 팰맬에서 연기하던 나를 기억하고 있더군요.”

그는 카드 한 장을 꺼내서 그 위에다가 몇 마디 끼적거렸다.

“매표구에 이걸 내면 당신과 부인께서는 제일 좋은 좌석을 얻을 수 있을 겁니다.”

“정말 고맙습니다, 찰스 경. 정말 고맙습니다. 내가 이 이야기를 하면 아내는 기뻐서 펄쩍 뛸 겁니다.”

카드를 받은 다음부터 크로스필드 총경은 전직 배우의 말을 고분고분 따르게 되었다.

“희한한 사건입니다. 선생님, 여태까지 니코틴 독살 사건을 맡아 본 적이 한 번도 없거든요. 우리 데이비스 의사도 마찬가지고요.”

“너무 지나친 흡연의 경우엔 그렇게 사망할 수도 있을 텐데요.”

“솔직히 말씀드리자면, 사실 나도 그렇게 생각했습니다. 하지만 의사의 말로는 그게 아니더군요.”

찰스 경이 휘파람을 불었다.

크로스필드 총경이 한마디 덧붙였다.

“의사의 설명으로는 니코틴은 냄새가 없는 액체로서, 몇 방울만 먹어도 즉사하게 된다는군요.”

“굉장한 독약이로군.” 찰스 경이 한마디 했다.

“말씀하신 대로입니다. 하지만, 그건 흔히 구할 수 있는 것이기도 합니다. 희석시켜서 장미꽃에 뿌려 주기도 하거든요. 물론, 그냥 보통 담배에서 뽑아낼 수도 있고요.”

“장미꽃이라……” 찰스 경이 중얼거렸다.

“어디선가 들은 적이 있는 것 같은데……”

그는 잠깐 얼굴을 찡그렸다가 고개를 저었다.

"다른 새로운 소식은 없나, 크로스필드?"

존슨 대령이 물었다.

"아무것도 없습니다, 대령님. 그저 엘리스가 더햄과 입스위치, 밸햄 등 여러 곳에서 목격되었다는 정보만 들어왔을 뿐입니다. 일단 검토는 해봐야겠지요."

그는 다른 두 사람 쪽을 쳐다보았다.

"그의 몽타주를 전국에다 돌렸으니 분명히 누군가가 그를 목격할 겁니다."

"그 사람의 생김새는요?" 찰스 경이 물었다.

존슨이 종이쪽지 한 장을 꺼내 들었다.

"존 엘리스, 5피트 7∼8인치(170∼173㎝)로 중간 정도의 키. 약간 구부정한 허리에 회색 머리. 양쪽 구레나룻이 있고 검은 눈. 허스키한 음성. 윗니 하나 가 없어서 웃을 때마다 드러남. 특별한 표시는 없음."

찰스 경이 말했다.

"흠, 모호한 설명이군요. 구레나룻은 밀어 버리면 그만이고, 이도 웃지 않으 면 아무도 모를 테니까 말이오."

크로스필드가 말했다.

"문제는 그에겐 별다른 특징이 없다는 점입니다. 이 설명도 가까스로 하녀 들에게서 얻어들은 겁니다. 그런데 하녀들 이야기도 사람마다 제각기 다르더 군요. 키가 크다고 하는가 하면, 작다고도 하고, 말랐다고도 하고 또 뚱뚱하다 거나, 보통이라는 등 도대체 종잡을 수가 있어야 말이죠."

"총경께서는 달아난 엘리스가 바로 범인일 거라고 생각하십니까?"

"그렇지 않다면 그가 왜 달아났겠습니까? 아무래도 그 점이 이상하거든요."

"정말 그 점이 이상하군요."

찰스 경이 중얼거렸다.

새터드웨이트가 바솔로뮤 스트레인지의 서류들에 대해 물었던 찰스 경의 물음을 반복했다.

"선생님, 거기서는 아무것도 발견할 수가 없었습니다. 모든 것이 다 명확하 게 되어 있었거든요."

"그렇습니다." 존슨 대령이 끼어들었다.

"내가 직접 서류들을 훑어보았지요. 이상한 점은 하나도 발견되지 않았습니다."

찰스 경이 말했다.

"언젠가 한 번 톨리의 비서를 본 적이 있는 듯한데……, 아주 똑똑한 여자기는 하지만 좀 평범하지."

"그렇습니다, 선생님. 훌륭한 아가씨이면서도 대단히 똑똑하더군요. 그건 그렇고, 우리들은 바솔로뮤 경의 일기도 검토해보았습니다. 노트 한 권뿐이더군요. 그걸 가져왔습니다."

"오" 찰스 경이 손을 내밀었다.

총경이 그에게 약간 낡은 초록색 노트를 건네주었다. 새터드웨이트는 찰스 경의 어깨너머로 일기장을 들여다보았다. 일기장 안에는 그저 연필로 끼적거린 것들뿐이었다.

> *래덤 영감의 세일. 훌륭한 포트와인 가야 할 것.*
> *L에게 새 테이블 매트를 사오라고 할 것*
> *이젠 다 늙은 것 같다. 곧 은퇴해야겠다.*
> *주의— 그 바보 같은 정원사 녀석을 혼내줘야겠다. 도대체 그 사람은*
> *왜 튤립을 좀더 빽빽이 심지 않을까?*

마지막 장은 사건 바로 전날에 쓰인 것이었다. 그 내용은 다음과 같다.

> *M에 대해 걱정이 된다. 그런 식으로 일이 되는 게 마땅치 않다.*
> *L에게 소파의 스프링이 고장 났다고 이야기할 것*

"L은 린던 양을 말하는 겁니다." 총경이 설명했다.

"그리고 M은?"

"그건 모르겠습니다. 아마도 환자들 중 한 사람이겠지요."

찰스 경이 이번에는 사건 당일 그 자리에 있던 하인들의 이름을 요구했다. 그건 다음과 같았다.

마사 레키— 요리사
비어트리스 처치— 선임 하녀
도리스 코커— 하녀
빅토리아 벨— 침실 하녀
바이올렛 배싱턴— 주방 하녀

이상에 열거한 사람들은 모두 다 고인과 오랫동안 일해 왔으며, 좋은 성격을 지니고 있었다. 레키 부인의 경우에는 15년 동안이나 거기서 일해 왔다.

글래디스 린던— 비서, 33살, 3년 동안 바솔로뮤 경의 비서로 일해 왔다.

[손님들]
에든 경 부부— 런던시 캐도건 스퀘어
조셀린 경과 캠벨 부인— 런던시 할리가(街)
안젤라 서트클리프 양— 런던시 캔트렐 맨션
데이크리스 부부— 런던시 세인트 존스 하우스, W.I. 데이크리스 부인은 앰브로신 가게를 경영하고 있다. 주소는 런던시 브루턴가(街)
메리 부인과 허미온 리튼 고어 양— 루마우드시 로즈 커티지
무리엘 윌스 양— 투팅시 어퍼 캐드카트 로드
올리버 맨더스— 스파이어 앤드 로스 회사, E.C, 올드브로드가

"흠, 신문에는 투팅 사람들이 빠져 있더군. 맨더스도 여기에 있었군 그래." 찰스 경이 말했다.
"우연한 사고 때문이었죠." 크로스필드 총경이 말했다.
"그 젊은이가 오토바이로 벽을 들이받는 충돌 사고를 냈는데, 그때 마침 바

솔로뮤 경이 그분과 약간 면식이 있었나 봅니다. 그래서 그날 밤 묵고 가라고 했답니다.”

“거참 큰일 날 뻔했구먼.” 찰스 경이 유쾌하게 말을 받았다.

총경이 말했다.

“그렇습니다. 아마도 그 젊은이는 몹시도 취했던가 봅니다. 도대체 어떻게 해서 벽을 들이받게 되었는지 도저히 상상할 수도 없거든요. 그때 제정신이었다면 말입니다.”

“너무 혈기가 왕성한 탓이겠죠.” 찰스 경이 말했다.

“제 생각도 바로 그렇습니다.”

“어쨌든 대단히 고맙습니다……. 우리가 사람들을 만나봐도 되겠습니까?”

“물론 되고말고요. 하지만 우리들이 이야기해 드린 것 이상은 못 들으실 텐데요.”

“거기엔 누가 있나요?”

“그 집 하인들뿐입니다. 손님들은 수사가 끝난 뒤 곧장 돌아갔거든요. 그리고 린던 양도 할리가로 돌아갔고요.”

“우리가 데이비스 의사를 만나보면 어떨까?”

“좋은 생각이야.”

그들은 의사의 주소를 받아들고서 존슨 대령에게 고맙다고 말했다. 그러고는 그들은 떠났다.

제3장

그들이 길을 걸어 내려갈 때 찰스 경이 말했다.

"무슨 좋은 생각이 없나, 새터드웨이트?"

"자넨 어떤가?"

새터드웨이트가 물었다. 그는 최후의 결정적인 순간까지 결정을 보류해두는 성격이었던 것이다.

하지만 찰스 경은 달랐다. 그는 흥분된 목소리로 이야기했다.

"경찰은 잘못 생각하고 있네, 새터드웨이트 모두 다 틀렸단 말일세. 그들은 오로지 집사만을 생각하고 있네. 그 집사가 살인범일 거라고 생각한단 말일세. 하지만 그건 잘못된 거야. 그렇게 생각하면 뭔가 들어맞지 않는다 이 말이야. 우리는 다른 사건을 빼놓은 채로는 이번 사건을 해결할 수 없을 거야. 내 집에서 일어났던 사건 말일세."

"자네는 아직도 두 사건이 어떤 연관성이 있다고 믿나?"

새터드웨이트는 찰스 경의 태도로 미루어 봐서 대답을 짐작할 수 있었지만, 그래도 물어보았다.

"물론, 그 사건들은 연결되어 있는 거야. 모든 상황을 따져 봐도 결국 그렇게밖에는 생각할 수가 없어. 우리는 두 사건들 사이의 공통점을 찾아내야만 하네. 이를테면 양쪽 장소에 다 있었던 사람이라든가……."

새터드웨이트가 말했다.

"그렇군. 하지만, 언뜻 보기보다는 일이 훨씬 더 복잡할지도 모르네. 지나칠 정도로 공통점이 많거든 카트라이트, 자네는 그때 자네 집에 있었던 사람들이 실제로 이번 사건 때도 모두 함께 있었다는 걸 알고 있지?"

찰스가 고개를 끄덕였다.

"물론 나도 그건 알고 있네. 하지만, 그렇다고 해서 거기서 무슨 결론이 나올 수 있나?"

"무슨 뜻인지 모르겠군, 카트라이트."

"간단히 말하세나. 자네는 정말 그것이 우연의 일치라고 생각하나? 아니야, 그건 사전에 의도적으로 계획된 것이야. 첫 번째 사건 때 있었던 사람들이 왜 모두 다 두 번째 사건 때도 함께 있었을까? 우연의 일치? 천만의 말씀, 그건 톨리의 계획이었을 거야."

"오! 자네 말이 맞아, 그럴 법도 하군."

새터드웨이트가 외쳤다.

"그건 확실해. 자네는 나만큼 톨리에 대해 모르네. 그는 모든 걸 자기 마음속 깊은 곳에다가 묻어 두는 사람일세. 그리고 인내심도 무척 강하고 말이야. 지난 세월 동안 그와 오랫동안 사귀어 왔지만, 톨리가 경솔한 판단을 내리는 건 한 번도 보지 못했거든. 이렇게 한 번 생각해보게나. 배빙턴이 살해당했다. 그래, 살해당했어. 나는 굳이 간접적인 표현을 쓰지는 않겠네. 하여간 내 집에서 어느 날 저녁에 살해되었네. 톨리는 그 일에 대한 내 생각을 놀렸지. 하지만, 한편으로는 스스로도 뭔가 이상하다는 생각을 하고 있었을 걸세. 하지만 그는 그 생각을 말하지는 않았네. 그게 바로 그의 성격이니까. 하지만 그는 혼자서 한 가지 계획을 짜고 있었겠지. 그가 어떤 계획을 세웠는지는 모르겠어. 하지만, 어떤 특정 인물에게 불리한 계획임에는 틀림없어. 그는 거기 모였던 사람들 중 한 사람이 범인이라고 믿고서 계획을 세운 다음, 범인을 찾아내기 위한 일종의 테스트를 해볼 생각이었을 거야."

"나머지 다른 손님들은 어떤가, 에든 부부와 캠벨 부부라든가?"

"일종의 위장일 테지, 사건을 일부러 혼란스럽게 만들기 위한……."

"그 계획이 무엇이었을까?"

찰스 경은 어깨를 한 번 으쓱했다. 외국인의 과장된 제스처였다. 그는 비밀 업무를 수행하는 애리스테어드 듀발 부장의 역할을 해보이는 듯했다.

"우리가 어떻게 알 수 있겠나? 나는 요술쟁이가 아닐세. 나는 모르겠어. 하지만 분명히 어떤 계획이 있었어. 단지 톨리가 생각했던 것보다 범인이 한층

더 영리했기 때문에 일이 그렇게 잘못된 거지. 그가 눈치를 먼저 챘을 거야."

"그리고?"

"아니면 그녀이든가. 독살 같은 것은 남자들 이상으로 여자들이 많이 쓰는 방법이니까."

새터드웨이트는 입을 다물고 있었다.

찰스 경이 말했다.

"자, 말해보게나. 자네 생각은 다른가? 경찰 측과 같은가 말이야? '그 집사 녀석이 범인이다.'라고 주장하는 경찰 측 견해에 동조하는 건가?"

"자네라면 그 집사에 대해 어떻게 설명할 텐가?"

"그에 대해서는 생각해보지 않았어. 내 생각으론 그 사람은 별로 중요하지 않은 것 같아. 한 가지 가능한 설명이 있긴 한데……."

"이를테면?"

"글쎄, 일단 경찰의 의견이 옳다고 생각해보세. 엘리스가 전과 사실이 있는 상습범이라는 의견만을(엘리스가 갱단의 일원으로서, 톨리의 집에서 무언가를 훔쳐낼 생각으로 그 집에 들어갔다고 가정해보세. 그런데 톨리가 살해되었다). 자, 엘리스의 입장이 어떻게 되겠나? 누군가 살해되었는데 그 집에는 경찰 측에 알려진 전과자가 있다. 당연히 그는 도망칠 수밖에 없는 거지."

"하지만, 그 비밀통로는……."

"비밀통로라는 건 말도 안 되는 소리야. 그 녀석은 바보 같은 경찰관이 깜박 한눈파는 틈에 도망쳤을 거야."

"설득력 있는 이야기로군."

"그런데 새터드웨이트, 자네 생각은 어떤가?"

"내 생각?" 새터드웨이트가 말했다.

"오, 나도 자네 생각과 똑같네. 처음부터 그랬어. 집사라는 사람이 범인은 아닌 것 같네. 내 생각으로는 바솔로뮤 경은 배빙턴 영감을 살해한 그 범인에 의해 역시 살해된 것 같아."

"파티에 있었던 사람들 중 어느 한 사람한테?"

"그렇지."

한 순간 침묵이 흘렀다. 그런 다음 새터드웨이트가 쾌활한 어조로 물었다.

"그들 중 누구일까?"

"맙소사, 새터드웨이트, 그걸 내가 어떻게 알겠나?"

"물론 알 턱이 없지." 새터드웨이트가 미안한 듯이 말했다.

"나는 그저 자네에게 무슨 아이디어라도 있나 해서 물어본 걸세. 자네도 알 다시피 과학적이라든가 뭐 확실한 생각을 물어본 건 아니야. 그저 추측을 이 야기해보란 거지."

"글쎄, 모르겠는걸." 그는 잠깐 생각해보고는 불쑥 말을 꺼냈다.

"새터드웨이트, 자네가 생각을 해보려고 아무리 노력한다 해도 추측은커녕 아무도 그런 짓을 할 리가 없다는 생각만 더 하게 된다는 걸 깨달을 거야."

"자네 말이 맞아." 새터드웨이트는 생각에 잠긴 채로 대꾸했다.

"혐의가 가는 사람들을 분류해보기로 하세. 그러면 우선 혐의가 없는 사람 들을 제외시켜야겠지. 자네와 나, 그리고 배빙턴 부인과 같은 사람들 말이야. 맨더스도 마찬가지이고 그는 사건 당시에 그 자리에 없었거든."

"맨더스?"

"응, 그는 사고로 우연히 현장에 도착하게 된 거야. 그는 초대받지도 않았 고, 또 올 것이라고 예상되지도 않았거든. 그러니, 혐의는 자연히 없어지게 되 는 셈이지."

"극작가인 앤서니 애스터도 마찬가지겠군."

"아니, 그렇지 않아. 그녀는 거기 있었어. 무리엘 윌스 양 말일세."

"참, 그렇지. 그 여자의 이름이 윌스였지."

그는 얼굴을 찌푸렸다. 새터드웨이트는 사람들의 생각을 기막히게 잘 읽어 내는 사람이었다. 그는 지금 앞에 있는 이 배우의 마음속을 환히 꿰뚫어보고 있었다. 배우의 말을 듣고 새터드웨이트는 마음속으로 만족해했다.

"새터드웨이트, 자네가 옳아. 톨리가 혐의가 가는 사람들만을 초대한 것 같 지는 않아. 그건 그가 에그와 메리 부인을 초대했다는 걸 보면 알 수가 있지. 아니지, 그는 어쩌면 첫 번째 사건과 똑같은 무대를 재연하려던 것인지도 몰 라. 그는 누군가를 의심하고 있었어. 하지만 그와 동시에 거기 있는 다른 사람들의 증인을 원했던 거야. 아마도 그런 식이었을 거야.”

“그런 식이었을 테지.” 새터드웨이트가 맞장구쳤다.

“좋아, 어쨌든 리튼 고어 댁 사람들도 제외해야지. 자네와 나, 그리고 배빙턴 부인과 올리버 맨더스의 혐의는 없다고 해두지. 그럼 누가 남지? 안젤라 서트클리프?”

“앤지? 여보게, 그녀는 톨리의 오랜 친구란 말일세.”

“그렇다면 결국 데이크리스 부부로 낙착되는걸. 사실, 카트라이트, 자네는 데이크리스들 쪽을 의심하고 있지? 내가 물었을 때 자네는 그렇게 말하려 했을 거야.”

찰스 경이 그를 빤히 쳐다보았다. 새터드웨이트는 의기양양한 태도였다.

“나도 솔직히 말해서…….”

카트라이트가 천천히 말했다.

“그렇게 생각하고 있다네. 전적으로 그들을 의심한다는 이야기는 아니야. 단지 다른 사람들에 비해 좀더 범인일 가능성이 높다는 것뿐이지. 하지만 아무리 생각해봐도 경마에 온통 정신이 팔린 프레디 데이크리스나 비싼 옷들을 팔아먹으려고 거기에만 온통 신경을 쓰는 신시어가 늙은 목사를 없애려고 할 만한 동기를 가지고 있으리라고는 생각할 수 없다네.”

그는 머리를 흔들었다. 그러고는 그의 얼굴이 밝아졌다.

“아참, 윌스라는 여자가 있었지. 또 그 여자를 잊어버렸군. 도대체 왜 자꾸만 그녀를 깜박 잊어버리는 걸까? 그 여자는 여태껏 내가 본 중에서 가장 특징이 없더군.”

새터드웨이트가 미소 지었다.

“그런데 말이야, 윌스 양은 항상 주의를 게을리 하지 않는 여자인 것 같더군. 그녀는 언제나 날카롭게 관찰한단 말이야. 그 안경 뒤에는 날카로운 눈이 숨겨져 있다네. 이번 사건 때 뭔가 특기할 만한 게 있었다면, 반드시 그 여자가 알아챘을 거야.”

“그럴까?”

찰스 경이 의심스러운 듯이 물었다.

새터드웨이트가 말했다.

"다음으로 할 일은 점심을 드는 걸세. 그런 다음, 그 집에 가서 사건 현장에서 뭔가를 찾도록 해보는 거지."

"자네, 이번 일에 재미를 붙인 모양이로군."

찰스 경이 즐거운 듯이 눈을 반짝거렸다.

"범죄 사건을 수사하는 일은 이번이 처음은 아니야."

새터드웨이트가 말했다.

"내 차가 고장 나서 어떤 외딴 여관에 묵은 적이 있었는데……."

그는 더 이상 말을 잇지 않았다.

"나도 마찬가지야."

찰스 경이 높고 낭랑한 배우의 목소리로 말했다.

"내가 1921년 여행하고 있을 때 말이지……."

찰스 경은 계속해서 떠들어댔다.

가을의 햇살을 받고 서 있는 멜포트 애비의 건물과 정원을 바라보고 있자니 참으로 평화로운 느낌이 들었다.

애비의 일부분은 15세기에 지어진 것이다. 이것을 허물고 다시 지은 다음 양쪽에 새로 더 지어서 늘렸다. 이 새로운 요양소는 정원이 있는 저택에서는 보이지 않았다. 찰스 경과 새터드웨이트를 맞은 사람은 요리사인 레키 부인이었는데, 그녀는 검은색 옷을 입고 눈물을 글썽거렸다.

찰스 경은 이미 그녀와 안면이 있기 때문에, 그녀는 주로 찰스 경을 상대로 이야기했다.

"선생님께서도 제 말을 이해하시겠지요? 주인님의 죽음과 그 뒤의 모든 일은 정말이지……. 형사들이 여기저기 몰려다니면서 쑤석거렸답니다. 심지어는 쓰레기통까지 뒤집어보았다니까요. 그리고 끊임없이 물어대고요. 도대체 그 사람들은 묻지 않고서는 아무 일도 못하는 모양이에요. 이렇게 오래 살다 보니까 그런 일도 보게 되는군요. 의사 선생님께서는 언제나 친절하셨지요. 그런 신사분을 주인으로 모시고 있다는 게 저와 비어트리스에게는 커다란 자랑이었지요. 물론, 비어트리스는 저보다 2년 늦게 이 집에 들어왔지만요. 그런데 그 형사라는 사람들이(저는 그들에게 경어를 쓸 수 없어요) 글쎄 뭐든지 알려고 들지 않겠어요?"

레키 부인은 잠깐 말을 멈추고 숨을 돌린 다음에 다시 하던 말을 계속했다.

"그저 묻는 거예요. 이 집에 있는 모든 하녀들에 대해 묻더군요. 그 애들은 모두 다 좋은 아이들인데 말이죠. 단지 도리스가 아침에 늦게 일어난다는 것만 빼고 말입니다. 하여간 저는 그것 때문에 최소한 1주일에 한 번씩은 잔소리를 해야 한답니다. 그리고 비키는 툭하면 시건방지게 굴지요. 하지만 생각해보면 그 애만을 나무랄 수도 없어요. 요즘 젊은 애들은 교육을 올바로 받지 못했으니까요. 그 애들의 어머니들이란 사람들이 제대로 교육을 시키지 않았으니까요. 하지만 그래도 모두 다 좋은 아가씨들이에요. 그러니 아무리 경찰이라 하더라도, 제가 이렇게 말하는 걸 뭐라 할 수는 없었답니다. '예.' 하고 저는 그 형사에게 말해줬어요. '제가 우리 아이들에 대해 어떤 불리한 이야기를 하리라고 생각한다면 그건 오산이에요. 그 아이들은 모두 좋은 아가씨들이에요. 그러니 그 애들 중에서 어느 누가 살인사건과 관계가 있다고 생각하는 것만으로도 당신은 죄를 짓는 거예요.'라고 말이에요."

레키 부인이 말을 멈추었다.

"엘리스……, 그 사람은 얘기가 다르죠. 저는 엘리스 씨에 대해서는 아무것도 몰라요. 그러니 그 사람에 대해서는 아무런 대답도 드릴 수가 없군요. 그는 런던에서 왔다고 하더군요. 베이커 씨가 휴가 중일 때 처음 이곳에 왔었죠."

"베이커?"

새터드웨이트가 물었다.

"베이커 씨는 지난 7년간 바솔로뮤 경의 집사로 일해 왔지요. 그는 런던에서, 할리가에서 주로 지냈어요. 선생님께서도 그를 기억하실 텐데요?"

그녀가 찰스 경에게 묻자, 그는 고개를 끄덕였다.

"바솔로뮤 경께서는 파티가 있을 때면 늘 그를 여기로 부르시곤 하셨어요. 하지만 그는 별로 건강이 좋지 못했지요. 그래서 바솔로뮤 경이 그에게 몇 개월 정도 휴가를 가지라고 말씀하셨죠. 월급도 주시고, 브라이턴 근처에 있는 바닷가에 있는 집도 하나 내주시고요(박사님께선 정말 친절한 분이셨어요). 그리고 엘리스를 당분간 임시로 고용하신 거예요. 그러니 제가 형사에게 말한 대로, 저는 엘리스 씨에 대해 아무것도 말씀드릴 게 없답니다. 물론 그 사람이 직접 이야기한 것은 빼놓고 말이에요. 그런데 그는 좋은 가문에서 자란 것 같더군요. 어딘지 모르게 신사 같은 분위기가 있었거든요."

"다른 특별한 점은 못 느꼈나요?"

찰스 경이 기대에 차서 물어보았다.

"글쎄요, 그렇게 물어보시는 게 이상하군요. 느꼈다고도 할 수 있고, 못 느껐다고도 할 수 있으니까요.”

찰스 경이 재촉하듯이 쳐다보자 레키 부인은 말을 계속했다.

“정확히 말씀드리기는 어렵지만, 선생님, 뭔가…….”

‘사건 뒤에는 늘 이상한 것들이 있기 마련이지.’

새터드웨이트는 혼자 씁쓸하게 생각했다.

레키 부인이 경찰을 얼마나 경멸하는지는 몰라도, 그녀는 자기 생각을 억제하는 여자는 결코 아니었다. 만일, 엘리스가 범인이라고 밝혀지게 되면 그녀는 분명히 뭔가를 눈치 채고 있었다고 말할 것이다.

“먼저, 그 사람은 대단히 정중하고 신사적이었어요. 뭐랄까, 훌륭한 집안에 어울리는 사람이라고나 할까요? 하지만 그 사람은 자기 방에 틀어박혀 대부분의 시간을 혼자 보냈답니다. 그리고 그는, 글쎄요, 그를 무슨 말로 어떻게 표현해야 좋을지 모르겠군요, 분명히 그는 뭔가…….”

“당신은 그가 어쩌면 정말 집사가 아닐지도 모른다고 생각하는 거지요?”

새터드웨이트가 슬쩍 물어보았다.

“어머, 물론 그 사람은 아주 일을 잘해 냈어요. 그는 사교계에서 유명한 사람들이라든가, 하여튼 그 방면으로 꽤 많이 알고 있더군요.”

“예를 들면?”

찰스 경이 부드럽게 물었다.

하지만 레키 부인은 불분명하게 대답할 뿐이었다. 그녀는 하인들의 소문을 다시 옮기려 하지 않았다. 그런 일은 그녀의 관점에선 도저히 용납할 수 없었던 것이다.

그녀를 달래기 위해 새터드웨이트가 말했다.

“그 사람의 외모는 이야기해줄 수 있겠죠?”

레키 부인의 표정이 밝아졌다.

“그럼은요, 선생님. 그는 아주 품위 있는 사람이었어요. 구레나룻에 잿빛 머리, 약간 구부정한 허리, 그리고 살이 찌기 시작했어요. 그 때문에 그 사람은 걱정을 했답니다. 그리고 약간 손을 떨었는데, 알코올중독이라든가 하는 그런 이유 때문은 아니랍니다. 그는 제가 봐온 그런 사람들하고는 질이 달랐어요 그는 시력이 별로 좋지 않았나 봐요. 그래서인지 불빛을 싫어하더군요. 특히 밝은 불빛이 있는 데서는 눈물이 난다는군요. 저희들과 함께 있을 때는 안경을 쓰고 있었지만, 일할 때는 쓰지 않았어요."

"달리 특별한 특징이라도?"

찰스 경이 물었다.

"얼굴에 난 칼자국이라든가, 아니면 손가락 하나가 없다든가 하는 특징 말입니다."

"오, 아니에요, 선생님. 그런 건 전혀 없었어요."

"정말 추리소설 같은 사건이로군."

이렇게 말하면서 찰스 경이 한숨을 내쉬었다.

"그나마 추리소설에서는 특별한 특징이라도 있는데 말이야."

"그는 이가 하나 빠져 있었다고 들었는데요."

새터드웨이트가 말했다.

"그렇다고 하더군요, 선생님. 하지만, 제가 직접 본 건 아닙니다."

"사건 당일 저녁에 그의 태도는 어떻던가요?"

새터드웨이트가 마치 심문하듯이 물었다.

"글쎄요, 선생님. 저는 정확하게 말씀드릴 수가 없군요. 그때 주방에서 일하느라고 무척이나 바빴거든요. 다른 일에 신경 쓸 만한 여유가 없었어요."

"그래요?"

"주인님께서 돌아가셨다는 소식을 들었을 때, 저희들은 모두 너무나 놀라서 꼼짝도 할 수 없었답니다. 저는 마구 울음을 터뜨렸어요. 비어트리스도 마찬가지였고요. 도저히 울음을 그칠 수가 없었어요. 젊은 하인들도 물론 몹시 충격을 받았지요. 하지만, 엘리스 씨는 저희들만큼 충격을 받지는 않았어요. 새로 들어온 지 얼마 안 되었으니까 당연한 일이지요. 하지만 그 사람은 대단히 능숙하게 처신하더군요. 비어트리스와 제게 포트와인 잔을 가져다주면서 충격을 진정시키려고 했답니다. 그런데 막상 그가, 그 악당이 바로……."

레키 부인의 말이 끊어졌다. 그녀의 눈이 분노로 빛났다.

"그날 밤 그가 사라졌다고 들었는데요?"

“예, 선생님. 우리들 모두와 똑같이 자기 방에 들어갔는데, 다음날 아침에 보니까 방에 없더군요. 바로 그 때문에 경찰에서 그를 수배한 거고요.”

찰스 경이 말했다.

“오, 예, 그가 어리석은 행동을 한 겁니다. 혹시 그가 어떤 방법으로 집을 빠져나갔는지 모르겠습니까?”

레키 부인이 대답했다.

“전혀 모르겠어요. 경찰이 집을 밤새도록 지키고 있었던 것 같은데 말이에요. 경찰에서는 그가 빠져나가는 것을 보지 못했다고 하던데요. 하지만 솔직히 말해서 그들의 말을 믿을 수가 없어요. 경찰들도 괜히 그렇게 권위를 부려봤자, 사실 다른 사람들과 똑같은 사람들이니까요.”

“어디엔가 비밀통로가 있다는 말이 나온 것 같던데?”

찰스 경이 말했다.

레키 부인이 흥 하고 코웃음 쳤다.

“경찰에서 하는 말이지요.”

“그런 게 있긴 있습니까?”

“그런 말을 들은 적은 있어요.”

레키 부인이 조심스럽게 말했다.

“그 입구가 어디서 시작되는지 알고 있나요?”

“아뇨, 저는 몰라요. 비밀통로가 정말로 있는지는 몰라도, 하인들이 수군거리도록 내버려둘 만한 이야기는 아니잖아요? 젊은 애들에게서 그런 이야기가 나왔을 거예요. 그 아이들은 엘리스가 비밀통로로 살짝 빠져나갔을 거라고 생각하고 있더군요. 하녀들은 이곳저곳 구석진 데를 많이 돌아다니니까요.”

“좋습니다, 레키 부인. 정말 현명하시군요.”

레키 부인은 찰스 경의 칭찬에 얼굴이 환해졌다.

“그런데 말입니다.”

그가 계속해서 말했다.

“우리들이 다른 하인들을 좀 만나봐도 될까요?”

“물론이지요, 선생님. 하지만, 제 이야기와 별로 다른 것은 없을 거예요.”

"오, 그건 나도 알고 있습니다. 나는 엘리스보다는 바솔로뮤 경에 대한 관심 때문에 그러는 겁니다. 그날 밤 바솔로뮤 경의 태도라든가, 그런 걸 물어보고 싶어서요. 알다시피, 그는 내 친구였으니까요."

"알겠습니다, 선생님. 충분히 이해가 갑니다. 비어트리스도 있고 도리스도 있습니다. 물론, 바로 그 애들이 테이블에서 시중을 들었지요."

"오, 그러면 비어트리스를 먼저 만나보기로 하지요."

그녀는 키가 크고 마른 아가씨로서, 인상이 아주 좋았다.

몇 마디 사소한 질문을 한 뒤에 찰스 경은 사건 당일의 파티 분위기로 이야기를 이끌어 나갔다. 그때 사람들은 모두 다 깜짝 놀랐느냐? 그들이 무슨 말을 했고, 무슨 행동을 했느냐?

비어트리스는 이번 사건에 대한 충격과 놀라움에 대해 이야기하고 난 다음에야 설명으로 들어갔다.

"서트클리프 양은 굉장한 충격을 받으셨어요. 아주 다정한 분이시죠. 그분은 전에도 여기 묵은 적이 있답니다. 제가 '브랜디나 차를 한 잔 가져다 드릴까요'라고 물었지만, 제 말이 들리지도 않는 모양이었어요. 하지만, 그 대신에 아스피린 몇 알을 드시면서 제대로 잠을 이룰 수 없을 것 같다고 하시더군요. 그렇지만 다음날 아침 제가 차를 가지고 들어가 보니 마치 어린애처럼 잘 자고 있었어요."

찰스 경이 물었다.

"그리고, 데이크리스 부인은?"

"그 부인은 그다지 놀라지 않으신 듯했어요."

비어트리스의 말투로 봐서, 신시어 데이크리스를 그다지 좋아하지 않는다는 걸 느낄 수 있었다.

"그저 떠나고 싶어만 하시더군요. 자기 사업이 걱정이라고 하면서요. 엘리스 씨가 그러는데, 그분은 런던에서 커다란 의상실을 내고 있다고 하더군요."

커다란 의상실을 냈다는 것은 마치 비어트리스에겐 '장사'라고 여겨지는 듯했다. 그리고 그녀는 '장사'를 하찮게 생각하는 편이었다.

"그리고 그녀의 남편은?"

비어트리스가 코웃음 쳤다.

"줄곧 브랜디만 마셔대더군요."

"메리 리튼 고어 부인은 어떻던가요?"

"그 부인은 훌륭한 숙녀시더군요."

비어트리스가 부드러운 음성으로 말했다.

"제 대고모님께서 그 숙녀분의 아버님을 모시고 계셨지요. 아주 예쁜 아가씨였다고 들었어요. 가난한 것 같긴 했지만, 그분은 아주 생각도 깊으며, 결코 말썽 같은 건 부리는 법이 없고 언제나 재미있는 말만 하시는 아주 좋은 분이랍니다. 그분의 따님 역시 아주 멋진 아가씨더군요. 물론 그분들은 바솔로뮤 경과 그리 친한 사이는 아니었지만, 두 분 모두 몹시 슬퍼하셨어요."

"윌스 양은?"

비어트리스가 대답했다.

"윌스 양이 어떻게 생각하셨는지는 말씀드리기가 어려운데요."

"아니면, 아가씨는 그 여자분에 대해 어떤 생각이 드시오?"

찰스 경이 물었다.

"자, 비어트리스, 그냥 마음 놓고 생각하는 그대로 이야기해봐요."

갑자기 비어트리스의 얼굴에 미소가 떠올랐다. 찰스 경의 태도가 마치 어린 학생이 졸라대는 것처럼 느껴졌기 때문이다. 그녀는 이러한 그의 요청을 거절할 수가 없었다.

"정말이지, 선생님, 도대체 제게서 무슨 대답을 듣고자 하시는지 정말 모르겠군요."

"그저 아가씨가 윌스 양에 대해 느낀 걸 알고 싶소."

"아무것도, 선생님, 전혀 아무것도 못 느꼈습니다. 물론 그분은……."

비어트리스가 망설였다.

"계속해요."

"글쎄요, 그분은 다른 분들과는 조금 달랐어요. 그분으로서도 어쩔 수가 없었나 봐요."

비어트리스가 조용한 말투로 말했다.

"하지만, 그분은 숙녀라면 해서는 안 될 행동을 하시더군요. 여기저기를 흘끔흘끔 엿보면서 다니는 것 말이에요."

찰스 경은 이 말을 좀더 자세히 들어 보려고 노력했지만, 비어트리스는 그저 모호하게만 대답할 뿐이었다. 윌스 양이 흘끔거리고 다녔다. 하지만 막상 자세하게 설명해 달라고 요구하자, 비어트리스는 그렇게 하지 못했다.

그녀는 단순히, 윌스 양이 자신의 일도 아닌데 엿보거나 엿듣고 다닌다는 말만을 반복했을 뿐이다. 그들은 마침내 그 문제를 포기해버렸다.

새터드웨이트가 입을 열었다.

"맨더스는 뜻하지 않게 찾아왔다던데?"

"예, 선생님. 그분이 오토바이 사고를 내셨거든요. 수위실 문을 들이받았지 뭐예요. 그분은 천만다행이라고 말씀하셨어요. 여기서 사고가 일어나서 말이에요. 물론, 방마다 손님들로 꽉 차 있었지만, 린던 양이 작은 서재에다가 그분의 침대를 마련해주었어요."

"모두 다 그를 보고서 깜짝 놀랐겠군요?"

"오, 예, 선생님. 당연한 일이지요."

엘리스에 대한 그녀의 생각을 물어보았지만, 비어트리스는 자신이 그를 거의 모르는 상태라고 설명했다. 다만, 달아난 걸 보니 그는 아주 나쁜 사람인 것 같다는 이야기만을 했다. 그리고 자신은 도대체 그가 왜 자기 주인을 해쳤는지 그 이유를 모르겠다고 했다.

"박사님은 어땠었소? 그는 파티에 대해 뭔가 기대하는 게 있었나요? 무슨 생각을 하고 있었는지 혹시 모르겠소?"

"주인님은 유난히 기분이 좋으신 것 같았어요, 선생님. 혼자서 가만히 웃어 대시기도 했답니다. 무슨 농담거리가 있는 것처럼 말이에요. 심지어, 저는 주인님이 엘리스 씨와 농담까지 하시는 걸 보았답니다. 전에는 베이커 씨와 그런 농담을 하신 적이 없거든요. 그분은 하인들에게 친절하게는 대해 주셨지만, 별로 하인들과는 말을 하지 않으셨거든요."

"그가 뭐라고 말했나요?"

새터드웨이트가 진지하게 물어보았다.

"글쎄요, 지금은 그 말이 잘 생각이 나지 않아요. 엘리스 씨는 전화를 받고 서 메모를 전하려고 왔었어요. 그리고 바솔로뮤 경은 엘리스 씨에게 이름들을 정확하게 썼다고 생각하느냐고 물으셨지요. 그러자, 엘리스 씨가 확실하다고 말했어요. 물론 공손한 태도로 말이에요. 그러자 박사님께서 웃으시면서 이렇게 말씀하셨지요. '자네는 정말 좋은 사람이야, 엘리스. 제일가는 집사일세. 오, 비어트리스, 당신은 어떻게 생각하나?' 그래서, 저는 무척이나 놀랐어요. 주인님께서 그렇게 말씀하시는 것에 말이에요. 여느 때의 주인님과는 너무도 다른 태도였거든요. 그래서 저는 무슨 말씀을 드려야 할지 몰라서 한동안 난감했답니다."

"엘리스는?"

"그는 무척 당황한 것처럼 보였습니다, 선생님. 마치 한 번도 그런 일이 없었던 것처럼 말이에요. 뻣뻣하게 몸이 굳어서는 잔뜩 긴장을 하더군요."

"전화 메모 내용은 무엇이었소?"

찰스 경이 물었다.

"메모 말인가요, 선생님? 오, 그건 요양소에서 걸려 온 전화였는데요. 거기 도착한 환자에 대한 내용이었는데, 무사히 잘 도착했다는 소식을 알리는 것이었죠."

"그 이름을 기억하겠소?"

"좀 희한한 이름이더군요, 선생님."

비어트리스가 머뭇거리면서 말했다.

"드 러시브리저 부인, 아마 그런 이름이었을 거예요."

"오호, 그래요?" 찰스 경이 이해가 된다는 듯이 말했다.

"전화로는 쉽게 알아들을 수 있는 쉬운 이름은 아니로군. 어쨌든 고맙소, 비어트리스. 이젠 도리스를 좀 만나봐야겠소."

비어트리스가 방을 나가자, 찰스 경과 새터드웨이트는 의미 있는 시선을 주고받았다.

"윌스 양이 엿듣고 다녔다. 데이크리스는 술에 만취했고, 그 부인은 아무런 감정도 표시하지 않았다. 뭔가 있다고 생각하나? 별로 없는 것 같군 그래."

"정말 그렇군." 새터드웨이트가 동의했다.

"도리스에게 기대해보세."

도리스는 검은 눈을 가진 서른 살의 젊은 여자였다. 그녀는 이렇게 이야기하게 되어서 너무나 신난다는 표정이었다.

그녀 자신은 엘리스가 이번 사건과 관계가 없다고 생각한다고 말했다. 그는 정말 신사 중의 신사였다고 했다. 경찰에서는 그가 흔히 볼 수 있는 그런 사기꾼이라고 했지만, 도리스는 그는 절대로 그런 사람이 아니라고 강조해서 말했다.

"정말로 그가 정직한 집사라고 아가씨는 확신한단 말이죠?"

찰스 경이 말했다.

"평범한 집사는 아니지요, 선생님. 그 사람은 전에 저와 함께 일했던 그 어떤 집사와도 달랐어요. 그는 일을 다른 식으로 처리해 나갔거든요."

"어쨌든, 당신은 그가 주인을 살해하지는 않았을 거라고 생각한단 말이죠."

도리스가 대답했다.

"어머, 선생님, 저는 어떻게 그 사람이 그런 일을 할 수 있을는지 도저히 그 가능성을 생각할 수가 없어요. 저 테이블에서 그와 함께 시중을 들고 있었어요. 그러니 그 사람이 만일 주인님의 음식에 뭔가를 집어넣었다면 분명히 제가 보았을 거예요."

"그러면 음료수는?" 찰스 경이 물었다.

"그 사람이 와인 잔들을 돌렸습니다, 선생님. 처음에는 수프와 함께 세리주를 돌렸고, 그 다음에는 백포도주와 프랑스산 보르도 붉은 포도주를 함께 돌렸지요. 하지만 그 사람이 어떻게 그런 짓을 할 수 있었겠어요? 만일 와인에 뭔가가 들어 있었다면 모두 다 죽어 버렸을 텐데 말이에요. 그걸 먹은 사람들은 모두 다요. 다른 사람들과 주인님은 전부 똑같은 걸 마셨으니까요. 포트와인의 경우에도 마찬가지고요. 그때 계셨던 남자분들께선 모두 다 그 포트와인을 드셨거든요. 그리고 숙녀분들 중 몇 분도요."

"그 잔들은 쟁반 위에 놓여서 치워졌나요?"

새터드웨이트가 물었다.

"예, 선생님. 제가 쟁반을 받쳐 들고 엘리스 씨가 잔을 그 위에다 올려놓았지요. 그래서 제가 쟁반을 주방에다 옮겨다 두었고요. 그리고 경찰이 잔들을 조사하러 왔을 때는 거기에 그대로 놓여 있었어요. 포트와인 잔들은 여전히 테이블 위에 놓여 있었고요. 하지만, 경찰에서 아무것도 찾아내지 못했어요."

"당신은 박사가 다른 사람들과 함께 다른 음식물을 먹거나 마시지 않았다고 장담할 수 있나요?"

"제가 아는 한 그렇습니다, 선생님. 예, 저는 장담할 수 있어요."

찰스 경이 다시 물었다.

"손님들 중 누가 그에게 준 것도 없고요?"

"예, 선생님."

"혹시 비밀통로에 대해서는 모릅니까?"

"숲속에까지 연결되어 있다고 하는데, 집 안에서 들어가는 입구를 도무지 본 적이 없어요."

"엘리스가 그것에 대해 아무 말도 하지 않던가요?"

"오, 아니에요, 선생님. 그 사람은 그걸 모르고 있을 거예요. 확실해요."

"도대체 누가 당신 주인을 살해했을까요, 도리스?"

"모르겠는데요, 선생님. 누군가가 그런 짓을 했으리라고는 도저히 생각할 수가 없어요. 제 생각으로는 일종의 사고가 아닌가 해요."

"흠, 됐어요, 도리스 정말 고마워요."

"만일, 배빙턴의 죽음만 없었더라면……."

그 여자가 방을 나가자마자 찰스 경이 말했다.

"저 여자를 범인으로 지목할 수도 있을 거야. 저 아가씨는 무척 예쁘잖나? 그리고 그녀가 테이블에서 시중을 들었다……. 아니지, 그건 말도 안 되지. 배빙턴이 살해되었으니까. 그리고 톨리는 예쁜 아가씨들에게 한눈 같은 걸 파는 사람은 아니니까. 그 사람은 그렇게 하라고 시켜도 못할 사람이거든."

"하지만, 그는 쉰다섯 살이나 되었어."

새터드웨이트가 말했다.

"왜 그런 말을 하는 건가?"

“그맘때면 여자에게 정신이 팔릴 때이거든. 비록 전에는 그런 적이 없었다 해도 말이야.”

“그만두게, 새터드웨이트 나도 흠, 곧 쉰다섯 살이 된단 말일세.”

“알고 있네.” 새터드웨이트가 말했다.

새터드웨이트가 똑바로 바라보는 시선을 마주 쳐다보지 못하고 찰스 경이 눈을 피했다.

그는 눈에 띌 정도로 당황한 표정이었다.

"엘리스의 방을 조사해보면 어떨까?"

새터드웨이트가 물었다.

찰스 경의 얼굴은 활짝 밝아졌다.

배우는 제안을 흔쾌히 받아들였다.

"훌륭한 생각이야. 아주 훌륭해. 나도 마침 그 생각을 하고 있었다네."

"물론 경찰에서도 이미 그 방을 샅샅이 뒤졌겠지."

"경찰이야 뭐."

애리스테어드 듀발은 경찰이 형편없다는 듯이 손을 내저었다. 그러면서 그는 그러한 자신의 생각을 말로 내뱉었다.

"경찰에 있는 녀석들은 모두 다 멍청해."

그가 물어뜯듯이 이야기했다.

"도대체 그 녀석들이 엘리스의 방에서 무얼 찾고 있었겠나? 그가 범인이라는 증거였을 테지. 우리는 그의 결백을 입증해줄 만한 증거를 찾아야 하네. 그러니까, 말하자면 경찰과는 완전히 다른 입장이지."

"자네는 정말 엘리스가 결백하다고 생각하나?"

"만일 배빙턴 사건에 대한 우리의 생각이 옳다면, 그는 분명히 결백하다네."

"그래, 게다가……."

새터드웨이트는 채 말을 끝내지 않았다. 그는 만일 엘리스가 상습적인 전과범인데 우연히 바솔로뮤 경에게 들켜서 그마저 살해한 거라면, 그건 너무나도 어리석은 짓이라고 말할 참이었다. 하지만, 그 순간 그는 찰스 경과 바솔로뮤 경이 친구 사이였다는 걸 생각하고는 그런 식으로 냉정하게 이야기하는 게 좋지 않으리라고 느꼈다.

첫눈에 보기에 엘리스의 방은 별다르게 찾아낼 것이 없는 것 같았다. 서랍 속의 옷들과 옷장 속에 걸린 옷들은 모두 다 잘 정돈되어 있었다. 그것들 모두가 세련된 것들이었으며, 각기 다른 양복점에서 맞춘 것이었다. 분명히 엘리스는 여러 지역을 돌아다닌 것 같았다. 양복들처럼 속옷들도 잘 정리되어 있었다. 구두들도 반짝반짝하게 닦여져 있었으며, 가지런히 정리되어 있었다.

새터드웨이트가 구두 한 짝을 집어들고는 말했다.

"9사이즈로군, 꼭 9야."

하지만 이번 사건의 경우에는 아무런 발자국도 남아 있지 않았기 때문에 사이즈를 알아봤자 아무런 도움도 되지 않았다. 그런데 엘리스는 집사 옷차림 그대로 집을 빠져나간 것 같았다.

새터드웨이트가 그 점을 지적하면서 뭔가 이상하다고 말했다.

"제정신이 있는 사람이라면 분명히 평상복으로 바꿔 입고 빠져나갔을 텐데 말이야."

"그래, 이상하군. 마치 빠져나가지도 않은 것처럼 보이는군. 물론 그건 말도 안 되겠지만 말이야. 말이 안 되고말고."

그들은 수색을 계속해 나갔다. 편지도 서류도 없었다. 다만 한 가지, 티눈을 치료하는 방법이 난 신문 기사를 오린 조각 하나만 있을 뿐이다. 그리고 어떤 공작의 딸이 곧 결혼하게 되었다는 기사가 고작이었다.

손때가 묻은 조그마한 노트가 한 권 나왔는데, 옆 탁자 위에는 잉크병 하나가 놓여 있었다. 펜은 보이지 않았다.

찰스 경이 그 노트를 들고 거울에 비춰 보았지만 별다른 소득은 없었다.

노트 한 장에는 뭐가 잔뜩 쓰여 있었다. 아무런 의미도 없는 단순한 낙서 같은 것이었다. 그리고 그 잉크를 보니 오래전에 쓰인 것 같았다.

"여기 온 다음부터 편지를 쓰지 않았든가, 아니면 다 없애버렸든가 둘 중 하나일 거야."

새터드웨이트가 중얼거렸다.

"아, 그래, 오래전에 쓰인 것 같군."

그렇게 말하던 그는 그 낙서들 중에서 'L. 베이커'라고 쓰인 걸 손가락으로 가리켰다.

"장담하지만, 엘리스는 이 노트를 전혀 사용하지 않았네."

찰스 경이 말했다.

"그건 좀 이상하군, 그렇지 않나?"

"무슨 뜻인가?"

"보통 사람들은 편지를 쓰기 마련이잖나?"

"그가 범인이라면 안 쓰겠지."

"자네 말이 옳을지도 몰라. 분명히 그가 뺑소니치지 않으면 안 되었을 어떤 이유가 있을 거야. 다만 확신할 수 있는 건 엘리스가 톨리를 살해하지 않았다는 걸세."

그들은 양탄자를 들춰보기도 하고, 침대 밑을 살펴보기도 하면서 그 방을 샅샅이 뒤졌다. 벽난로 옆에 난 잉크 자국만을 빼놓고 나머지는 별다른 것이 없었다. 실망스럽게도 그 방에는 아무것도 없었다. 그들은 다소 실망스러운 기분으로 그 방을 나왔다. 그들의 수색은 결국 실패로 돌아간 것이다.

그들은 그 집의 다른 하인들과도 몇 마디 이야기를 나누어 보았지만, 그들로부터 아무런 새로운 이야기도 듣지 못했다.

마침내 그들은 그 집을 나왔다.

"이봐, 새터드웨이트." 찰스 경이 말했다.

그들은 터벅터벅 공원을 가로질러 가고 있었다(새터드웨이트의 자동차가 호텔 주차장에서 그들을 기다리고 있었던 것이다).

"뭔가 떠오르는 생각이 없나?"

새터드웨이트는 찬찬히 생각해보았다. 그는 결코 서둘러서 대답하는 성격이 아니었다. 특히 이처럼 떠오르는 생각이 없을 때면 더욱 그렇다.

솔직히 말하자면, 그 방의 수색을 포함해서 모든 게 다 헛수고라는 달갑지 않은 생각만 들었을 뿐이다. 그의 머릿속에서 하인들이 들려주었던 이야기들이 맴돌고 있었다. 그들이 준 정보는 모두 다 하찮은 것들뿐이었다.

찰스 경은 윌스 양이 여기저기 엿보고 다녔다는 이야기를 꺼내면서 다른 사람들의 태도에 대한 이야기도 다시 꺼내 놓았다. 서트클리프 양은 몹시 흥분했다. 데이크리스 부인은 조금도 동요하지 않았다. 데이크리스는 술에 취해 있었다. 별다른 것이 없었다. 프레디 데이크리스의 방종한 태도에 혐오감을 느끼게 할 뿐……. 하지만 새터드웨이트의 생각에는 프레디 데이크리스는 원래부터 자주 술에 취하곤 했었던 것이다.

"어때?"

찰스 경이 답답하다는 듯이 또다시 물었다.

"아무것도 없군." 새터드웨이트가 마지못해 말했다.

"다만, 그 신문 기사로 미루어 봐서 그가 티눈으로 고생하고 있었다는 사실만을 알았을 뿐이네."

찰스 경이 맥빠진 듯이 웃었다.

"그거야말로 지극히 타당한 결론이지. 그로 인해, 사건 해결에 도움이 될 만한 뭔가를 얻을 수 있겠나?"

새터드웨이트는 그렇지 않다고 말했다.

"다만 한 가지……." 그가 말하려다가 그만 멈췄다.

"뭔데? 어서 말해보게나. 뭐든지 도움이 될지도 몰라."

"한 가지 이상하게 느낀 게 있는데, 바솔로뮤 경이 자기 집사를 대한 그 태도 말이야. 하녀가 이야기했던 그 태도 말이야. 왠지 그답지 않다는 생각이 드는군."

"그건 그래." 찰스 경이 힘주어 말했다.

"톨리를 잘 알고 있지. 자네가 아는 것보다도 훨씬 더 많이 안다네. 그런만큼 자네에게 그가 결코 그런 농담을 할 만한 사람이 아니란 걸 이야기해줄 수 있네. 다른 특별한 이유가 있지 않은 한, 그는 결코 그런 말을 하지 않았을걸세. 그때 그가 정상적이었다면 말이야. 자네 말이 맞아, 새터드웨이트 그게 바로 포인트야. 자, 그럼 이제 어떤 결론에 이르게 되는 거지?"

"글쎄……."

새터드웨이트가 자신의 생각을 말하려고 했다. 하지만 찰스 경의 질문은 그냥 한번 해본 것이 분명했다. 그는 새터드웨이트의 말에 귀를 기울이기는커녕, 자신의 생각만을 말하기에 여념이 없는 것 같았다.

"새터드웨이트, 자네는 사건이 언제 발생했는지 기억하고 있나? 엘리스가 전화 메모를 가져다 준 바로 직후였어. 내 생각에는 아무래도 전화 메모가 톨리의 갑작스러운 죽음과 직접적인 관계가 있는 것 같아. 하녀에게서 들은 그 메모 내용을 기억하고 있나?"

새터드웨이트가 고개를 끄덕이며 대답했다.

"드 러시브리저 부인이라는 여자가 막 요양소에 도착했다는 내용이었지. 그렇다고 해서 그 점이 특별히 중요하다고는 생각되지 않는데……."

"분명히 중요하게는 보이지 않네. 하지만 만일 우리 생각이 옳다면 그 메모에 의미심장한 뭔가가 있을는지도 몰라."

"그렇군."

새터드웨이트가 다소 못 미덥다는 듯이 대꾸했다.

"확실해." 찰스 경이 말했다.

"그 의미가 무엇인지 밝혀내야만 하네. 내 생각인데, 아무래도 일종의 암호인지도 모른다는 느낌이야. 겉으로 보기에는 별다른 의미도 없는 평범한 내용 같지만, 실상은 완전히 다른 그 어떤 걸 뜻하는지도 모르지. 만일 톨리가 배빙턴의 죽음에 대해 조사하고 있었다면, 그 메모야말로 조사와 어떤 연관이 있을 거야. 생각해보게나. 만일, 그가 어떤 사실을 밝혀내기 위해 사립탐정을 고용했다고 가정해보세. 그럴 경우, 그는 사립탐정에게 자신의 의심이 사실로 밝혀지면 그 사실을 다른 사람이 모르도록 특별한 암호로 전해 달라고 해두었는지도 모르잖나? 그렇게 된 거라면, 그의 유별나게 유쾌했던 태도가 이해가 가지. 엘리스에게 그 이름이 정확하냐고 물어본 것도 역시 설명이 되고 그 자신도 사실상 그런 이름을 가진 사람이 존재하지도 않는다는 걸 잘 알고 있으니까……. 그리고 오랜 기다림 끝에 그걸 받아들였다면, 여느 때와는 다른 그의 행동도 자연히 이해가 되네."

"자네는 드 러시브리저 부인이라는 사람은 애초부터 존재하지도 않는다는 말인가?"

"글쎄, 아무튼 좀더 확실히 알아 봐야겠지."

"어떻게?"

"지금 요양소에 가서 그곳 수간호사에게 직접 물어보는 거야."

"좀 이상하게 생각하지 않을까?"

찰스 경이 웃었다.

"그건 내게 맡겨 두게."

그들은 이제 요양소가 있는 쪽으로 걸음을 옮겼다.

새터드웨이트가 말했다.

"자네 생각은 어떤가, 카트라이트? 자네는 특별히 떠오르는 게 없는가? 그 집에 찾아갔을 때 말이야."

찰스 경이 천천히 대답했다.

"그래, 뭔가가 있었어. 빌어먹을, 도무지 그게 뭔지 생각이 안 나는군."

새터드웨이트가 깜짝 놀란 얼굴로 그를 쳐다보았다.

찰스 경이 얼굴을 찌푸렸다.

"어떻게 설명해야 할까? 분명히 뭔가가 있었어. 그 순간 뭔가 잘못되었다는 느낌을 분명히 받았는데……. 그때는 그걸 곰곰이 생각해볼 시간이 없었다네. 그래서 일단 접어두었지."

"그래서, 이젠 그게 뭐였는지 생각이 안 난단 말이지?"

"생각이 안 나네. 그때는 그저 '이상한걸.' 하고만 생각했거든."

"우리가 하인들한테 묻고 있었을 때였나? 어떤 하인이었지?"

"기억이 나지 않는군. 생각해보려고 하면 할수록 더욱 생각이 안 난다네. 그냥 가만히 내버려두면 다시 생각날지도 모르지."

그들은 요양소에 이르렀다. 그곳은 현대식으로 지어진 커다란 흰색 건물이었다. 그들은 현관을 지나서 그곳의 수간호사를 좀 볼 수 있겠느냐고 물었다.

수간호사는 키가 큰 중년 여성으로서, 지성적인 얼굴과 유능한 태도를 지니고 있었다. 찰스 경이 이름을 대자, 그녀는 그가 죽은 바솔로뮤 스트레인지 경의 친구라는 걸 기억해 냈다.

찰스 경은 그가 막 외국에서 돌아왔는데, 친구의 사망 소식을 듣고 너무나 충격을 받았기 때문에 좀더 자세한 이야기를 듣고 싶어서 이렇게 찾아왔노라고 설명했다. 수간호사는 슬픈 목소리로 바솔로뮤 경을 잃게 된 심정을 토로

하고, 아울러 그가 훌륭한 의사였다고 이야기했다.

찰스 경은 요양소에서 도대체 무슨 일이 있었는지 알고 싶다고 말했다. 그러자 수간호사는 바솔로뮤 경과 함께 일하는 의사들은 두 명인데, 그들 둘 다 유능한 의사들이라고 말해주었다. 그중 한 명은 요양소에 늘 거주하는 의사라고 했다.

찰스 경이 말했다.

"바솔로뮤는 이곳을 매우 자랑스럽게 생각하고 있었지요."

"예, 그분의 치료법이 커다란 성공을 거두었지요."

"대부분 신경계통의 환자들이었겠죠?"

"예."

"그러니까 생각이 나는군요. 몬테에서 여기로 온다는 사람을 한 명 만났는데. 그 여자분의 이름을 잊어버렸는데, 좀 이상한 이름이었습니다. 러시브리저……, 러시브리저, 그와 비슷한 이름이었던 것 같은데?"

"드 러시브리저 부인 말인가요?"

"맞아요. 지금 그분이 여기 있습니까?"

"오, 예. 하지만 당분간은 만나지 못하실 겁니다. 그분은 지금 안정이 필요하거든요."

수간호사가 빙그레 미소 지었다.

"편지도 면회도 모두 다 사절입니다."

"그다지 증세가 나쁜 건 아닐 테지요?"

"신경이 좀 혼란한 상태랍니다. 신경쇠약에다가, 간혹 기억상실 증세도 발견되거든요. 오, 얼마 있으면 곧 정상으로 돌아올 겁니다."

수간호사가 또다시 미소를 지었다.

"그런데 말입니다, 혹시 톨리……, 바솔로뮤 경이 그 부인에 대해 무슨 말을 하지 않던가요? 부인은 환자이자 동시에 그와 친구지간이 아닌가요?"

"그런 것 같지는 않습니다, 선생님. 의사 선생님께선 전혀 그런 말씀을 하지 않으셨거든요. 부인은 최근에 서인도에서 귀국하셨어요. 정말 우스웠답니다. 하인이 기억하기엔 다소 어려운 이름이거든요. 여기서 일하는 하녀가 좀 멍청한데 말이죠. 제게 와서는 '웨스트 인디어(서인도를 그대로 영어로 읽은 것) 부인께서 오셨습니다.'라고 말하더군요. 물론 저도 러시브리저라는 이름이 웨스트 인디어와 비슷하다고는 생각해요. 하지만 그 부인이 웨스트 인디어(서인도 제도)에서 온 것도 일종의 우연의 일치지요."

"정말 그렇군요. 아주 재미있는 이야기로군요. 그 부인의 남편도 거기에 있나요?"

"아직까지 거기에 남아 있다는 이야기를 들었어요."

"오호, 그렇군요. 아무래도 내가 그 부인을 다른 사람과 혼동한 모양입니다. 의사도 특별한 관심을 가졌겠군요."

"기억상실증의 경우는 아주 흔하답니다. 하지만 의사들은 언제나 흥미를 느끼지요. 다양하거든요. 두 환자가 똑같은 증세를 보이는 적은 거의 없답니다."

"모두 이상하게만 보이는군…… 어쨌든 감사합니다. 당신과 이렇게 이야기할 수 있어서 즐거웠습니다. 톨리가 당신을 얼마나 아끼고 있었는지를 잘 압니다. 당신 이야기를 자주 했지요."

찰스 경이 칭찬으로써 말을 끝맺었다.

"어머, 그런 말을 듣게 되어서 정말 기뻐요."

수간호사가 얼굴을 붉히면서 이야기했다.

"그런 유능한 분을 잃게 되다니, 모든 사람에게 커다란 손실이 아닐 수 없어요. 저희들은 정말 충격을 받았답니다. 아니, 놀라서 몸이 굳었다는 표현이 옳겠군요. 살인이라니! 도대체 누가 스트레인지 박사님 같은 분을 살해할 수 있겠어요? 믿을 수가 없어요. 그 끔찍한 집사가…… 제발 경찰에서 빨리 그 사람을 체포했으면 좋겠어요."

찰스 경은 슬픈 표정을 지어 보인 다음, 요양소를 빠져나왔다. 그들은 차가 대기하는 곳까지 걸어갔다. 찰스 경만 수간호사와 이야기를 나눈 것에 불만을 느낀 새터드웨이트가 그 보복으로 이번에는 올리버 맨더스의 사고를 목격했던 수위에게 여러 가지 질문을 퍼부어댔다.

"예, 벽이 무너진 데가 바로 저곳이었죠. 어떤 젊은 사람이 오토바이를 타고 왔지요. 아뇨, 사고를 제 눈으로 직접 본 건 아닙니다. 그냥 소리를 듣고 나와

보니까, 젊은이가 저기 서 있더군요. 찰스 경께서 서 계시는 바로 저 지점에 말입니다. 그 사람은 다치지는 않았습니다. 그저 망가진 오토바이를 내려다보고는 화를 내고 있었지요. 그러고는 그곳이 누구 집이냐고만 물어왔습니다. 바솔로뮤 스트레인지 경의 집이라고 하자 그 사람은 '정말 다행이로군.'이라고 말한 다음 집 안으로 들어갔습니다. 그 사람은 대단히 침착해 보이더군요. 그리고 좀 지친 듯이 보였습니다. 어떻게 그런 사고를 일으키게 됐는지는 모르겠습니다. 하지만 간혹 뜻하지 않게 일이 잘못되는 경우가 있으니까요."

"거참 이상한 사고로군요."

새터드웨이트가 생각에 잠긴 목소리로 중얼거렸다.

그는 큰길 쪽을 쳐다보았다. 구부러진 데도 없었고, 위험한 교차로도 아니었으며, 갑자기 오토바이가 들이받을 만한 어떤 것도 거기엔 없었다. 그래, 정말 이상한 사고야.

"자네, 도대체 무슨 생각을 하고 있나, 새터드웨이트?"

새터드웨이트가 대답했다.

"아무것도 아닐세. 아무것도 아니야."

"확실히 이상해."

찰스 경이 말하면서 새터드웨이트처럼 곤혹스러운 표정으로 그 사고가 일어난 장소를 쳐다보았다.

그들은 차를 타고 떠났다.

새터드웨이트는 혼자만의 생각에 여념이 없었다.

러시브리저 부인……. 카트라이트가 틀렸다는 게 입증되었다. 그건 암호가 아니었다. 그런 이름을 가진 사람이 엄연히 존재하고 있었으니까……. 어쩌면 그 여자 자체가 뭔가가 있는 건 아닐까? 어쩌면 일종의 증인이 그 여자가 아닐까? 아니면, 그 여자의 증세에 흥미가 있어서 바솔로뮤 경이 그런 유별난 태도를 보였던 것일까? 어쩌면 그 여자가 매력적이었을지도?

쉰다섯 살의 나이에 사랑에 빠지는 것, 새터드웨이트는 그런 경우를 많이 봐왔다. 그런 경우, 사람의 성격이 완전히 바뀌게 되지. 그 때문에 그전과 다른 유쾌한 농담을 하게 된 건지도 몰라. 그의 생각이 중단되었다.

찰스 경이 몸을 앞으로 숙이고 말했다.

"새터드웨이트, 다시 돌아가 보지 않겠나?"

대답을 할 틈도 주지 않고 그는 운전사에게 방향을 바꾸라고 지시했다. 차가 천천히 멈추더니, 여태까지 왔던 방향으로 되돌아가기 시작했다. 1, 2분 정도 뒤에 그들은 반대쪽으로 달리고 있었다.

"무슨 일인가?"

새터드웨이트가 물었다.

찰스 경이 말했다.

"이제 막 생각이 났네. 이상한 느낌을 주었다던 그것 말일세. 그건 바로 집사의 방바닥에 있던 잉크 자국이었어."

새터드웨이트가 깜짝 놀라서 친구를 쳐다보았다.

"잉크 자국? 무슨 뜻인가, 카트라이트?"

"그걸 기억하나?"

"거기에 잉크 자국이 있었다는 건 기억하네."

"그 위치를 기억하나?"

"글쎄, 대강……."

"그 자국은 벽난로 가까이에 있었지. 어떻게 해서 그 자국이 생겼다고 보나, 새터드웨이트?"

새터드웨이트는 1, 2분 정도 곰곰이 생각해보았다.

"잉크 자국은 큰 게 아니었네."

마침내 그가 입을 열었다.

"잉크병을 엎질러서 생긴 자국은 아닐 거야. 아마도 집사가 만년필을 거기에다 떨어뜨렸을 것 같군. 그런데 그 방에는 아무런 펜도 없었지."

'카트라이트도 내가 그만큼이나 주의 깊게 보았다는 걸 이젠 알겠지.'라고 새터드웨이트는 생각했다.

"그러니, 그 사람이 뭔가를 쓴 적이 있었다면 분명히 펜이 있어야 할 텐데, 그랬다는 증거는 아무 데도 없거든."

"그래, 새터드웨이트. 그런데도 잉크 자국은 있었지."

"쓴 적이 없다 해도, 그저 어쩌다 실수로 펜을 바닥에다 떨어뜨린 건지도 모르잖나?"

"하지만 뚜껑이 열려 있지 않는 한 잉크 자국이 생길 리는 없지."

새터드웨이트가 말했다.

"자네 말이 맞는 것 같군. 하지만 도대체 뭐가 이상하다는 건지 나로서는 이해가 안 되는군."

"어쩌면 이상할 게 없는지도 모르지." 찰스가 말했다.

"돌아가서 내 눈으로 직접 보기 전까지는 알 수 없지."

그들은 정문 앞에 이르고 있었다. 몇 분 뒤에는 집 안으로 들어가게 되었다.

찰스 경은 잉크 자국에 대한 궁금증으로 조바심을 내면서 재빨리 집사의 방으로 들어갔다.

"자, 이제……."

찰스 경이 조심스럽게 문을 닫으면서 말했다. 그래서 레키 부인은 방 안으로 들어오지 못하게 되었다.

"내 생각이 터무니없는 건지, 아니면 정말로 뭔가가 있는 건지 알아보세."

새터드웨이트의 생각에는 첫 번째 경우에 해당할 거라고 생각했지만, 차마 그 이야기를 하기에는 새터드웨이트의 양심이 허락지 않았다. 그는 침대 위에 걸터앉아 상대방의 얼굴만을 지켜보았다.

"여기에 그 자국이 있네."

찰스 경이 발끝으로 그 자국을 가리키면서 말했다.

"책상의 반대편 쪽에 자국이 있어. 그러면, 도대체 어떤 상황에서 펜을 여기에다가 떨어뜨렸을까?"

"어디에서든 펜을 떨어뜨릴 수야 있지." 새터드웨이트가 말했다.

"물론, 펜을 세게 내던질 순 있겠지." 찰스 경이 인정했다.

"하지만, 보통 사람들은 그런 식으로는 펜을 다루지 않는 법이네. 하여간 나도 모르겠어. 만년필이란 꽤 말썽을 부리거든. 잉크가 말라 버려서, 막상 쓰려고 하면 잉크가 나오지 않는다거나 말이야. 바로 그 때문에 잉크 자국이 거기에 생겼을지도 몰라. 엘리스가 화가 나서 '벌어먹을 만년필 같으니라고!'라면서 방에다가 내던졌을지도 모르지."

"여러 가지 가능성이 있을 거야." 새터드웨이트가 말했다.

"그저 벽난로 위에다 올려 두었는데, 잘못해서 굴러 떨어진 것인지도 모르지."

찰스 경이 연필로 한번 실험을 해보았다. 그는 연필을 벽난로 구석에서 굴러 떨어뜨려 보았다. 그러자 연필은 잉크 자국에서 최소한 1피트(30㎝)는 떨어진 곳에 떨어졌다가는 이내 난로 속으로 굴러 들어갔다.

"그래, 자네는 어떻게 생각하나?" 새터드웨이트가 물었다.

"지금 찾고 있는 중일세."

침대 위에 걸터앉은 채로 새터드웨이트는 찰스 경의 재미있는 연극을 구경하고 있었다. 찰스 경은 벽난로 쪽으로 걸어가면서 손에서 연필을 떨어뜨려 보았다. 그런가 하면 침대 구석에 걸터앉아 거기서 글씨를 쓰다가 다시 연필을 떨어뜨려 보았다. 잉크 자국이 있는 바로 그 지점에 연필을 떨어뜨리기 위해서는 서 있거나 벽에 딱 기대앉은 불안정한 자세여야만 했다.

"그건 불가능해."

찰스 경이 큰소리로 말했다. 그는 벽과의 거리, 잉크 자국, 그리고 벽난로 등과의 거리를 재고 난 바로 그 지점에 서 있었다.

"만일 그가 서류들을 태우려 했다면……, 그래."

그가 곰곰이 생각에 잠긴 채 중얼거렸다.

"하지만, 설마 가스 불에다가 서류를 태우지는 않았겠지."

갑자기 찰스 경이 깊이 숨을 몰아쉬었다.

얼마 뒤, 새터드웨이트는 이제 막 찰스 경이 어떤 연기를 펼쳐 보일 것이라고 생각했다.

찰스 카트라이트는 이제 집사인 엘리스가 되어 있었다. 그는 테이블에 앉아서 끼적거렸다. 뭔가 은밀한 표정을 지었다가는 때때로 눈을 쳐들고 이쪽저쪽을 흘끗흘끗 쳐다보았다. 갑자기 그는 무슨 소리를 들은 것처럼 보였다.

새터드웨이트조차도 복도를 걸어오는 걸음 소리 같은 걸 들었다고 착각할 정도였다. 그 사람은 양심에 찔리는 바가 있었다. 그래서 걸음 소리도 예사로 들리지 않았던 것이다. 그는 자리에서 벌떡 일어났다. 한 손에는 그때까지 쓰고 있었던 종이를, 다른 손에는 펜을……

그는 고개를 반쯤 돌린 채로 귀를 기울이는 자세로 방을 살펴보았다. 그는 그 편지들을 난로 아래에다 숨기려고 했다. 그러다 보니 한 손에 쥐고 있던 펜이 거추장스러워서 내팽개쳐 버렸을 것이다. 찰스 경의 연필, 즉 연극에서의 펜은 정확하게 한치의 오차도 없이 잉크 자국이 있는 자리에 떨어졌다.

"야호!" 새터드웨이트가 감탄한 듯이 외쳤다.

찰스의 연기는 너무나 훌륭해서, 마치 엘리스가 직접 행동하는 것 같은 인상을 주었다.

"봤지?" 찰스 경이 자기의 목소리로 되돌아와서 물었다.

"만일 그 녀석이 경찰이 오는 소리를 들었거나 경찰이 왔다고 생각했다면, 그래서 자기가 쓰고 있었던 걸 숨겨야 할 필요가 있었다면, 글쎄 도대체 그걸 어디에다 숨겼을까? 서랍이나 양탄자 아래는 안 되겠지. 경찰에서 방을 조사하게 되면, 금방 들통이 날 테니까 말이야. 마룻바닥을 뜯어내고 거기에다 숨길만 한 시간적 여유도 없었을 테고⋯⋯. 결국 난로 뒤에다 숨기는 방법밖에 없었을 거야."

새터드웨이트가 말했다.

"다음으로 해야 할 일은 난로 뒤에 실제로 무엇인가가 숨겨져 있나 조사해 보는 걸세."

"맞는 말이야. 물론 그렇게 해야지. 하지만, 지레 겁을 먹은 걸 안 다음에 나중에 그걸 다시 꺼냈는지도 모르지. 하지만, 일단 기대는 해보세."

코트를 벗고 난 다음, 반팔 셔츠 차림으로 찰스 경은 바닥에 털썩 주저앉아서는 난로 아래 틈을 들여다보았다.

"여기 아래 뭔가 있는데. 하얀 게 있어. 어떻게 그걸 끄집어내지? 모자 핀 같은 게 있으면 좋을 텐데⋯⋯."

"여자들도 요즘에는 모자 핀 같은 건 안 갖고 다니네."

새터드웨이트가 대꾸했다.

"주머니칼 같은 게 어떨까?"

하지만 주머니칼은 아무런 소용이 없었다.

마침내, 새터드웨이트가 나가서 비어트리스에게서 뜨개질하는 바늘을 빌려 왔다. 비어트리스는 왜 그걸 빌려 달라고 하는지 몹시도 궁금했지만, 체면상 그런 말을 물어볼 수가 없었다. 그 뜨개질바늘은 큰 도움이 되었다.

찰스 경은 그 바늘을 사용해서, 꼬깃꼬깃하게 구겨져 있는 편지들을 꺼냈다. 몹시도 급하게 처박아 둔 모양이었다. 호기심에 가득 찬 그와 새터드웨이트가 편지들을 일일이 하나씩 모두 펴 보았다. 그 편지들은 맨 처음 초안을 잡았던 그런 편지들임이 틀림없었다.

그것들은 모두 다 짧고 깔끔한 글씨체로 쓰여 있었다. 첫 장은 이렇게 시작하고 있었다. 그러니까, 이 편지를 쓰는 자기 자신은 쓸데없는 말썽을 일으키고 싶지 않으며, 어쩌면 오늘 밤 자신이 잘못 본 건지도 모른다는 말로 시작되어 있었다. 이런 내용을 쓰다가 마음에 들지 않았는지 다시 새롭게 쓰여 있었다.

> 존 엘리스 집사는 자기가 현재 가진 정보들을 경찰에 알려 주기 전에
> 우선 오늘 밤 일로 해서 잠깐 만나고 싶다……

여전히 마음에 안 들었는지 다시 시작했다.

> 존 엘리스 집사는 의사의 죽음에 대한 몇 가지 사실을 알고 있다. 하
> 지만 아직까지는 그 사실을 경찰에게 알리지 않았다……

다음부터는 자신을 더 이상 3인칭으로 쓰지 않았다.

> 나는 몹시 돈이 필요한 상황이오 1,000파운드가 필요하오 경찰한테
> 알려 줄 몇 가지 정보를 가지고 있소 하지만 일을 시끄럽게 만들 생
> 각은 전혀 없으니……

마지막 편지는 완전히 노골적이었다.

> 나는 의사가 어떻게 죽었는지 똑똑히 알고 있소 아직까지는 경찰 측
> 에 아무런 이야기도 하지 않았소 만일 당신이 나를 만나고 싶다

면……

편지는 여기에서 끊겨 있었다. 마지막 단어 다음에 긴 줄이 죽 그어져 있었으며, 마지막 다섯 단어들은 모두 다 지워져 있었다. 이 편지를 쓰고 있을 때, 엘리스는 깜짝 놀랄 만한 소리를 들은 게 틀림없다. 그는 그 편지들을 구겨서 황급히 숨겼던 것이다.

새터드웨이트가 깊이 숨을 들이마셨다.

"정말 축하하네, 카트라이트. 자네의 잉크 자국에 대한 직감은 정말 옳았네. 훌륭해! 자, 그러면 어떤 결론에 이르게 되는 거지?"

그는 잠깐 말을 멈추었다.

"엘리스는 우리가 생각한 대로 악당일세. 그는 살인범은 아니었지만, 누가 범인인지는 알고 있었네. 그리고는 그, 혹은 그녀를 협박해서 돈을 뜯어낼 생각이었던 거야."

"그, 혹은 그녀라……." 찰스 경이 끼어들었다.

"남자인지 여자인지를 모르는 게 답답하군. 도대체 그 녀석은 왜 '선생님'이라든가 '부인'이라는 호칭을 사용하지 않았을까? 만일, 그렇게만 써줬더라면 감이라도 잡았을 텐데 말이야. 엘리스는 무척이나 교활한 녀석 같아. 그 녀석은 분명히 자기가 협박한다는 사실을 아무한테도 눈치 채이지 않으려고 그랬을 거야. 우리에게 한 가지만이라도 단서를 주었더라면, 아주 조그만 것이라도 말이야. 그 편지가 어디로 발송될 것인지만이라도……."

새터드웨이트가 말했다.

"괜찮아. 곧 알게 될 텐데 뭘. 자네가 언젠가 엘리스의 결백을 입증해줄 만한 증거를 이 방에서 찾아내겠다는 이야기를 한 적이 있지? 어쨌든 우린 그걸 찾아낸 거야. 이 편지들은 그가 범인이 아니라는 걸 말해주고 있네. 그는 물론 사기 협박범이긴 하겠지만, 그가 직접 바솔로뮤 스트레인지 경을 살해한 건 아니야. 다른 사람이 살인범일 거야. 배빙턴을 살해한 바로 그 사람 말일세. 이젠 경찰 측에서도 우리의 이야기를 들어보면 흥미를 느낄 걸세."

"설마, 이 편지 이야기를 경찰에게 하겠다는 건 아니겠지?"

찰스 경은 불만스러운 표정이었다.

"그렇게 하는 수밖에는 없지 않나? 그런데, 왜 그러지?"

찰스 경이 침대 위에 걸터앉았다. 그는 깊은 생각에 잠긴 듯 이맛살을 찌푸렸다.

"글쎄……, 과연 어떻게 하는 게 최선일까? 현재 우리들은 다른 사람이 전혀 모르는 사실을 알고 있네. 경찰에선 엘리스를 찾는 중이지. 그들은 그가 살인범이라고 생각하고 있네. 그들이 그렇게 생각하고 있다는 건 세상이 다 아는 사실이지. 그러니, 진짜 범인은 어느 정도 안심을 하고 있을 거란 말일세. 그 또는 그녀는 지금 방심한 상태야. 자기가 혐의를 받지는 않을 거라고 생각하면서. 그런데, 이제 와서 구태여 이런 상황을 뒤집을 필요가 있을까? 이거야말로 다시없는 좋은 기회가 아닌가? 배빙턴과 이 사람들 중 어느 한 사람과의 관계를 밝혀낼 수 있는 좋은 기회이지. 그들은 이번 사건이 설마 배빙턴 사건과 관계가 있으리라고는 생각지 못하고 있네. 그들은 지금 무사태평하게 마음을 놓고 있는 상태야. 그러니 지금이야말로 천 년에 한 번 있을까 말까 한 기회가 아닌가?"

"무슨 뜻인지는 알겠네." 새터드웨이트가 말했다.

"그리고 나도 자네와 똑같은 생각이야. 이번이야말로 우리에게 더할 나위 없이 좋은 기회이지. 하지만, 아무리 그렇다 하더라도 우리로서는 그렇게 할 수는 없는 입장이야. 우리가 발견한 사실을 즉시 경찰에게 알리는 게 시민으로서의 의무가 아니겠나? 경찰만 쏙 빼놓고 우리들끼리만 안다는 건 말도 안 돼."

찰스 경이 너무나 한심스럽다는 얼굴로 그를 쳐다보았다.

"자네야말로 모범 시민의 표상이로군, 새터드웨이트. 나로서도 자네 생각에는 이의가 없네. 하지만 나는 자네만큼이나 훌륭한 모범 시민은 못 된다네. 나는 우리가 알아낸 사실을 나만 알고 있다고 해서 특별히 양심의 가책 같은 건 받지 않아. 하루나 이틀 정도야 어떻겠나. 딱 하루나 이틀만. 그래도 안 될까? 안 돼? 좋아, 내가 양보하지. 내가 졌네. 질서와 법을 잘 준수해야겠지."

새터드웨이트가 설명했다.

"자네도 알다시피 존슨과 나는 서로 잘 아는 사이일세. 그리고 그 사람이 우리에게 친절하게 대해줬지 않나? 그 사람 덕분에 경찰 측 일에 끼어들 수 있게 되었고, 또한 그 덕분으로 여러 가지 필요한 정보들을 별 불편 없이 얻어낼 수 있었지."

"오, 자네 말이 옳아." 찰스 경이 말하면서 한숨을 쉬었다.

"맞는 말이야. 하여간 나밖에는 어느 누구도 가스난로를 찾아볼 생각은 하지 못했지. 그런 생각은 그렇게 머리 나쁜 녀석들에겐 절대로 떠오르지 않지. 하지만 어쨌든 그 일은 자네 마음대로 하게나. 그건 그렇고, 새터드웨이트, 자네는 엘리스가 지금 어디에 있다고 생각하나?"

"내가 보기엔 그는 자신이 원하던 것을 얻었을 거야. 그는 돈을 받고서 사라져 달라는 부탁을 받은 거지. 그래서 부탁받은 대로 사라져버린 것이네."

"그래, 그것도 한 가지 설명이 되는군."

찰스 경이 말했다.

"새터드웨이트, 나는 왠지 이 방이 소름끼치는군. 어서 나가세."

그는 약간 몸을 떨었다.

찰스 경과 새터드웨이트는 다음날 저녁에 런던으로 돌아왔다.

존슨 대령과의 대화에서는 무척 신경을 써서 이야기를 이끌어 나가야만 했다. 크로스필드 총경은 단순한 '신사분들'이 그와 그의 부하들이 몰랐던 사실을 발견한 것이 못마땅했다.

"대단히 놀라운 발견이로군요. 정말로 놀랍습니다. 솔직히 말해서, 나로서는 가스난로 아래를 찾아볼 생각은 꿈에도 못했거든요. 사실, 어떻게 해서 선생님들이 그곳을 찾아볼 생각이 드셨는지 궁금하군요."

그들 두 사람은 잉크 자국 하나로 어떻게 그런 발견에까지 이르게 되었는지에 대해서는 구체적으로 설명해주지 않았다.

'그저 열심히 뒤지다 보니까.' 찰스 경이 둘러댄 설명이었다.

"그렇게 해서 찾아냈단 말이로군요."

총경이 계속해서 말했다.

"하지만, 선생님이 발견해 낸 사실이 저희로서는 그다지 놀라운 게 못된답니다. 아시다시피, 비록 그 발견 때문에 엘리스가 살인범이 아니라는 게 밝혀졌다고는 하지만, 그 녀석이 어떤 이유로 도망쳤다는 것만은 분명합니다. 그리고 내 마음속으로는 늘 그 녀석이라면 협박을 했을지도 모른다는 생각을 하고 있었거든요."

그들의 발견 때문에 한 가지 새로운 일이 전개되었다. 존슨 대령이 루마우드 경찰과 연락을 하기로 했던 것이다. 스티븐 배빙턴의 죽음 또한 수사해야 할 필요가 있다고 여겨졌기 때문이었다.

"그래서, 만일 그들이 그 사람 또한 니코틴 중독으로 죽었다는 것만 밝혀낸다면, 크로스필드조차도 그 두 사건들이 서로 연관되어 있다는 걸 인정하게 될 거야."

찰스 경이 런던을 향해 가면서 말했다.

그는 아직도 자신이 발견한 사실을 경찰의 손에 넘겨주었다는 것에 불만스러워하고 있었다.

새터드웨이트는 그 정보가 남들에게 알려지거나 신문에 실리지는 않을 거라고 말하면서 그를 위로했다.

"범인은 결코 의심을 하지는 않을 걸세. 엘리스를 찾는 수색 작업도 계속될 테고……"

찰스 경은 새터드웨이트의 말이 옳다고 시인했다.

런던에 도착하자마자 그는 새터드웨이트에게 에그 리튼 고어 양을 만나보자고 말했다. 그녀의 편지는 벨그레이브 스퀘어의 주소에서 온 것이었다. 그는 아직도 그녀가 그 주소에 있었으면 좋겠다고 했다.

새터드웨이트도 찰스 경의 이러한 말을 흔쾌히 받아들였다. 그 자신도 에그를 만나고 싶었던 것이다. 그래서 결국 찰스 경이 런던에 도착하는 대로 그녀에게 전화를 걸기로 결정했다. 에그는 여전히 런던에 남아 있었다. 그녀와 그녀의 어머니는 친척집에 묵고 있었으며, 앞으로도 1주일간은 더 머무를 작정이었다. 에그는 기꺼이 그들과 저녁식사를 하겠다고 대답했다.

"그녀는 여기에 오기 힘들 거야."

찰스 경이 그의 호화로운 아파트를 둘러보면서 말했다.

"그녀의 어머니가 그걸 반대할 테니까. 물론, 밀레이 양도 함께 초대하면 되겠지만, 그렇게 하고 싶은 생각은 없다네. 솔직히 말해서 밀레이 양은 내 스타일에는 어울리지 않는 것 같아. 그 여자는 너무나도 똑똑해서 나로 하여금 자연히 열등감을 갖게 만들거든."

새터드웨이트가 그의 집에서 식사하는 게 어떻겠냐고 했다. 그래서 결국 버클리에서 식사를 하기로 했다. 그리고 차후에는 에그가 원하는 대로 아무데서나 적당히 식사하기로 결정했다.

새터드웨이트는 첫눈에 그 아가씨가 말라 보인다는 걸 알아차렸다. 그녀의 두 눈은 더 크고 더 열렬해 보였으며, 그녀의 턱은 더 굳어져 보였다. 하지만 그녀의 매력은 예전과 조금도 다름이 없었다. 그녀의 어린아이 같은 열정은 더욱더 강했다.

그녀가 찰스 경에게 사근사근한 목소리로 말했다.

"당신이 오실 거라고 믿었어요. 이제 당신이 오셨으니, 모든 것이 다 잘될 거예요."

새터드웨이트가 혼자 생각했다.

'하지만, 이 아가씨는 그가 올 거라고 확신하지 못했을 거야. 전혀 확신을 못했던 거야. 그녀는 너무나도 안타까워했던 거지. 도무지 견딜 수 없을 정도로 안달을 하고 있었겠지. 찰스 경은 이 사실을 알고 있을까? 배우들은 원래 허영심이 많은 편이지. 그런데 그는 이 아가씨가 자신을 깊이 사랑하는 걸 눈치 채지 못하는 걸까?'

그가 생각하기에 이런 상황은 참으로 이상했다. 찰스 경이 평범한 아가씨와 그토록 열렬히 사랑에 빠졌다는 사실부터가 이해하기 힘든 일이었다. 그 아가씨도 그를 똑같은 정도로 사랑하고 있었다. 그리고 그들을 끊임없이 연결시켜 주는 끈은 바로 범죄였다. 그것도 끔찍스러운 이중 범죄였던 것이다.

저녁식사를 하는 동안은 별로 말이 없었다. 찰스 경은 외국에서 겪었던 경험에 대해서 이야기했다. 에그는 루마우드에 대해 이야기해주었다. 새터드웨이트는 이야기가 끊길 조짐이 엿보일 때마다 그들 두 사람이 이야기를 계속하도록 거들어 주었다. 저녁식사를 끝내고, 그들은 새터드웨이트의 집에 갔다.

새터드웨이트의 집은 첼시아 엠뱅크먼트에 있었다. 그의 집은 거대했으며, 수많은 예술작품들을 가지고 있었다. 그림과 조각 등 훌륭한 예술품들이 많이 있었다. 그밖에도 중국 도자기, 선사 시대의 유물들, 상아 제품들, 그리고 삽화들, 치펀데일과 헤펠화이트 가구의 진품들이 수두룩하게 있었다. 그 덕분에 그의 저택에는 온화하고 지적인 분위기가 가득했다.

에그 리튼 고어 양은 그 어느 것에도 신경 쓰지 않았다. 그야말로 아무것에도 주의를 주지 않았던 것이다.

그녀는 코트를 의자 위에 내던진 다음 말했다.

"자, 이젠 됐어요. 이제, 이야기를 해보세요."

그녀는 요크셔에서 찰스 경이 겪었던 일들에 대해 잔뜩 긴장하며 들었다.

찰스 경이 협박 편지를 발견한 사실을 이야기해주었을 때, 그녀는 깊이 숨을 몰아쉬었다.

찰스 경이 말했다.

"그 편지를 발견하고 나니, 우리가 추측할 수 있는 유일한 결론은 분명히 엘리스가 아무 말도 하지 않겠다는 조건으로 돈을 받은 다음, 종적을 감추었다는 겁니다."

하지만 에그는 고개를 저으며 뜻밖의 말을 했다.

"오, 아니에요. 모르시겠어요? 엘리스는 죽었어요."

나머지 두 사람은 깜짝 놀라 서로 얼굴을 마주보았다.

하지만 에그는 그들의 표정을 무시한 채 계속 말했다.

"죽었고말고요. 그 때문에 아무리 그를 찾으려 해도 도저히 찾아내지 못하는 거예요. 그는 너무나 많은 사실을 알고 있었어요. 바로 그 때문에 살해된 거예요. 그러니까, 엘리스는 세 번째 피해자인 셈이죠."

두 사람 중 어느 누구도 그런 가능성을 생각해본 적이 없었지만, 그 말이 완전히 틀렸다고 할 수는 없다는 걸 시인하지 않을 수 없었다.

찰스 경이 반박했다.

"하지만, 이봐요 아가씨, 엘리스가 설사 죽었다고 가정해봅시다. 그럼 도대체 시체는 어디에 있는 거지? 마땅히 시체가 발견되었어야 했을 게 아니오?"

에그가 대꾸했다.

"시체가 어디 있는지는 몰라요. 하지만 숨길만한 장소는 많잖아요."

새터드웨이트가 중얼거리듯이 말했다.

"아니, 그건 불가능해. 숨길만한 장소는 거의 없단 말이오."

에그가 계속 버텼다.

"아주 많아요. 자, 생각해보세요."

그녀는 잠깐 말을 멈추었다.

"다락방 말이에요. 아무도 들어가지 않은 다락방이 많이 있을 거예요. 시체는 다락에 있는 어떤 트렁크 속에 들어 있을 수도 있어요."

찰스 경이 말했다.

"그럴 것 같지는 않아요. 하지만, 물론 가능성 있는 이야기이지. 한동안은 발견될 염려가 없을 테니까."

에그는 불쾌하고 섬뜩한 이야기를 조금도 꺼리지 않고 이어 나갔다. 그녀는 찰스 경이 마음속으로만 생각하는 내용을 곧장 말로 표현했다.

"냄새는 위로 올라가 버리지, 아래로 내려오는 게 아니에요. 수색할 경우, 다락방보다는 아무래도 천장을 먼저 찾는 게 상례이고요. 그리고 냄새가 난다 하더라도 사람들은 그저 죽은 쥐 썩는 냄새이겠거니 생각할 테니까요."

"만일, 당신 이야기가 옳다면 분명히 살인범은 여자가 아니라 남자라는 결론이 나오겠군. 여자가 그렇게 무거운 시체를 끌고 옮길 수는 없을 테니까 말이오. 사실, 남자만이 할 수 있는 일이지."

"글쎄요. 다른 가능성도 있답니다. 그 집에는 비밀통로가 있거든요. 서트클리프 양이 말해주었어요. 그리고 바솔로뮤 경이 제게 그걸 보여 주시겠다는 말씀도 하셨고요. 범인은 엘리스에게 돈을 주었을지도 몰라요. 그리고 집을 빠져 나가는 통로를 보여 주었을 거예요. 그에게 통로를 알려 주겠다는 구실로 비밀통로로 데려갔겠지요. 그러고는 거기서 그를 살해한 거예요. 여자라도 그런 짓은 충분히 할 수 있어요. 뒤에서 뭔가로 내리치면 되니까요. 그런 다음, 시체를 거기다 내버려두고 돌아오면 아무도 눈치 채지 못하게 되지요."

찰스 경은 동감할 수 없다는 듯이 고개를 저었지만, 더 이상 에그의 이야기에 반대하지 않았다. 새터드웨이트는 그들이 편지를 찾으러 엘리스의 방에 들어갔을 때, 자신에게도 그런 똑같은 생각이 떠올랐음을 상기했다. 그는 찰스 경이 약간 몸을 부르르 떨던 것도 기억하고 있었다. 그 순간 찰스 경도 엘리스가 죽었을지도 모른다는 생각을 했을 것이다.

'만일, 엘리스가 정말 죽었다면 우리는 대단히 위험한 사람을 상대하게 되는 거야. 그래, 대단히 위험하기 짝이 없는 사람 말이야.'

갑자기 새터드웨이트는 온몸에 싸늘한 공포감을 느끼지 않을 수 없었다.

세 번씩이나 살인을 저지른 사람이라면, 또다시 살인을 하지 말라는 법은 없으니까 말이다. 그들은 위험에 처해 있었다. 그들 세 사람 모두 다 말이다—

찰스 경과 에그, 그리고 그도 만일, 우리들이 더 많은 사실들을 알아낸다면……

그는 찰스 경의 목소리에 깊은 상념에서 깨어났다.

"그런데 에그, 당신의 편지에서 도무지 납득이 안 가는 이야기가 있었소. 당신은 누군가가 위험에 처해 있다는 이야기를 했어요. 경찰이 그 사람을 의심하고 있다면서 말이오. 하지만, 나로서는 경찰이 최소한 어느 누구를 의심하고 있다는 사실조차도 이해하기가 힘들어요."

새터드웨이트가 보기에, 에그는 약간 당황한 듯했다. 그녀는 얼굴을 붉혔던 것 같았다.

새터드웨이트가 혼잣말로 중얼거렸다.

'오호, 이 젊은 아가씨가 어떤 식으로 대답할지 볼 만하겠군그래.'

에그가 말했다.

"제가 어리석었어요. 저는 혼란스러웠거든요. 제 생각으로는 올리버가 그런 식으로 그날 그 집에 갔기 때문에(저, 뭐랄까) 경찰에서 그를 혐의자로 보는 것 같다는 생각이 들었거든요."

찰스 경은 그러한 그녀의 설명을 순순히 받아들였다.

"그렇군. 이젠 이해가 가요."

새터드웨이트가 말했다.

"그게 바로 당신의 변명인가요?"

에그가 그를 쳐다보았다.

"무슨 뜻이죠?"

새터드웨이트가 설명했다.

"정말 그건 이상한 사고입니다. 그건 너무나 불충분한 변명이라는 걸 당신도 알 텐데요."

에그는 고개를 저었다.

"모르겠어요. 저는 결코 그런 생각은 해보지 않았거든요. 하지만 실제로 사고 난 게 아니라면 올리버가 왜 그런 척했을까요?"

찰스 경이 말했다.

"그는 나름대로 이유를 가지고 있었겠지. 당연한 이유가."

그는 그녀를 향해 미소를 지었다.

에그가 얼굴을 붉히며 말했다.

"오, 아니요, 아니에요."

찰스 경이 한숨을 지었다.

새터드웨이트의 머릿속엔 문득 그녀의 붉어진 얼굴이 찰스 경에겐 잘못 이해되었다는 생각이 들었다.

찰스 경은 더욱 서글프고 더욱더 늙은 표정으로 바뀌었던 것이다.

그가 입을 열었다.

"어쨌든, 만일 우리의 젊은 친구 맨더스가 위험에 처해 있지 않다면, 도대체 내가 왜 끼어들어야 하지?"

에그가 재빨리 찰스 경에게 다가가서는 그의 코트 소맷자락을 붙잡으며 말했다.

"선생님은 또다시 떠나시지 않을 거예요. 포기하시지도 않을 거고요. 선생님은 진실을 밝혀내실 거예요, 진실을 말이에요. 선생님밖에 어느 누구도 그 진실을 밝혀낼 수 없어요. 선생님만이 할 수 있어요."

그녀는 너무나도 진지한 태도로 이야기했다. 그녀의 생동감 넘치는 태도가 고색창연한 방을 가득 채우고 있었다.

찰스 경이 물었다. 그는 감동했던 것이다.

"나를 그토록 믿고 있단 말이오?"

"예, 예, 그렇고말고요. 우리는 진실을 밝혀내야만 해요. 저와 선생님 둘이서 말이에요."

"그리고 새터드웨이트도."

"물론 새터드웨이트 씨도요."

에그가 무관심한 태도로 대꾸했다.

새터드웨이트는 슬그머니 웃지 않을 수 없었다. 에그가 그를 이번 일에 끼워 주고 싶어 하든지, 그렇지 않든지 간에 그는 혼자만 제외된 채 남아 있고 싶지는 않았다. 그는 수수께끼를 재미있어 했다.

그리고 그는 인간의 본성을 관찰하는 것을 좋아했다. 더욱이 그는 연인들에게는 관대한 사람이었던 것이다. 이러한 세 가지 특성으로 그는 기꺼이 이번 일에 끼어들기를 원했던 것이다.

찰스 경이 의자에 주저앉았다. 그의 목소리는 이제 전과는 달랐다. 이번에야말로 그는 명령을 내리는 지휘관이었던 것이다.

"무엇보다도 먼저, 우리들은 상황을 명백하게 해 둬야만 해요. 우리들은 배빙턴과 바솔로뮤 스트레인지 경이 동일 인물에 의해 살해되었다고 믿고 있소. 그렇지 않습니까?"

"그렇다고 믿어요." 에그가 대답했다.

이번에는 새터드웨이트가 대답했다.

"나도 그러네."

"다음에, 두 번째 사건이 첫 번째 사건으로부터 비롯된 것이라고 생각하나요? 내 말은 바솔로뮤 경이 살해된 것은 첫 번째 살인을 은폐하기 위한 것이라는 사실을 믿느냐 하는 거요."

"믿어요."

에그와 새터드웨이트가 동시에 대답했다.

"그렇다면 우리가 조사해야 할 사건은 두 번째 사건이 아니라 바로 첫 번째 사건이군."

에그가 고개를 끄덕였다.

"내 생각으로는 첫 번째 살인사건의 동기를 밝히기 전에는 결코 살인범을 찾아낼 수 없을 것 같소. 그런데 살인 동기에 좀 문제가 있어요. 배빙턴은 호감이 가는 점잖은 노인이란 말이오. 즉 그런 사람에게 적이 있을 리가 없단 말이지. 그런데도 그는 살해되었습니다. 그리고 그 살인에는 어떤 이유가 있을 겁니다. 우리는 바로 그 이유를 찾아야 합니다."

그는 잠깐 말을 멈추었다가 평상시와 같은 목소리로 이야기하기 시작했다.

"그 점을 생각해보기로 하지. 사람을 죽일 만한 동기에는 어떤 것들이 있을까? 먼저, 이득을 생각할 수 있겠지."

에그가 말했다.

"복수."

새터드웨이트가 말했다.

"살인광. 이번 사건의 경우에는 별로 해당이 되지 않겠군. 하지만, 공포심이란 걸 들 수는 있겠지."

찰스 카트라이트가 고개를 끄덕였다.

그는 쪽지에다가 적어 넣었다.

"이제 거의 다 나온 셈이로군. 첫 번째로 이득이군. 누군가 배빙턴이 죽음으로 해서 이득을 볼 사람이 있을까? 배빙턴은 돈을 가지고 있었나? 아니면 장차 돈이 생길 만한 가능성이라도?"

에그가 말했다.

"그건 별로 해당이 안 되는 것 같은데요."

"그렇다면 나는, 아니 우리들은 배빙턴 부인에게 그 점에 대해 물어봐야겠군."

"다음으론 복수가 있지. 배빙턴은 누군가에게 피해를 주지 않았을까? 혹시 젊었을 적에라도 말이야. 그는 다른 사람이 좋아하는 여자와 결혼한 것은 아닐까? 그것 역시 조사해봐야 할 걸세."

"다음엔 살인광이라는 가능성. 배빙턴과 톨리, 두 사람 모두 어떤 미치광이에게 살해되었어. 내 생각으론 그런 이야기는 전혀 타당성이 없는 것 같아. 아무리 미치광이라도 각기 나름대로 이론을 가지고 있는 법이거든. 자신이 의사들을 살해해야 한다는 사명을 부여받았다고 생각하거나 성직자들을 살해할 사명을 받았다고 말이야. 하지만, 양쪽을 다 살해해야 한다고 생각하지는 않는다는 말일세. 그러니 우리는 살인광이라는 가능성은 배제해야 할 걸세. 이제, 한 가지 남은 것은 공포심뿐이네."

"솔직히 말해서, 그것이 가장 가능성 있는 설명인 것 같네. 배빙턴이 누군가에 대한 비밀을 알고 있었다. 아니면, 누군가를 알아보았다고 치세. 그럴 경우에 그 누군가가 그 사실을 폭로하지 못하도록 살해한 거지."

새터드웨이트가 중얼거리듯이 말했다.

"나로서는 배빙턴 같은 사람이 그날 밤 거기 모였던 사람들 중 누군가에게 해를 끼칠 만한 사실을 알고 있었을 것이라는 생각은 전혀 안 드는 걸."

찰스 경이 말했다.

"어쩌면, 자신도 의식하지 못하는 사실을 알고 있었는지도 모르지."

그는 자신의 말뜻을 보다 명확하게 전달하려고 애썼다.

"내 말뜻을 정확하게 설명하기는 어렵군. 예를 들어 한 번 생각해보세. 이것은 하나의 가능성일세. 배빙턴이 어떤 시간에 어떤 장소에서 어떤 사람을 보았다고 가정해보는 거야. 그가 아는 한 그 장소에는 도저히 있을 이유가 없는 사람이 거기에 있었단 말일세. 하지만 그 사람은 그 시간에 또 다른 장소에 있었다는 명확한 알리바이를 마련해 두고 있었다고도 생각해보게나. 따라서 배빙턴 영감이 그 알리바이가 허위라는 걸 폭로하게 될지도 모르니까."

에그가 말했다.

"그래요. 런던에서 무슨 짓을 저지른 범인이 있다고 해보죠. 그리고 배빙턴 씨가 그 사람을 패딩턴 역에서 보았다고 해봐요. 하지만 그 사람은 그 시간에 리즈에 있었다는 알리바이를 제시했다고 합시다. 그렇게 되면, 배빙턴은 그 사람의 알리바이를 모두 다 뒤집을 수 있겠지요."

"그게 바로 내 말이오. 물론, 그건 하나의 예에 불과하오. 다른 가능성이 있을 수도 있지. 그날 저녁 그가 보았던 그 누군가는 다른 이름으로 알고 있던 사람인지도 몰라."

에그가 말했다.

"결혼과 무슨 상관이 있는지도 모르죠. 목사님들은 많은 결혼을 주재하시니까요. 누군가 이중 결혼을 했는지도 모르죠."

"아니면 탄생이나 임종 같은 것과 연관이 있는지도 모르지."

새터드웨이트가 한마디 했다.

"그건 너무 범위가 넓군요." 에그가 얼굴을 찌푸리면서 말했다.

"우리는 다른 식으로 이번 사건을 해결해 나가야 할 거예요. 거기 있었던 사람들부터 시작하는 거예요. 먼저 목록을 작성해요. 선생님 댁에 모였던 사람들은 누구누구였죠? 그리고 바솔로뮤 경 댁에는 누가 있었나요?"

그녀는 찰스 경에게서 종이와 연필을 건네받았다.

“데이크리스 부부가 양쪽 장소에 다 있었어요. 그 시든 양배추 같은 여자도 있었고요(그 여자 이름이 뭐더라?). 윌스, 서트클리프 양.”

찰스 경이 말했다.

“안젤라는 거기에서 빼도록 해요. 몇 년간 그녀를 알고 지냈으니까 말이오.”

에그가 못마땅한 듯이 얼굴을 찡그리며 말했다.

“그렇게는 할 수 없어요. 아는 사람이라고 해서 그들을 뺄 수는 없어요. 우리는 사무적으로 행동해야 해요. 게다가 저는 안젤라 서트클리프 양에 대해선 아무것도 모르고 있어요. 그 여자도 다른 모든 사람들과 똑같은 방법으로 생각해야 해요. 더욱이 여배우들은 모두 다 과거가 복잡하거든요. 그러니 제 생각으로는 대체로 그녀가 가장 혐의가 많이 가는 사람인걸요.”

찰스 경을 빤히 쳐다보는 그녀의 눈에서 불똥이 튀는 것만 같았다.

“그렇게 친다면 올리버 맨더스도 빼놓을 수 없지.”

“왜 올리버를 뺄 수 없다는 거죠? 그는 배빙턴 씨와도 전에 여러 번 만난 적이 있는 걸요.”

“그는 양쪽 장소에 다 있었소. 그리고 그가 바솔로뮤 경의 집에 오게 된 경위가 다소 미심쩍단 말이야.”

“좋아요.” 에그가 말했다. 그런 다음 한마디 덧붙였다.

“그렇다면 저와 제 어머니도 써넣는 편이 좋겠군요. 그렇게 해서 결국 혐의자는 일곱이에요.”

“나는…….”

“그렇게 하시든가 아니면 전부 다 빼버리든가 하세요.”

그녀의 눈이 번쩍였다.

새터드웨이트가 잠시 화해를 시켜야겠다고 마음먹었다. 그는 분위기를 풀어주려고 마실 것을 가져오라고 했다. 찰스 경은 구석 쪽으로 어슬렁거리며 걸어가서는 흑인 조각을 감상했다.

에그는 새터드웨이트에게 다가와서 그의 팔짱을 끼었다.

“어리석게도 제가 이성을 잃었군요.”

그녀가 변명하듯이 중얼거렸다.

"제가 어리석었어요. 하지만 도대체 왜 그 여자를 제외시켜야 하는 거죠? 도대체, 저분은 왜 그토록 그걸 말씀하시는 걸까요? 어머 맙소사, 내가 왜 이렇게 꼴불견으로 질투를 할까요?"

새터드웨이트는 그녀의 손을 두드려 주었다.

"질투하는 건 아무런 이득도 못됩니다, 아가씨. 만일 당신이 질투한다고 느껴지면 절대로 그걸 나타내지 마세요. 그건 그렇고, 당신은 정말로 맨더스가 혐의를 받을 거라고 생각하나요?"

에그가 싱긋 웃었다. 어린아이 같은 웃음이었다.

"물론 아니에요. 그저 저분을 놀라게 해 드리려고 써 넣은 것뿐이에요."

그녀는 고개를 돌렸다.

찰스 경은 여전히 흑인 조각을 열심히 들여다보고 있었다.

"벌써 아시겠지만, 저는 제가 저분을 쫓아다니고 있다는 걸 알리고 싶지 않았어요. 또한 저분이 제가 올리버에게 관심을 가지고 있다고 생각하도록 하고 싶지 않군요. 사실이 그러니까요. 정말 왜 이렇게 힘들까요! 저분의 태도를 좀 보세요. '맙소사, 이 어린 아가씨의 태도라니! 정말 못마땅하군.' 하는 식으로 생각하시는 거예요."

새터드웨이트가 충고해주었다.

"인내심을 가지고 기다려요. 결국에는 모든 일이 다 잘될 겁니다."

에그가 말했다.

"저는 원래 참는 성격이 아니에요. 저는 모든 일들이 즉시, 아니면 가능한 한 빨리 결정 나길 원해요."

새터드웨이트가 껄껄 웃었다. 그러자, 찰스 경이 고개를 돌려 쳐다보고는 그들에게로 걸어왔다. 그들은 음료수를 마시면서 앞으로 실행할 계획을 세웠다. 찰스 경은 크로스 네스트로 돌아가야만 했다. 아직까지 거기 있는 그의 집이 팔리지 않았기 때문이다.

에그와 그녀의 어머니는 원래 예정보다 좀더 일찍 로즈 커티지로 돌아가기로 했다. 배빙턴 부인은 여전히 루마우드에서 살고 있었다. 그들은 그 부인에게서 정보를 얻고, 그런 다음 거기에 따른 행동을 취하기로 했다.

에그가 말했다.

"우리는 성공할 거예요. 우리가 성공할 것이라는 걸 알고 있어요."

그녀는 찰스 경 쪽으로 몸을 숙였다. 그녀의 눈은 반짝이고 있었다.

그녀는 들고 있던 잔을 그의 잔과 맞부딪쳤다.

"우리들의 성공을 위해서 건배해요."

그녀가 외쳤다.

천천히, 아주 천천히 그의 눈이 그녀의 눈을 마주 보았다.

그는 자기의 잔을 입에 갖다 대고는 말했다.

"성공을 위해서, 또한 미래를 위해서."

배빙턴 부인은 항구에서 얼마 떨어져 있지 않은 조그만 어부의 오두막집으로 이사해서 살고 있었다. 그녀는 약 6개월 후에 동생이 일본에서 돌아올 것을 기다리고 있었다. 그녀의 동생이 도착할 때까지 그녀는 장래에 대한 아무런 계획도 세우려고 하지 않았다. 그 오두막이 마침 6개월간 비게 되었기 때문에, 그녀가 그걸 빌리기로 했던 것이다. 그녀는 갑작스러운 남편의 죽음에 너무나도 당황해서, 아직 루마우드에서 이사하기에는 경황이 없는 처지였다.

스티븐 배빙턴은 지난 17년간 루마우드의 성 페트로치 사택에서 살았다. 그들은 대체로 행복하고 평화로운 생활을 보냈었다. 다만 한 가지, 아들인 로빈의 죽음만 빼놓고……. 부인의 남은 아이들 중에서, 에드워드는 세일론에, 그리고 로이드는 남아프리카에, 그리고 스티븐은 앙골라에서 장교로 복무하고 있었다. 그들은 자주, 그리고 다정하게 편지를 써 보냈지만 어머니에게 가정이라든가 말벗을 제공해줄 처지는 결코 못 되었던 것이다.

마거릿 배빙턴은 너무나도 외로웠다. 그녀는 생각하는 데 별로 취미가 없었다. 그녀는 활동적이었다. 그녀는 오두막집 앞에 있는 조그마한 밭에서 일하면서 대부분의 시간을 보내곤 했다. 꽃들이야말로 그녀 인생의 일부였던 것이다.

여느 때처럼 그날 오후에도 그녀는 그곳에서 일하고 있었다. 그때 문이 열리는 소리가 나서 고개를 들어 보니, 찰스 카트라이트 경과 에그 리튼 고어가 서 있었다.

마거릿은 에그를 보고 놀라지 않았다. 그녀는 그 아가씨를 잘 알고 있었으며, 머지않아 그들이 돌아오리라는 것을 알고 있었던 것이다. 하지만 그녀가 놀란 대상은 바로 찰스 경이었다. 그가 이곳을 영원히 떠났다는 소문이 자자했었기 때문이다. 그가 남프랑스에서 어떤 생활을 보내고 있는지 신문에 기사가 난 적도 있었다. 광고도 났었다. 크로스 네스트의 정원에는 '팔 집'이라는 팻말도 걸려 있었다. 아무도 찰스 경이 이렇게 돌아오리라고는 생각지 않았다. 그러나 그는 돌아온 것이다.

배빙턴 부인은 엉클어진 머리를 손으로 대강 매만지면서, 자신의 흙투성이 손을 난처한 표정으로 내려다보며 중얼거리듯 말했다.

"손이 이 모양이니 악수를 할 수도 없겠군요. 장갑을 끼고 일해야 하는 건데. 가끔 장갑을 끼고 일을 하기도 하지요. 하지만 곧 그걸 벗어버리게 되거든요. 맨손으로 일해야만 좀더 섬세하게 매만질 수 있어서요."

그녀는 그들을 집 안으로 안내했다. 말끔한 거실은 아늑한 느낌을 주었다. 거실에는 사진과 국화 화분들이 많이 놓여 있었다.

"찰스 경, 이렇게 만나게 되다니 정말 놀랍군요. 당신이 크로스 네스트를 영원히 떠날 거라고 생각했거든요."

배우가 솔직하게 말했다.

"그럴 생각이었죠. 하지만 때때로, 배빙턴 부인, 운명을 도저히 거역하기 힘들 때가 있답니다."

배빙턴 부인은 그러한 그의 말에 아무런 대꾸도 하지 않았다. 그녀는 에그 쪽을 쳐다보았다. 하지만 그 아가씨는 그저 이렇게만 이야기할 뿐이었다.

"저, 배빙턴 부인, 이번에 우리들이 여기를 찾아온 것은 단순한 방문이 아니랍니다. 찰스 경과 저는 아주 중요한 일로 찾아온 거예요. 제발 흥분하지는 마세요."

배빙턴 부인은 찰스 경과 그 아가씨를 번갈아 쳐다보았다. 그녀의 얼굴이 심각해졌다.

찰스 경이 말했다.

"무엇보다 먼저, 이 지역 경찰에게서 무슨 연락을 받으셨는지 알고 싶군요."

배빙턴 부인은 고개를 떨어뜨렸다.

"알겠습니다. 그렇다면 우리들이 훨씬 더 쉽게 이야길 꺼낼 수 있겠군요."

"그 끔찍한 이야기 때문에 찾아오신 건가요?"

"예, 그렇습니다. 죄송합니다만, 무척 괴로우시겠죠?"

그녀는 그의 동정 어린 말투에 기분이 풀렸다.

"생각하시는 것만큼 그렇게 괴로운 건 아니랍니다. 어떤 사람들에겐 죽음이라는 게 무섭지요. 하지만 나는 다릅니다. 죽음이라고 해서 특별히 두려울 것은 없으니까요. 남편은 어디에선가 평화로이 쉬고 있을 겁니다―아무도 그 휴식을 방해하지 못하는 곳에서 말이에요. 다만 내가 놀란 것은 스티븐의 죽음이 자연사가 아니라는 생각 때문입니다. 그건 도저히 불가능하거든요."

"그렇게 생각하시는 것도 무리는 아닙니다. 처음엔 나도 그렇게 생각했으니까요."

"'처음'이라니, 도대체 무슨 뜻이죠?"

"남편께서 돌아가시던 바로 그날 저녁에 문득 이상한 생각이 들었지요. 하지만 부인의 생각처럼 도저히 불가능해보였기 때문에 그런 의심을 접어두었던 겁니다."

에그가 말했다.

"저도 역시 그렇게 생각했었어요."

"아니, 에그도?"

배빙턴 부인이 의아한 표정으로 에그를 쳐다보았다.

"설마, 누군가가 스티븐을 죽이리라고 생각하는 건 아니겠지요?"

그녀가 너무나도 심각한 반응을 보이자, 나머지 두 사람들은 어떻게 이야기를 진전시켜야 할지 난감해졌다.

마침내 찰스 경이 입을 열었다.

"이미 아시겠지만, 배빙턴 부인, 나는 외국에 나갔다 왔습니다. 내가 남프랑스에 있을 때 신문에서 내 친구인 바솔로뮤 스트레인지의 죽음이 목사님의 죽음과 너무나도 비슷하다는 걸 읽었습니다. 또한, 리튼 고어 양의 편지도 받았었고요."

에그가 고개를 끄덕였다.

"저도 그때 거기 있었거든요. 그때 그분과 함께 있었답니다. 배빙턴 부인, 그 사건과 목사님의 사건이 너무나도 똑같았어요. 아주 똑같아요. 박사님께선 포트와인을 드셨지요. 그 다음 갑자기 안색이 변했고 그리고……, 그리고, 어짰든 똑같았어요. 불과 2~3분 뒤에 돌아가셨지요.”

배빙턴 부인이 설레설레 고개를 저었다.

“나로서는 이해할 수가 없어요. 스티븐이? 바솔로뮤 경—친절하고 유명한 박사님께서? 도대체 누가 그들 중 어느 한 쪽이라도 살해하려 할까요? 분명히 잘못 생각한 거예요.”

찰스 경이 말했다.

“바솔로뮤 경의 경우에는 니코틴 독살이라는 판정이 나왔답니다. 부인께서도 알고 계시겠죠?”

“그렇다면 어떤 미치광이의 소행일 거예요.”

찰스 경이 말했다.

“배빙턴 부인, 나는 이 일을 속속들이 조사해보고 싶습니다. 진실을 밝혀 보고 싶은 게 솔직한 내 심정이거든요. 그리고 시간을 낭비할 수 없습니다. 일단 사람들에게 알려지기만 하면 범인이 눈치를 채게 되니까요. 시간을 벌기 위해서라도 남편의 시체를 검시해야 합니다. 나는 부인의 남편도 역시 니코틴 독살로 돌아가셨다고 생각하고 있습니다. 당신이나, 혹은 목사님께서 니코틴 사용법을 알고 있었나요?”

“항상 장미에 뿌려 주는 데 니코틴을 사용하곤 했지요. 그 성분이 유독하리라는 생각은 전혀 못했고요.”

“어젯밤 그것에 관한 기사를 읽었습니다. 내 생각에는 두 사건 모두 다 니코틴이 사용된 것 같아요. 니코틴 독살은 아주 드문 사건이지요.”

배빙턴 부인이 고개를 저었다.

“나는 정말 니코틴 독살에 관해선 아무것도 모릅니다. 다만, 그저 애연가들이 그걸로 고통받을 수도 있다는 정도만 알고 있어요.”

“남편께선 담배를 피우셨나요?”

“예.”

“그렇다면, 배빙턴 부인, 부인은 누군가가 남편을 죽이려고 했을는지도 모른다는 생각에 깜짝 놀라셨습니다. 그렇다면 부인이 아는 한 남편에겐 단 한 사람의 적도 없었다는 뜻입니까?”

"분명히 장담하지만, 스티븐에겐 적이 한 명도 없었어요. 모든 사람이 그를 좋아했답니다. 가끔 몇몇 사람들이 그를 답답하게 여기곤 했지만 말이에요."

그녀는 쓸쓸하게 미소를 지었다.

"그래도 모두 다 그를 좋아했어요. 찰스 경, 당신도 스티븐을 싫어하진 않았을 거예요."

"배빙턴 부인, 부인의 남편께서 유산을 많이 남기진 않으셨겠죠?"

"전혀 남기지 않았다고 해야겠죠. 스티븐은 저축 같은 걸 하는 사람이 아니었어요. 돈이 있는 대로 다 써 버리곤 했지요. 그 때문에 항상 내가 잔소리를 했는걸요."

"어떤 사람에게서 돈을 받게 된다든가 하는 기대도 전혀 없었고요? 이를테면 목사님께선 어떤 사람의 유산 상속자가 아니었나요?"

"오, 아니에요. 스티븐에겐 친척이 별로 없었어요. 누이동생이 현재 노섬벌랜드에 있는 목사와 결혼해서 그곳에서 살고 있지요. 하지만 그들은 아주 가난해요. 그리고 아저씨들이나 아주머니들도 이미 다 돌아가셨고요."

"그렇다면 아무도 배빙턴 씨의 죽음으로 이득을 보게 될 사람은 없는 셈이군요."

"그렇고말고요."

"처음에 말했던 적에 대한 질문으로 되돌아갑시다. 부인은 남편께서 누구에게도 미움을 산 적이 없다고 말씀하셨지만, 어쩌면 목사님께서 젊으셨을 때 적이 있었는지도 모르잖습니까?"

배빙턴 부인은 도저히 믿기지 않는다는 듯한 표정을 지었다.

"그럴 것 같지는 않아요. 스티븐은 원래가 말썽의 소지를 만드는 성격이 아니거든요. 그는 사람들하고 원만하게 지내는 편이었어요."

"내 말이 멜로드라마같이 들릴지는 모르겠지만……."

찰스 경은 약간 신경질적으로 기침을 했다.

"그렇지만, 흠, 그분이 부인과 약혼했을 때, 예를 든다면 그 약혼에 불만을 품은 사람이 없었느냐 하는 말입니다."

배빙턴 부인의 눈이 반짝하고 빛나는 것 같았다.

"스티븐은 우리 아버님의 목사보로 일했어요. 내가 학교에서 집으로 돌아왔을 때 맨 처음으로 본 젊은이가 바로 그분이었어요. 그리고 곧 우리들은 사랑에 빠졌지요. 우리들은 4년 동안 약혼 상태로 지냈고, 그가 켄트에 집을 마련하고 나서야 우리는 결혼할 수 있었어요. 우리는 아주 단순한 러브 스토리를 가지고 있어요, 찰스 경. 그리고 대단히 행복한 생활을 보냈지요."

찰스 경이 고개를 숙였다.

배빙턴 부인의 단순한 성격이 매력적으로 느껴졌기 때문이었다.

에그가 대신 물었다.

"배빙턴 부인, 목사님께선 그 전날 밤에 찰스 경의 손님들 중 어느 한 사람이라도 만난 적이 있나요?"

배빙턴 부인은 약간 당황한 표정이었다.

"글쎄, 나와 네 어머니 그리고 올리버 맨더스가 있었지."

"예, 그밖에 다른 사람들은 누가 있었죠?"

"5년 전에 런던에서 어떤 연극에서 보았던 안젤라 서트클리프를 본 적이 있었단다. 스티븐과 나는 그녀를 실제로 만났다는 것에 몹시 흥분했었지."

"전에는 한 번도 그녀를 만나본 적이 없었나요?"

"전혀. 우리들은 어떤 여배우도 아니, 배우도 만나본 적이 없었어. 찰스 경이 여기에 오기 전까지는 말이야. 그리고 그건……."

그녀가 한마디 덧붙였다.

"굉장한 일이었단다. 찰스 경은 그게 우리에게 얼마나 큰일이었는지 모를 거예요. 우리 생활에 커다란 활력소가 되었지요."

"데이크리스 부부를 만난 적은 없었나요?"

"화려한 드레스를 입은 여자와 그 옆에 있던 자그마한 키의 남자?"

"예."

"만난 적이 없었어. 다른 여자분도 마찬가지고 희곡을 쓴다는 여자분 말이야. 가엾게도 그 여자분은 약간 소외된 듯이 보이더군."

"파티 전에 그 사람들 중 어느 누구도 본 적이 없다는 게 분명합니까?"

"전혀 그런 적이 없어요. 스티븐도 마찬가지일 거라고 확신해. 우리들은 모든 행동을 함께 했거든요.”

에그가 계속해서 물었다.

“그리고 배빙턴 씨는 부인에게 아무 말도 하지 않았군요. 전혀 아무것도 말이에요. 만나게 될 사람들에 대해, 아니면 그들을 만났을 때라도 그 사람들에 대한 이야기가 없으셨나요?”

“그저 즐거운 저녁이 될 거라는 기대감 외에는 그 어떤 말도 하지 않았어. 그리고 우리가 거기에 도착했을 때는……, 글쎄, 별로 시간이 없었거든.”

그녀의 얼굴이 갑자기 일그러졌다.

찰스 경이 재빨리 이야기에 끼어들었다.

“이런 식으로 부인을 괴롭혀 드려서 참으로 죄송합니다. 하지만 우리들은 이번 사건에 뭔가 있을 거라고 확신하고 있습니다. 찾아낼 수만 있다면 말입니다. 분명히 그런 끔찍한 살인을 할 만한 그 어떤 이유가 있을 겁니다.”

배빙턴 부인이 말했다.

“알겠어요. 만일 그게 살인이라면 분명히 무슨 이유가 있을 거예요. 하지만 나는 모르겠어요. 상상할 수도 없어요. 그 이유가 무엇인지.”

한동안 침묵이 흘렀다. 잠시 뒤에 찰스 경이 입을 열었다.

“남편의 직업 과정에 대해 간단히 이야기해주시겠어요?”

배빙턴 부인은 날짜를 잘 기억하고 있었다. 찰스 경은 부인의 이야기를 열심히 받아적었다.

스티븐 배빙턴 이슬링턴에서 1868년에 출생하다. 세인트 폴 학교와 옥스퍼드에서 교육을 받았다. 목사직 안수를 받고 혹스턴의 교구에 발령을 받았다. 그 해는 1891년 1892년에 서품을 받음. 이슬링턴에서 버넌 로리머 목사의 목사보로서 일했다(1894~1899년). 마거릿 로리머와 1899년에 결혼했다. 그리고 세인트 메리의 사택을 받음. 세인트 페트로치, 루마우드로 1916년에 이사함.

찰스 경이 말했다.

“뭔가 있을 것도 같은데. 가장 가능성 있게 느껴지는 때는 배빙턴 씨가 세인트 메리에서 목사보로 일했던 기간이군. 옛날 일과 그날 저녁 우리 집에 모였던 사람들 중 어느 한 사람과 연관이 있을는지도 모르니까…….”

배빙턴 부인이 소름끼친다는 듯이 몸을 떨었다.

“정말로 그 사람들 중 누군가가……?”

찰스 경이 말했다.

“어떻게 생각해야 할지는 나도 모르겠습니다. 바솔로뮤 스트레인지가 무엇을 보았거나, 아니면 무엇인가를 알아차렸을까요? 어쨌든 바솔로뮤 스트레인지 경도 똑같은 식으로 죽었습니다. 다섯 명…….”

“일곱이에요.”

에그가 고쳐서 말했다.

“그 사람들이 역시 그 자리에 있었습니다. 그러니까 그들 중 어느 한 사람이 범인이에요.”

배빙턴 부인이 외쳤다.

“하지만, 왜요? 왜 그랬을까요? 무엇 때문에 스티븐을 살해하려 했을까요?”

찰스 경이 말했다.

“바로 그것이야말로 우리가 앞으로 밝히려 하는 겁니다.”

　새터드웨이트는 찰스 경과 함께 크로스 네스트로 내려와 있었다. 찰스 경과 에그 리튼 고어가 배빙턴 부인을 방문하는 동안 그는 메리 부인과 함께 차를 마시고 있는 중이었다. 메리 부인은 새터드웨이트에게 호감을 갖고 있었다. 그녀의 성격은 대체로 온화한 편이었지만, 그래도 좋아하는 사람과 싫어하는 사람을 명확히 구분하는 것이 그녀의 또 다른 성격이었다.

　새터드웨이트는 드레스덴 컵에 담긴 중국차를 맛보고, 조그맣게 만들어진 샌드위치를 들었다. 지난번 그가 방문했을 때 그들 두 사람은 서로 공통된 친구들과 아는 사람들이 많이 있다는 사실을 깨닫게 되었다. 오늘 그들의 대화는 지난번과 똑같은 내용으로 시작되었지만, 점차 시간이 흐를수록 좀더 친밀한 사이만이 나눌 수 있는 이야기까지 하게 되었다.

　새터드웨이트는 마음이 잘 통하는 사람이었다. 그는 다른 사람의 이야기에 귀를 잘 기울여 주었으며, 자신의 고민거리만 늘어놓는 사람은 아니었다. 지난번 방문 때도 메리 부인은 자신의 과거 이야기와 딸의 장래에 대한 고민을 털어놓았을 정도이다. 이제 그녀에게는 새터드웨이트가 아주 오랫동안 사귀어 온 친구처럼 생각되었다.

　"에그는 너무나도 고집이 세답니다. 그 애는 어떤 일에든 정신을 몰두해서 뛰어든답니다. 아시겠지만, 새터드웨이트 씨, 나는 그 애가 이런 골치 아픈 일에 빠져드는 게 못마땅하답니다. 그건, 에그는 이런 말을 들으면 웃겠죠. 하지만 그런 건 숙녀답지 못해요."

　그녀는 이렇게 말하면서 얼굴을 붉혔다. 그녀의 담갈색 눈은 부드러우면서도 어린아이처럼 보였다. 새터드웨이트는 그녀의 그러한 눈에 호감을 느꼈다.

　"무슨 뜻인지 잘 압니다. 솔직히 말씀드리자면, 나 자신도 그걸 조심하지 않는답니다. 이미 낡아빠진 고리타분한 편견이라는 것도 잘 알고 있지만, 그래도 어쩔 수 없는걸요. 그렇지만……"

그는 메리 부인에게 한쪽 눈을 찡긋해 보였다.

"젊은 아가씨들에게 이런 개화된 세상에서 집 안에만 틀어박혀서 바느질이나 하길 바랄 수는 없지요."

메리 부인이 말했다.

"나는 살인에 대해서라면 생각하고 싶지도 않아요. 설마 내가 그런 일에 말려들리라고는 생각해본 적도 없어요. 정말 끔찍해요."

그녀는 부르르 몸을 떨었다.

"가엾은 바솔로뮤 경."

새터드웨이트가 의아하다는 듯이 물었다.

"그를 잘 알지는 못하셨을 텐데요?"

"겨우 두 번밖에 만나본 적이 없어요. 약 1년 전에 찰스 경과 주말을 지내기 위해 여기 내려오셨을 때 처음 만났었지요. 그리고 두 번째로 만난 것은 가엾은 배빙턴 씨가 돌아가신 바로 그날 저녁이었어요. 그분이 우리들을 초청해주셨을 때 정말 놀랐답니다. 나는 에그가 즐거워할 것이라고 생각했기 때문에 그 초대를 수락했지요. 그 애는 별로 그런 기회를 갖지 못했거든요—가엾게도 말이에요. 그리고 뭐랄까, 최근엔 너무나도 낙심한 것처럼 보였거든요. 아무데도 흥미가 없는 것 같았어요. 그래서 그런 큰 파티라면 그 애가 다시 기운을 차릴지도 모른다고 기대한 거예요."

새터드웨이트는 고개를 끄덕이고 이렇게 청했다.

"올리버 맨더스에 대해서 좀 이야기해주십시오. 그 젊은이한테 왠지 모르게 흥미가 생겨서요."

메리 부인이 말했다.

"그 젊은이는 똑똑한 것 같아요. 물론, 여러 가지 상황이 그 사람에겐 어려웠긴 했지만요."

그녀는 얼굴을 붉혔다. 그런 다음 새터드웨이트가 대답을 재촉하는 눈치를 보내자 계속해서 말했다.

"이미 알고 계시겠지만, 그 청년의 아버지는 그의 어머니와 결혼하지 않았
어요."

"정말입니까? 나는 전혀 그런 사실은 몰랐는데요."

"이 근처에 사는 사람들은 모두 다 알고 있는 사실이랍니다. 그렇지 않다면,
내가 감히 그런 이야기를 할 수가 없지요. 올리버의 할머니 되시는 맨더스 부
인이 던보인에서 살고 계세요. 폴리마우드가에 있는 대저택에 말이에요. 그 부
인의 남편이 이곳 근처에서 변호사로 일했답니다. 부인의 아들은 회사를 차렸
는데, 크게 성공을 했지요. 아주 큰 부자가 되었어요. 딸은 아주 예쁘게 생긴
아가씨였는데 어떤 유부남과 사랑을 하게 되었습니다. 나는 그 사람을 무척이
나 나무랐었지요. 아무튼 그렇게 해서 스캔들을 뿌린 뒤에 그들은 함께 달아
나 버렸어요. 그의 아내가 절대로 이혼을 해주지 않으려 했으니까요. 그런데,
그 아가씨는 올리버가 태어난 지 얼마 안 되어서 죽었답니다. 그래서 런던에
있는 그의 아저씨가 그를 맡았지요. 그 사람 부부 사이엔 자식이 없었거든요.
아이는 아저씨 집과 할머니 집에서 자랐지요. 그러다가 여름방학 때면 이곳에
내려오곤 했지요."

그녀는 숨이 찬지 잠깐 말을 끊었다가 다시 계속했다.

"나는 항상 그를 가엾게 여기고 있었어요. 지금도 마찬가지고요. 그의 냉소
적인 태도도 이해할 만해요."

새터드웨이트가 말했다.

"나는 조금도 이상할 게 없다고 봅니다. 그건 흔한 현상이랍니다. 만일, 자
기 자신을 끊임없이 내세우려고 하는 사람이 있다고 합시다. 그런 사람은 분
명히 내면 깊숙이 열등의식에 사로잡혀 있을 거라고 봅니다."

"정말 이상하군요."

"열등의식이란 아주 특별한 것이라서, 범죄의 저변에 도사리고 있는 경우가
아주 흔하답니다. 자신을 내세우고 싶어 하다 보면 때로 범죄도 저지르게 되
는 거죠."

메리 부인이 중얼거렸다.

"거참 이상한 일이군요."

그녀는 약간 움츠러든 듯했다.

새터드웨이트는 거의 감상적인 눈으로 그녀를 쳐다보았다. 그는 그녀의 우아한 자태를 좋아했다. 흘러내리는 어깨와 그녀의 부드러운 담갈색 눈동자, 전혀 화장기 없는 얼굴이 그의 마음을 끌었다.

그는 그녀의 모습을 보며 생각했다.

'젊었을 때는 미인이었겠는걸.'

유난하게 돋보이는 장미꽃 같은 미인은 아니지만, 은근한 아름다움을 지니고 있는 제비꽃과도 같은 미인이었을 것이다. 그의 상상의 날개는 젊은 시절로까지 치달았다.

그는 자신의 젊은 시절 사건을 기억하고 있었다. 곧 그는 메리 부인에게 자기 자신의 연애담을 들려주게 되었다—그의 유일한 연애담을 말이다. 지금에 와서 생각해보면 대단한 이야기도 아니지만, 새터드웨이트에게는 나름대로 소중한 연애담이었다. 그는 부인에게 그 아가씨가 얼마나 예뻤는지, 그리고 그들이 큐에 함께 산책하곤 했던 이야기들을 자세히 들려주었다.

그는 그날 프러포즈를 할 생각이었다. 그는 그녀도 자신의 생각과 마찬가지일 거라고 생각했다. 그러나 막상 그가 그 이야기를 꺼냈을 때 그가 들은 것은 그녀가 이미 다른 사람을 사랑하고 있다는 것이었다. 그래서 그는 자신의 감정을 더 이상 노출시키지 않고 충실한 친구로 만족하기로 했던 것이다. 그건 어쩌면 그렇게 뜨거운 로맨스는 아닐지도 모른다. 하지만 메리 부인의 거실에서 차를 마시면서 나누기에는 적당한 이야깃거리였다.

잠시 뒤, 메리 부인이 자기 자신의 과거에 대해서 이야기했다—자신의 결혼 생활, 별로 행복하지 않았던 결혼 생활에 대해서.

"나는 정말로 어리석었어요. 처녀들은 보통 어리석기 마련이지요, 새터드웨이트 씨. 처녀들은 너무나 자기 자신을 믿는 편이지요. 자기 자신이 스스로를 제일 잘 알고 있다고 착각하는 거예요. 사람들은 여자의 직관에 대해 많은 이야기를 하곤 하죠. 하지만 새터드웨이트 씨, 나는 그런 것이 실제로 존재한다고는 생각지 않아요. 어떤 종류의 남자를 조심하라고 경고해주는 사람은 아무도 없어요. 부모들이 딸에게 주의를 주긴 하지만 별로 소용이 없지요. 부모들의 충고를 믿지 않으려 하거든요. 이런 식으로 이야기한다는 게 너무 지나치게 들릴는지 모르지만, 처녀들은 흔히 평판이 안 좋은 남자들에게 더 매력을 느끼거든요. 자신의 사랑으로 그를 바꾸어 놓을 수 있다고 착각하는 거지요.”

새터드웨이트는 상냥하게 고개를 끄덕여 주었다.

“그러나 더 많은 것을 알게 되었을 땐 이미 늦은 거죠.”

그녀는 한숨을 지었다.

“그 모든 게 다 내 자신의 실책이었어요. 우리 부모님들은 내가 로날드와 결혼하는 걸 반대했어요. 그는 좋은 가문 출신이긴 했지만, 평판이 아주 나빴거든요. 아버지는 노골적으로 그가 되먹지 않은 사람이라고 말씀하셨지요. 하지만 나는 그 말을 믿지 않았어요. 나는 그 사람이 변할 거라고 믿었답니다.”

그녀는 과거의 일을 생각하면서 한동안 입을 다물고 있었다.

“로날드는 대단히 매력적인 사람이었어요. 하지만 아버지의 판단이 전적으로 옳았어요. 나도 곧 그걸 알게 되었지요. 이렇게 이야기하면 너무 고리타분할지 모르겠지만, 그로 인해 나는 실연을 당한 거예요. 그래요, 내 모든 꿈이 깨어져 버린 거지요. 나는 늘 다음에는 또 무슨 일이 일어날까 걱정하며 살아왔답니다.”

새터드웨이트는 다른 사람들의 인생에 특별한 흥미를 가지고 있었는지라 이해가 간다는 반응을 보였다.

“그런 식으로 말하면 내가 너무 나쁘게 보일지 모르겠지만, 새터드웨이트 씨, 그가 병에 걸려서 죽었을 땐 일종의 안도감마저도 느꼈답니다. 내가 그 사람을 사랑하지 않아서가 아니에요. 나는 그를 죽도록 사랑했어요. 하지만 더 이상 그에 대한 환상을 가지고 있지는 않았거든요. 그리고 내겐 에그가 있었지요.”

그녀는 목소리가 부드러워졌다.

“그 애는 정말 재미있는 꼬마였어요. 오뚝이 같았지요. 일어나려다간 넘어지고, 그러면서도 또 일어나려 들고 말이에요. 마치 에그(달걀) 같았지요. 그래서 결국 그런 별명이 붙게 된 거예요.”

그녀가 다시 말을 멈추었다.

"지난 몇 년 동안 읽었던 책들은 내게 커다란 위안이 되었답니다. 심리학에 대한 책들을 주로 읽었지요. 그런 책들을 읽다 보니까, 여러 가지로 사람들은 자기 자신을 억제하지 못하는구나 하는 생각이 들더군요. 때로는 교육을 잘 받고 자란 사람들도 그런 경우가 많답니다. 어렸을 적에 로날드는 학교에서 돈을 훔쳤다는군요—전혀 아쉽지도 않았는데 말이에요. 지금에 와서 생각하니 그도 자기 자신을 억제할 수 없었던 거로구나 하는 생각이 들어요. 책에서 본 그러한 증세이지요."

메리 부인은 천천히 손수건을 꺼내서 눈물을 닦았다.

"나는 도저히 그런 걸 믿을 수가 없었어요."

그녀가 변명하듯이 말했다.

"모든 사람들이 옳고 그름을 다 구분하리라고 믿어 왔으니까요. 그래서 나는 처음엔 도저히 그런 남편을 이해할 수가 없었어요."

"인간의 마음이란 참으로 신비한 거랍니다."

새터드웨이트가 상냥하게 말했다.

"그저 우리들은 이해를 해보려고 노력하는 것뿐이지요. 이런 경우도 흔히 있답니다. 대부분의 사람들은 어떤 생각에 너무 집착해서, '나는 누군가를 증오한다. 그래서 그가 죽어 버렸으면 좋겠다.'라고 말하기도 하지만 직접 실천에 옮기지는 않지요. 그러나 또 어떤 사람들은 그런 생각에 집착해서 결코 잊어버리지 않기도 한답니다. 그들은 그 생각이 실현되는 것밖에는 다른 어떤 것에도 관심이 없지요."

메리 부인이 말했다.

"글쎄요, 내겐 잘 이해가 안 가는 이야기로군요."

"죄송합니다. 내가 너무 학문적인 것을 이야기했군요."

"선생님은 요즘 젊은 사람들이 별로 자제심이 없다고 생각하시는군요."

"아뇨, 그런 의미로 이야기한 건 아닙니다. 자제심이 조금 부족하다는 것도 그다지 나쁠 건 없어요. 그런데 부인은 에그, 저, 에그 양을 생각하고 말씀하신 것 같군요."

메리 부인이 미소를 지으면서 말했다.

"그냥 에그라고 부르시는 게 좋아요."

"감사합니다. 사실 에그 양이라고 부르는 게 좀 우스꽝스럽게 들리거든요."

"에그는 일단 어떤 일에 몰두하게 되면, 도저히 그걸 그만두지 못해요. 이미 말씀드린 것처럼 나는 그 애가 이번 일에 말려드는 게 못마땅하지만, 그 애는 내 말에는 귀도 기울이지 않으려 든답니다."

새터드웨이트가 메리 부인의 근심스러운 말투에 빙그레 미소를 지으며 생각했다.

'만일 에그가 지금 범죄가 아니라 예전부터 계속 좋아하는 남자 뒤를 쫓아 다니는 평범한 게임을 하고 있다는 걸 알게 된다면 어떤 표정을 지을까? 아니지, 메리 부인은 그런 생각은 꿈에도 못할 거야.'

"에그는 배빙턴 씨도 역시 독살되었다고 말하더군요. 새터드웨이트 씨도 그렇게 생각하시나요? 아니면, 에그의 생각이 쓸데없는 공상이라고 생각하시나요?"

"조사가 끝나야 모든 걸 확실히 알겠지요."

"그렇다면 정말로 조사가 진행될 거란 말인가요?"

메리 부인이 몸을 떨었다.

"배빙턴 부인이 얼마나 고통을 당하실까! 어떤 여자라도 그런 극심한 고통을 당할 수는 없을 거예요."

"메리 부인, 부인은 배빙턴 씨 부부와 아주 친하게 지내셨지요?"

"예, 그럼요. 그분들은 우리와 아주 친한 사이였어요."

"혹시 누가 배빙턴 목사님에게 원한을 가지고 있었는지 모르십니까?"

"아뇨."

"그런 사람에 대해 이야기를 들은 적이 없나요?"

"전혀."

"그럼, 부부 사이는 좋았나요?"

"그분들은 아주 훌륭한 부부였어요—서로에게 완전히 만족을 느끼고 있었고, 아이들과도 행복하게 지냈었지요. 물론, 그분들은 매우 가난한 생활을 했지만요. 그리고 배빙턴 씨가 류머티즘으로 고생을 하고 계셨고요. 그것만이 그

댁의 문젯거리였지요."

"올리버 맨더스와 목사님의 사이는 어땠나요?"

메리 부인이 주저했다.

"글쎄요. 두 사람은 별로 사이가 좋지 못했지요. 배빙턴 씨 부부는 그를 가엾게 생각하고 있었고, 그 애도 그 집 아이들과 함께 놀곤 했었지요. 하지만 그래도 사이는 썩 좋지 않았던 것 같아요. 올리버는 별로 호감을 주는 사람은 아니었거든요. 그는 자신이 부자라는 걸 너무 뻐겼고, 또 자기가 런던에서 생활한 걸 언제나 뽐내곤 했었거든요. 어린아이들이란 원래 그런 법이긴 하지만요. 예, 그래요. 하지만, 나중에 그가 성장했을 때는…… 내 생각에는 그가 목사님 댁 식구들과 그다지 많이 만나지 않았던 것 같아요. 사실, 올리버는 언젠가 우리 집에서 배빙턴 씨에게 무례하게 군적도 있었답니다. 한 2년 전의 일이었지요."

"무슨 일이었습니까?"

"올리버가 기독교에 대해 극심한 공격을 퍼부어댔답니다. 배빙턴 씨는 참기만 하셨어요. 그 때문에 올리버가 더욱 나쁜 사람처럼 보이게 되었죠. 그는 이렇게 말했어요. '당신들 종교인들은 우리 부모님들이 정식 결혼을 하지 않았다고 해서 나를 모두 업신여기지요. 당신네들이 나를 죄악의 씨라고 부른다는 것도 알고 있어요. 좋아요, 나는 자신들의 결점을 솔직히 인정하고, 목사들이나 다른 위선자들이 어떻게 말하든지 개의치 않는 그런 사람들이 더 좋단 말입니다.' 배빙턴 씨는 아무런 대꾸도 하지 않았어요. 하지만 올리버는 계속해서 떠들어댔죠. '아무런 대답도 없으시군요. 그게 당신들이 소위 말하는 그 하찮은 인내심인가요? 나는 이 세상에 있는 교회란 교회는 모두 다 쓸어 없애버리고 싶어요!' 배빙턴 씨가 미소를 띤 얼굴로 말했어요. '그리고 성직자들도 말인가?' 내가 보기엔 그분의 미소 때문에 올리버가 더욱 화가 난 것 같았어요. 그는 자기 말이 진지하게 받아들여지지 않았다고 생각했나 봐요. 그는 이렇게 말하더군요. '나는 교회가 상징하는 모든 것이 다 혐오스럽단 말입니다. 위선, 그 위선적인 탈을 벗으란 말이에요!' 그러자 배빙턴 씨가 다시 미소를 지었어요. 그러고는 이렇게 말씀하셨지요. '이보게, 젊은이. 만일 자네가 모든 교회들을 다 쓸어 버렸다 하더라도, 자네는 신의 용서를 구해야 할 걸세.”

“그 말에 맨더스가 뭐라고 하던가요?”

“그 청년은 한순간 주춤하는가 싶더니, 다시 화를 내면서 여느 때처럼 코웃음만 치더군요. 그는, ‘유감스럽게도 내가 너무 표현을 잘못한 것 같군요. 미안합니다. 하지만 어차피 세대 차이니까요.’라고 말했어요.”

“부인은 맨더스를 별로 좋아하지 않는가 봅니다? 그렇죠, 메리 부인?”

“그 청년을 가엾게 여기고 있어요.”

“하지만, 부인은 에그가 그와 결혼하는 걸 좋아하지는 않으시죠?”

“오, 그건 싫어요.”

“왜 그렇습니까?”

“왜냐하면, 그는 친절하지가 않거든요. 그리고…….”

“예?”

“그에게는 내가 이해하지 못할 것들이 있어요. 어쩐지 차가운 성격 같은 거 말이에요.”

새터드웨이트가 잠시 동안 그녀를 찬찬히 뜯어보았다.

그런 다음 그가 입을 열었다.

“바솔로뮤 스트레인지 경은 그를 어떻게 생각했나요? 혹시 그에 대해 뭐라고 하던가요?”

“그분은 맨더스가 연구해볼 만한 흥미로운 대상이라고 말씀하셨던 적이 있어요. 그분은 그 청년이 한때 자신이 치료해주었던 어떤 환자의 경우와 비슷하다고 이야기하셨어요. 나는 올리버가 굉장히 튼튼하고 건강해 보인다고 말했지요. 그랬더니 그분은 이렇게 말씀하시더군요. ‘예, 그의 건강은 좋습니다. 하지만, 그의 정신 상태는 현재 악화 일로에 있어요.’라고 말이에요.”

그녀는 말을 멈추었다가 다시 시작했다.

“바솔로뮤 경은 아주 유능한 의사였던 것 같아요.”

“동료들 사이에선 아주 덕망이 높았었지요.”

“나는 그분을 좋아했어요.”

메리 부인이 말했다.

"배빙턴의 죽음에 대해 아무 말도 하지 않던가요?"

"전혀."

"전혀 아무 말도 안 했나요?"

"예."

"부인은, 이런 말을 하면 어떨는지 모르겠습니다만, 그가 무슨 생각을 하고 있다는 느낌을 못 받았나요?"

"그분은 아주 유쾌해 보였답니다. 좋은 일이 있었나 봐요—혼자서만 재미있는 농담거리를 생각해 낸 것처럼 말이에요. 그날 밤 저녁식사 때 그분은 내게 깜짝 놀라게 해주겠다는 이야기를 하셨어요."

"오, 그가 그랬었나요?"

집으로 돌아오는 길에 새터드웨이트는 그 말을 곰곰이 생각해보았다.

그가 내색하지 않을 만큼 즐거운 것이었을까? 아니면 유쾌한 표정 뒤에 다른 계획을 꾸미고 있었던 것일까? 그리고 그 계획을 누군가 눈치 챘던 것일까? 바솔로뮤 경이 손님들을 놀라게 해주려고 했던 것은 과연 무엇이었을까?

찰스 경이 입을 열었다.

"자, 무슨 진전이라도?"

그건 전시 회의였다. 찰스 경과 새터드웨이트, 그리고 에그 리튼 고어는 거실에 앉아 있었다. 벽난로에서는 불이 활활 타고 있었다.

새터드웨이트와 에그가 그 질문에 거의 동시에 대답했다.

새터드웨이트가 말했다.

"아니."

에그가 대답했다.

"예."

찰스 경은 그들 두 사람을 차례로 번갈아 보았다.

새터드웨이트는 예의상 숙녀에게 먼저 이야기하라고 양보했다.

에그는 생각을 정리하려는 듯이 한동안 아무 말도 하지 않았다.

마침내 그녀가 입을 열었다.

"우리는 한 걸음 앞선 거예요. 아무것도 찾아내지 못했기 때문에 우리는 진척이 있었던 거예요. 말도 안 되는 소리로 들리겠지만, 그게 사실인걸요. 제 말은 우리가 어떤 막연한 구상만 가지고 있었는데, 이제는 막연한 구상들이 깨끗이 사라졌으니까요."

찰스 경이 말했다.

"제거에 대한 진보로군. 바로 그거야."

새터드웨이트가 목청을 가다듬고 입을 열었다.

"이득이 동기라는 생각은 깨끗이 제외시켜야 하네. 추리소설에서 흔히 나오는 '스티븐 배빙턴의 죽음으로 생기는 이득'이라는 건 존재하지 않는다는 거지. 천성적으로 상냥하고 친절한 그의 성품은 별개로 치더라도, 그가 적을 만들 만큼 중요한 신분에 있는 사람인가 하는 의구심이 들거든. 그러니까 우리들은 지난번 구상으로 다시 돌아가야 할 걸세. 공포심―스티븐 배빙턴의 죽음으로 누군가가 안심을 하게 된 거지.”

에그가 옆에서 거들었다.

“맞는 이야기예요.”

새터드웨이트는 괜히 우쭐해져서 신바람이 났다.

찰스 경은 약간 못마땅한 표정이었다. 이제는 새터드웨이트가 스타였고, 찰스 경은 스타가 아니었기 때문이다.

에그가 말했다.

“문제는, 다음에 우리가 무얼 해야 하는 건가 하는 거예요. 사람들을 하나하나 조사해야 할까요? 아니면 변장을 하고서 그 사람들을 미행해야 할까요?”

찰스 경이 말했다.

“이봐요, 아가씨, 나는 언제나 턱수염을 잔뜩 붙이고 늙은이 분장을 해 왔지만, 이번에는 그럴 생각이 전혀 없어요.”

“그렇다면 어떤……?”

에그가 말을 꺼내려 했다. 하지만 그녀의 말은 중단되었다.

문이 열리면서 템플이 들어왔던 것이다.

“에르퀼 포와로 씨입니다.”

포와로가 깜짝 놀라는 세 사람을 둘러보면서 말했다.

“내가…….”

그가 한쪽 눈을 찡긋해 보이면서 말했다.

“이 모임에 끼어들어도 될까요? 지금 회의 중이신 건 아닌가요?”

찰스 경이 놀라움을 억누르면서 말했다.

“당신을 만나서 참으로 기쁩니다.”

그는 손님의 손을 잡고 따뜻하게 악수를 나눈 다음, 그를 커다란 안락의자에 앉혔다.

“도대체 어디서 이렇게 갑자기 나타났지요?”

“런던에서 새터드웨이트 씨 집을 찾아갔었지요. 그런데 벌써 떠나셨더군요
—콘월에서 말입니다. 그래서 어디로 가셨을까 하고 곰곰이 생각해보았죠. 그
러다가 루마우드 생각이 나서 첫 열차를 타고 여기까지 찾아오게 된 겁니다.”

에그가 말했다.

“예. 하지만 왜 여기 오신 거죠?”

그녀는 자신이 무례한 말을 하고 있다는 걸 깨닫고는 얼굴을 붉혔다.

“무슨 특별한 이유가 있어서 여기까지 오셨을 것 같아서요.”

에르큘 포와로가 말했다.

“내가 여기까지 찾아온 것은 실수를 인정하기 위해서입니다.”

미소를 띤 얼굴로 그는 찰스 경에게로 시선을 돌렸다.

“찰스 경, 바로 이 방에서 당신은 이상한 일이 있다고 말했습니다. 그리고
나, 나는 그게 당신의 극적인 감수성 탓이라고 이야기했고요. 나는 이렇게 생
각했었습니다. ‘저 사람은 위대한 배우이다. 어쩌면 그는 지금도 연극으로 생
각하고 있는지도 몰라.’라고 말입니다. 그런 선량한 신사분이 자연사가 아닌
어떤 다른 이유로 죽는다는 건 도저히 불가능하게 생각되었기 때문입니다. 그
걸 솔직히 시인합니다. 지금도 여전히 나는 어떻게 해서 그분이 독살되었는지
의아한 생각이 들 뿐입니다. 그리고 또한, 어떤 동기로 살해되었는지도 이해하
기 힘들고요. 그건 단순한 공상같이 여겨졌습니다. 그런데 또 다른 사건이 벌
어졌지요. 우연의 일치라고 하기에는 너무나도 똑같은 상황에서 또 한 번 사
건이 일어난 겁니다. 천만에, 우연의 일치라니요. 그 두 사건 사이에는 분명히
어떤 연관성이 있는 겁니다. 그래서 찰스 경, 당신에게 사과를 드리려고 이렇
게 찾아온 것입니다. 즉, 이 에르큘 포와로가 잘못 생각했다는 걸 시인하고,
나아가서는 나를 당신들의 일에 끼어달라고 부탁하러 온 것이지요.”

찰스 경이 다소 신경질적으로 목소리를 가다듬었다. 그는 약간 난감한 표정
이 되었다.

“그건 정말 고마우신 제안입니다, 포와로 씨. 하지만 당신의 시간을 많이 뺏
기게 될 텐데요. 나는……”

그는 약간 난처한 표정으로 말을 멈추었다.

그의 눈이 새터드웨이트를 쳐다보았다.

새터드웨이트가 말을 꺼냈다.

"대단히 고마우신 말씀입니다."

"아뇨, 아닙니다. 내게 감사하실 필요는 조금도 없습니다. 그건 호기심 때문입니다. 그리고 예, 사실은 내 자존심에 상처를 입었기 때문이죠. 내 시간, 그건 아무것도 아닙니다. 결국 표현은 다를지도 모르지만, 인간의 본성이란 똑같거든요. 하지만 물론 내가 끼어드는 게 달갑지 않다면, 만일 내가 참견하는 거라고 생각된다면……."

두 사람이 동시에 대답했다.

"아닙니다. 그럴 리가……."

"천만에요."

포와로가 아가씨 쪽을 쳐다보았다.

"그럼 아가씨는요?"

한동안 에그는 아무 말도 하지 않았다.

그러자 세 사람 모두 다 그녀의 생각을 알 수가 있었다.

에그는 포와로의 도움을 원치 않았던 것이다. 새터드웨이트는 왜 에그가 그러는지를 잘 알고 있었다. 이번 일은 찰스 경과 에그 리튼 고어 간의 개인적인 연극이었던 것이다.

새터드웨이트는 무시해도 될 것이라는 전제하에서 묵인되었다. 하지만 에르퀼 포와로는 달랐다. 그는 자신이 지휘관 역할을 맡으려고 할 것이다. 어쩌면 찰스 경조차도 이 일에서 손을 떼게 될지도 모르는 일이다. 그렇게 될 경우에는 에그의 계획이 무산되는 것이다.

그는 그 아가씨의 난처한 입장에 공감하면서 그녀를 지켜보고 있었다.

다른 사람들은 이해하지 못한다. 하지만 남다른 섬세한 이해력을 가진 새터드웨이트로서는 그녀의 딜레마를 충분히 이해할 수 있었다. 에그는 자신의 행복을 쟁취하기 위해 투쟁하고 있었다.

그녀가 뭐라고 할까? 요컨대, 그녀가 뭐라고 말할까? 자기 마음속의 생각을 이 아가씨는 과연 어떻게 말로 표현할 것인가?

‘꺼져요, 꺼지란 말이에요. 당신이 오는 바람에 모두 다 엉망이 되어 버릴지
도 모른단 말이에요. 당신이 여기에 끼어드는 게 싫어요.’

에그 리튼 고어는 할 수 있는 유일한 대답을 했다.

“물론이죠.”

그녀가 약간 미소를 띠면서 겨우 말했다.

“당신이 와주셔서 정말 기뻐요.”

제4장

포와로가 말했다.

"좋습니다. 우리는 이제 동지들입니다. 그런데 말입니다. 수고스러우시겠지만, 그동안의 과정을 좀 설명해주시지요."

그는 새터드웨이트가 설명하는 동안 열심히 들었다.

새터드웨이트는 훌륭하게 설명했다. 그는 영국으로 돌아온 다음부터 일어난 일을 상세히 전해주었다. 그는 나름대로의 설명과 의견까지도 첨가시켜 가면서 자세히 이야기해주었다. 하인들에 대한 묘사, 대령 등에 대한 묘사는 참으로 훌륭했다.

포와로는 찰스 경이 미완성 편지를 찾아냈다는 얘기를 듣고는 감탄했다.

그가 흥분된 목소리로 외쳤다.

"오호, 정말 대단하군요. 그 추리력, 재구성하는 능력—정말 완벽하군요! 찰스 경, 당신은 훌륭한 탐정이 되었을지도 모릅니다. 배우가 아니라 탐정 말입니다."

찰스 경은 이러한 찬사를 겸허한 태도로 받아들였다. 그는 이러한 칭찬에 익숙한 사람이었다. 그는 지난 세월 동안 무대 위에서 그러한 찬사를 수없이 많이 들어 왔던 것이다.

"당신의 관찰 역시 아주 정확합니다."

포와로가 새터드웨이트 쪽을 쳐다보면서 말했다.

"그 집사에 대한 바솔로뮤 경의 뜻밖의 친근감 같은 것 말입니다."

찰스 경이 진지하게 물었다.

"이번 사건에 드 러시브리저 부인이 어떤 상관이 있을 거라고 생각하십니까?"

"그것도 하나의 가능성이겠지요. 여러 가지 가능성이 있으니까요."

아무도 여러 가지 가능성에 대해 확신하고 있지 않았다. 하지만 아무도 그렇게 이야기하고 싶지 않았다.

그래서 그들은 그런 것 같다고 적당히 중얼거렸다.

찰스 경이 다음 이야기의 배턴을 이어받았다. 그는 자기와 에그가 배빙턴 부인을 방문한 것과 방문 결과가 다소 불만족했다는 이야기를 들려주었다.

"그래서, 우리는 이제 막다른 골목에 이른 셈이랍니다. 우리가 무엇을 해야 할지 도대체 막막해요. 자, 당신 생각은 어떤가요?"

그는 열정적인 얼굴로 몸을 앞으로 숙였다.

포와로는 잠잠하게 침묵만 지키고 있었다. 다른 나머지 세 사람은 그를 지켜보았다.

마침내 그가 말했다.

"혹시 바솔로뮤 경이 어떤 모양의 와인 잔을 사용했는지 기억이 나시나요?"

에그가 머리를 흔들자 찰스 경이 말했다.

"그건 내가 압니다."

그는 자리에서 일어나 찬장으로 걸어가더니 약간 무거운 잔을 꺼냈다.

"물론 모양은 다릅니다. 좀더 동그랗지요. 전형적인 포트와인 잔이니까요. 그는 그것들을 래머스필스 경매에서 사들였거든요. 한 세트를 몽땅 사들인 겁니다. 나는 그걸 무척이나 좋아했어요. 그 사람 이상으로 말입니다. 그러자 그가 그중 몇 개를 나에게 주더군요. 정말 아름답지 않습니까?"

포와로가 그 잔을 받아들고는 손바닥에서 한 번 돌려 보고 말했다.

"예, 훌륭한 솜씨로 만들어진 것이로군요. 내 생각에는 그런 종류와 같은 것이 사용된 것 같습니다."

에그가 물었다.

"왜요?"

포와로는 그녀에게 그저 미소만 지어 보일 뿐이었다.

그가 말을 이었다.

"예, 바솔로뮤 스트레인지 경의 죽음은 쉽게 설명될 수가 있습니다. 하지만

스티븐 배빙턴의 죽음은 설명하기가 좀 어렵군요. 오, 만일 다른 식으로 저질러진 것이라면!"

새터드웨이트가 물었다.

"다른 식이라니, 무슨 뜻인가요?"

포와로가 그를 쳐다보았다.

"생각해보세요. 바솔로뮤 경은 유명한 의사입니다. 유명한 의사의 죽음에는 여러 가지 이유가 있을 수 있겠지요. 의사들은 비밀을 알고 있으니까요—아주 중요한 비밀들 말입니다. 의사는 일종의 위력을 지니고 있지요. 어떤 환자가 정신질환 증세를 보인다고 가정해봅시다. 의사가 입을 열기만 하면, 그 사람은 완전히 사회에서 매장되어 버리겠지요. 정신이 온전치 못한 사람에게는 굉장한 유혹이 되는 겁니다. 그리고 또, 의사가 자신의 환자 중 어느 한 사람의 갑작스러운 죽음에 대해 의심을 품었는지도 모르죠. 내가 말한 대로, 만일 사건이 다른 식으로 진행되었다면 말입니다. 즉, 바솔로뮤 스트레인지 경이 먼저 죽고 그 다음에 스티븐 배빙턴이 죽었다고 해봅시다. 그럴 경우라면 스티븐 배빙턴은 무엇인가를 보았을지도 모르죠. 즉, 첫 번째 죽음에 대한 일로 어떤 것을 의심하고 있었는지 모른다고요."

그는 한숨을 쉬고 나서 다시 말을 시작했다.

"하지만, 마음 내키는 대로 사건을 바꿀 수는 없을 테지요. 사실 그대로 사건을 받아들여야 합니다. 아까 내가 한 이야기는 그저 한번 그렇게 되었더라면 하고 생각해본 겁니다. 내가 보기에는 스티븐 배빙턴 씨의 죽음은 사고는 아닌 것 같습니다. 즉, 원래는 그 독이 바솔로뮤 스트레인지 경에게 갈 것이었지만, 실수로 다른 사람이 죽었다든가 하는 사고는 아닌 것 같다는 거지요."

"그건 말도 안 되는 이야기요."

찰스 경이 말했다. 그의 밝았던 얼굴이 다시금 어두워졌다.

"그건 전혀 가능성이 없는 이야기입니다. 배빙턴은 이 방에 들어선 지 불과 4분 만에 쓰러졌어요. 그 사이에 그가 입을 댄 것이라고는 오로지 칵테일 반 잔뿐이었지요. 그런데 칵테일 잔에는 아무것도……."

포와로가 말을 가로막았다.

"이미 그런 이야기는 들었습니다. 하지만 굳이 따지자면 칵테일에는 무엇인가가 들어 있었을 겁니다. 그게 바솔로뮤 스트레인지를 노린 것이었는데 실수로 배빙턴 씨가 마셨다고 볼 수가 있지 않을까요?"

찰스 경이 고개를 저었다.

"톨리를 잘 아는 사람이라면 결코 칵테일로 그를 독살할 생각은 하지 않을 겁니다."

"왜죠?"

"왜냐하면, 톨리는 결코 칵테일을 마시지 않거든요."

"전혀?"

"예."

포와로가 난감한 표정을 지었다.

"오호, 이번 사건은 모든 게 다 어긋나기만 하는군요. 도대체 이해가 안 가는 사건입니다."

찰스 경이 계속해서 말했다.

"더군다나 어떻게 해서 독이 든 칵테일 잔이 특정한 사람에게로 전달될 수 있었는지 알 수가 없어요. 템플이 잔들을 죽 돌리고 모든 사람들이 제각기 마음대로 그걸 집어들었거든요."

"맞아요."

포와로가 중얼거렸다.

"누구도 카드를 집듯이 어떤 사람으로 하여금 차례대로 칵테일 잔을 들게 할 수는 없으니까요. 그런데 템플이란 아가씨는 누구지요? 오늘밤에 나를 여기까지 안내해준 아가씨인가요?"

"그렇습니다. 그녀는 우리 집에서 3~4년간을 일해 왔습니다. 착실한 아가씨죠. 자신이 해야 할 일을 잘 알고 있답니다. 저는 그녀가 어디서 왔는지는 알지 못해요. 밀레이 양이 모두 다 알고 있지요."

"밀레이 양, 그녀가 당신의 비서입니까? 키가 큰 군인 같은 여자분 말이죠?"

"예, 정말 군인 같은 여자죠."

찰스 경이 맞장구를 쳤다.

"전에도 당신과 여러 번 저녁식사를 함께 했었지만, 그 여자를 본 것은 그 날 저녁이 처음이었습니다."

"오, 참, 원래 그 여자는 우리와 함께 식사하지 않아요. 13명이 되는 걸 막기 위해서 그날만큼은 특별히 함께 식사하게 된 거죠."

찰스 경이 상황을 설명하자 탐정은 진지하게 들었다.

"그러니까 그녀가 직접 저녁식사에 끼겠다고 한 거군요."

그는 한동안 자신만의 생각에 몰두해 있다가 잠시 뒤에 입을 열었다.

"내가 당신의 하녀를 잠깐 만나봐도 되겠습니까? 템플이라는 하녀 아가씨 말입니다."

"물론이죠."

찰스 경이 벨을 누르자, 즉시 그녀가 나타났다.

"부르셨습니까?"

템플 양은 서른두서너 살 정도 되는 키가 큰 아가씨였다. 그녀는 꽤 깔끔해 보였다. 그녀의 머리는 잘 손질되어 있었으며 부드러워 보였다. 하지만 예쁜 얼굴은 결코 아니었다. 그녀의 태도는 차분하면서도 능률적이었다.

찰스 경이 말했다.

"포와로 씨가 당신에게 몇 가지 물어보고 싶어 하오."

템플이 포와로를 쳐다보았다.

포와로가 말했다.

"배빙턴 씨가 돌아가신 바로 그날 밤에 대해 이야기하고 있었소. 그날 밤의 일을 기억하겠소?"

"물론이죠."

"칵테일 잔들이 어떤 식으로 날라졌는지 자세한 설명을 듣고 싶소."

"뭐라고 하셨죠?"

"칵테일 잔들에 대해 알고 싶다고요. 당신이 직접 만들었나요?"

"아닙니다, 선생님. 찰스 경이 언제나 직접 칵테일을 만드시거든요. 저는 그저 베르뭇과 진, 그 밖의 다른 재료들을 날라다 드렸을 뿐이에요."

"어디에다 그것들을 갖다 두었는지 말해 주시겠소."

"저기 테이블 위에다가요."

그녀는 벽 쪽에 있는 테이블 하나를 가리켰다.

"잔을 담은 쟁반은 바로 여기에 있었습니다, 선생님. 찰스 경이 칵테일을 만드신 다음에 잔에다가 따르셨지요. 그런 다음 제가 쟁반을 들고서 손님들께 건네 드렸죠."

"당신이 칵테일 잔을 모두 다 건네주었나요?"

"찰스 경이 리튼 고어 양에게 한 잔을 건네주셨어요, 선생님. 주인님이 그때 그분과 이야기하고 계셨거든요. 그리고 주인님이 자기 잔을 고르셨지요. 그리고 또 새터드웨이트 씨가……."

그녀의 시선이 한순간 그에게로 옮겨갔다.

"윌스 양이라는 숙녀분께 잔 하나를 갖다 주셨어요."

"맞아요."

새터드웨이트가 말했다.

"나머지 다른 분들은 제가 모두 가져다 드렸습니다, 선생님. 바솔로뮤 경을 제외하고는 모두 한 잔씩 드셨지요."

"템플 양, 그렇게까지 모든 상황을 미주알고주알 열거할 필요는 없소. 간단하게 이야기해봅시다. 나는 여기에 서 있었어요. 그건 분명히 기억합니다. 서트클리프 양은 저기에 있었고요."

새터드웨이트가 가끔 끼어들곤 하면서 그때의 상황이 재구성되었다. 새터드웨이트는 관찰자의 역할을 떠맡게 되었다. 그는 사람들이 어느 위치에 있었는지 잘 기억하고 있었다.

템플이 잔을 돌리는 시늉을 했다. 그녀는 데이크리스 부인에서부터 시작하여 서트클리프 양, 포와로, 그리고 배빙턴에게로 잔을 넘겨 준 다음, 메리 부인과 함께 앉아 있던 새터드웨이트에게 잔을 건네주었다.

이러한 순서는 새터드웨이트의 기억과 일치했다.

마침내 템플이 방에서 물러나갔다.

"흠!"

포와로가 외쳤다.

"말도 안 되는군. 템플이 잔들을 건네주었다면, 그녀가 어떤 식으로든 그 잔들에다가 다른 걸 탄다는 건 도저히 불가능하단 말이오. 그리고 어떤 특정한 사람에게 어떤 잔을 집도록 하는 것도 불가능하고 말이오."

"본능적으로 자신에게 가장 가까이 있는 잔을 집게 되잖습니까?"

새터드웨이트가 한마디 했다.

"쟁반을 특정인물에게 제일 먼저 내밀면 그렇게 될지도 모르죠. 하지만 그 방법 또한 불확실하지요. 칵테일 잔들은 서로 한데 모여 있었습니다. 그러므로 어느 것이 더 특별히 가깝다거나 하지는 않거든요. 아니에요, 아니죠, 그런 위험하고 불확실한 방법을 택했을 리가 없어요. 이봐요, 새터드웨이트 씨, 배빙턴 씨가 칵테일 잔을 내려놓았나요, 아니면 손에 계속 들고 있었나요?"

"테이블에 내려놓았어요."

"그렇게 한 뒤에 혹시 테이블 가까이 다가온 사람이 없었나요?"

"아니오. 그와 가장 가까이 있던 사람은 바로 나입니다. 그리고 맹세하지만 들키지 않는다 하더라도 내가 그의 칵테일 잔에다 무엇인가를 넣은 적은 결코 없습니다."

새터드웨이트가 조금 딱딱한 태도로 말했다.

포와로가 황급히 사과했다.

"아니, 아닙니다. 나는 당신을 의심하는 게 아닙니다. 나는 내가 현재 알고 있는 사실들을 보다 명확하게 하고 싶어서 그런 겁니다. 검사 결과에 의하면 칵테일 잔에는 아무런 성분도 없다고 밝혀졌습니다. 자, 이제 그 검사는 제쳐두고라도, 칵테일 잔에는 아무것도 없을 것 같습니다. 다른 두 검사에서도 마찬가지 결과가 나올 거고요. 하지만 배빙턴은 다른 것을 먹거나 마시지 않았습니다. 그리고 만일 그가 니코틴으로 독살된 것이라면 매우 급속도로 독이 퍼졌을 겁니다. 그러면 어떤 결론이 나올 것인지 아시겠습니까?"

"전혀 모르겠는걸요."

찰스 경이 불쑥 내뱉었다.

"내 입으로 직접 이야기하지는 않으렵니다. 아뇨, 이야기할 수 없습니다. 너무나도 끔찍한 생각이니까요. 나 자신도 그게 사실이 아니길 바라고, 또 믿고 있습니다. 아니, 물론 그건 사실이 아닙니다. 바솔로뮤 경이 그걸 증명해주긴 하지만, 그러나……."

그는 얼굴을 찌푸렸다. 깊은 생각에 골몰해 있는 표정이었다.

나머지 다른 사람들은 호기심 어린 얼굴로 그를 쳐다보았다.

그가 고개를 들었다.

"내 말뜻을 알아들으시겠죠? 배빙턴 부인은 멜포트 애비에 있지 않았습니다. 그러니까 배빙턴 부인의 혐의는 벗겨진 셈이죠."

"배빙턴 부인이라, 하지만 아무도 그 부인을 의심한 적이 없는걸요. 꿈에도 말이오."

포와로가 빙그레 웃었다.

"의심하지 않았다고요? 그것 참 재미있군요. 그 생각은 즉시(비록 한순간이지만) 내 머릿속에 떠올랐는데 말입니다. 만일 가엾은 목사가 칵테일로 독살된 게 아니라면, 그는 분명히 이 집에 들어서기 바로 직전에 독을 먹은 겁니다. 어떤 식으로 독을 먹게 되었을까요? 캡슐로? 뭔지 모르지만 금방 소화가 되지 않는 그런 방법이겠지요. 하지만 그럴 경우 도대체 누가 그렇게 했을까요? 그의 아내뿐이지요. 외부 사람들에게 없는 어떠한 살인 동기를 가질 수 있는 사람은 누구일까요? 그것 역시 그의 아내라는 이야기가 되지요."

에그가 화난 목소리로 말했다.

"하지만 그들은 서로에게 충실한 잉꼬 부부였는걸요! 당신은 아무것도 몰라요!"

포와로가 상냥한 미소를 띤 채로 그녀를 쳐다보았다.

"아닙니다. 그럴 가능성도 충분히 있는 겁니다. 당신은 그렇게 생각하지 않을지도 모르지만 나는 다릅니다. 나는 어떠한 선입견도 없이 사실 그대로를 바라봅니다. 그리고 아가씨에게 드릴 말이 있습니다. 내 과거 경험으로 비추어 보면, 성실한 남편에게 살해당한 아내의 사건이 5건이나 있었습니다. 반면에, 사랑하는 아내에게 살해된 남편의 사건은 22건이나 되었지요. 여자들이란 보통 생김새보다는 사악한 경우가 많아요."

에그가 말했다.

"정말 끔찍한 말만 하시는군요. 저는 배빙턴 씨 부부가 결코 그렇지 않다는 걸 알고 있어요. 그건, 그런 생각은 도저히 상상도 할 수 없어요. 끔찍해요!"

"살인사건이란 자체가 워낙 끔찍한 거지요."

포와로가 말했다. 그렇게 말하는 그의 목소리는 엄숙했다.

그는 좀더 명랑한 태도로 말을 계속했다.

"하지만 나는, 오로지 사실만을 직시하는 배빙턴 부인이 그런 짓을 하지 않았다는 생각에 동의합니다. 아시다시피 부인은 멜포트 애비에 없었으니까 범인일 리가 없지요. 찰스 경이 말한 대로 범인은 양쪽 장소에 모두 참석했던 사람이 분명합니다─명단에 올라 있는 일곱 명 말입니다."

잠시 동안 침묵이 흘렀다.

새터드웨이트가 물었다.

"그럼, 어떻게 해야 할까요?"

포와로가 말했다.

"당신들이 이미 계획을 세워 두었을 텐데요."

찰스 경이 목소리를 가다듬으면서 말을 꺼냈다.

"실행 가능한 유일한 방법은 차례로 혐의자 수를 줄여나가는 겁니다. 내 생각은 명단에 올라가 있는 사람들을 하나씩 추적해서 그들이 결백한가를 밝히는 겁니다. 내 말은 우리가 스티븐 배빙턴과 그중 어떤 사람이 관계가 있는지, 있다면 어떤 관계인지를 밝혀내야 한다는 겁니다. 가능한 모든 방법을 다 동원해서 말입니다. 만일, 우리가 아무런 관계도 밝혀내지 못한다면 그다음 사람에게로 넘어가는 거죠."

"그럴듯하군요."

포와로가 찬성을 표시했다.

"그럼, 그 방법은 어떤 건가요?"

"그건 아직 생각해보지 못했습니다. 그 점에 대해 의논할 시간적 여유가 없었거든요. 당신이 좀 도움을 주셨으면 좋겠는데요, 포와로 씨. 어쩌면 당신까지도……."

포와로가 한 손을 쳐들었다.

“그런 활동적인 일을 해 달라고 부탁하지는 말아 주십시오. 난 언제나 생각으로만 풀어 나가거든요. 그저 옆에서 지켜보면서 수집된 정보만 듣게 해주십시오. 찰스 경이 잘 알아서 하실 테니, 여러분의 수사를 그대로 진행시켜주시지요.”

‘그럼 나는 무얼 하죠?’

새터드웨이트가 말하려다가 그냥 꾹 참았다.

이 배우 녀석은 언제든지 조명을 한몸에 받으면서 주연만 한다니까!

“어쩌면 때때로 조언을 필요로 할지도 모릅니다. 내가 그 조언을 담당하죠.”

그가 에그를 향해 미소를 지었다.

에그가 외쳤다.

“좋아요. 분명히 당신의 많은 경험이 저희들에겐 도움이 될 거예요.”

그녀의 얼굴에는 다시 안도감의 표정이 떠올랐다.

그녀는 시계를 쳐다보더니 외치듯이 말했다.

“집에 돌아갈 시간이에요. 어머니가 걱정하시겠어요.”

찰스 경이 말했다.

“집까지 바래다주겠소.”

그들은 함께 떠났다.

에르큘 포와로가 말했다.

"그러니까, 결국 고기가 낚인 셈이군요."

다른 두 사람이 나가는 모습을 지켜보던 새터드웨이트가 의아한 얼굴로 포와로를 돌아다보았다. 포와로는 의미심장하게 미소를 지어 보였다.

"예, 예, 그래요. 그 사실을 부인하지는 마십시오. 당신은 의도적으로 몬테카를로에서 내게 미끼를 던지지 않았습니까? 당신은 내게 신문에 난 기사를 보여 주었습니다. 당신은 은근히 속으로 내가 흥미를 느끼게 되길 바랐던 것입니다—이번 사건에 내가 뛰어들기를 말입니다."

새터드웨이트가 솔직히 시인했다.

"사실입니다. 하지만 나는 내 계획이 실패한 줄로만 알고 있었는데 말이죠."

"아니, 아닙니다. 결코 실패한 것이 아니었지요. 당신은 사람을 보는 데 일가견이 있는 분입니다. 나는 무위도식하는 생활에 염증을 느끼고 있었던 겁니다. 그때 우리 근처에서 놀고 있던 아이의 말로 표현하자면 '아무것도 할 일이 없었던' 겁니다. 당신은 바로 그렇게 내가 심란해 있을 때 온 거지요. 그러고는 많은 범죄들이 심리학적인 위기의 순간에 발생한다고 이야기하지요. 범죄와 심리학은 불가분의 관계에 있습니다. 하지만, 이제 본론으로 들어가기로 하지요. 이번 사건은 대단히 난해한 사건입니다. 사람들을 무척 당황하게 만들거든요."

"어떤 사건 말입니까? 첫 번째, 아니면 두 번째?"

"사건은 오로지 하나뿐입니다. 소위 말하는 첫 번째 범죄나 두 번째 범죄나 사실은 모두 한 범죄의 각각 반쪽씩을 구성하고 있는 것들이지요. 두 번째 반쪽 사건은 단순합니다. 동기라든가, 이용된 수단이라든가……."

새터드웨이트가 말 중간에 끼어들었다.

"분명히 그 방법상으로는 양쪽 사건이 똑같은 정도로 난해합니다. 어느 쪽 잔에도 독이 발견되지 않았으니까요."

"아니, 아닙니다. 그건 완전히 다릅니다. 첫 번째 경우에는 아무도 스티븐 배빙턴을 살해할 수 있을 것 같지가 않습니다. 찰스 경이라면, 그가 원하기만 한다면 자기 손님들 중 어느 누구라도 독살할 수가 있었겠지만, 어떤 특정한 손님은 아닙니다. 템플 양도 쟁반 위에 있는 마지막 잔에다 다른 걸 슬쩍 넣을 수도 있었겠죠. 하지만 배빙턴 씨는 마지막 잔을 마시지 않았습니다. 아니에요, 배빙턴 씨를 살해한다는 건 너무나 불가능해 보입니다. 물론 그가 자연사를 했다고는 생각하기 어렵습니다만, 하지만, 곧 사실이 밝혀지겠지요. 두 번째 경우는 첫 번째와는 다릅니다. 그때 있었던 손님들 중 어느 누가, 혹은 집사나 하녀가 바솔로뮤 스트레인지 경을 살해할 수도 있었습니다. 그건 조금도 어려운 일이 아니거든요."

새터드웨이트가 말을 꺼내려 했다.

"나는……."

그러나 포와로가 얼른 가로막았다.

"한 가지 간단한 실험에 의해서 언젠가 때가 되면 증명해보이겠습니다. 그건 잠시 미뤄두고, 좀더 중요한 문제로 들어갑시다. 그건 정말로 중대한 일입니다. 당신도 아시다시피, 나는 소위 말하는 주연은 아니거든요."

"당신 말은……."

새터드웨이트가 미소를 지으면서 이야기를 꺼내려 했다.

포와로가 이야기했다.

"찰스 경이 스타역을 해야 한다는 거군요! 그는 원래 그런 역에만 익숙해 있으니까요. 그리고 더욱이 누구나 모두 그가 그런 역할을 해야 한다고 생각한단 말이죠? 내 말이 맞습니까? 이번 일에 내가 개입하게 되면 그 아가씨가 반기지 않을 테니까요."

"당신은 참으로 눈치가 빠르군요, 포와로 씨."

"오호, 그거야 척 보면 아는 것 아닙니까? 나는 아주 너그러운 사람입니다.

나는 사랑이 잘 이루어지길 바라지, 결코 잘못되는 걸 원치 않습니다. 당신과 나는 찰스 카트라이트의 영광을 위해 함께 이 일을 해 나가야 할 겁니다. 그렇지 않습니까? 이번 사건이 해결될 경우엔……."

새터드웨이트가 조용히 말을 꺼냈다.

"만일……."

포와로가 말했다.

"천만에요! 나는 결코 실패하지 않습니다."

새터드웨이트가 되물었다.

"결코?"

포와로가 엄숙한 어조로 말했다.

"물론, 소위 말하는 침체기가 있기는 했었지요. 쉽게 해결되지 않는 그러한 때 말이오."

"하지만, 실패한 적은 없었단 말입니까?"

새터드웨이트는 호기심을 느꼈다. 그는 정말로 궁금했던 것이다.

에르큘 포와로가 말했다.

"사실은, 한 번 실패한 적이 있었지요. 벨기에에서 오래 전에 있었던 일입니다. 그 이야기는 그만두기로 합시다."

새터드웨이트는 호기심이 만족되자 황급히 화제를 바꾸었다.

"좋습니다. 아까 '사건이 해결되면…….' 하고 말씀하셨지요?"

"찰스 경이 그 사건을 해결할 겁니다. 나는 옆에서 간혹 도움이나 되어 주는 거죠."

그는 자기 손을 폈다.

"가끔씩 몇 마디만 할 겁니다. 아주 간단한 몇 마디만 말입니다. 일종의 힌트인 셈이죠. 그 이상은 아닙니다. 나는 명예 같은 것은 바라지 않습니다. 이미 명예는 충분히 가지고 있으니까요."

새터드웨이트는 흥미있는 표정으로 그를 찬찬히 살펴보았다.

그는 포와로의 거의 순진할 정도의 자부심에, 그리고 이 땅딸막한 사나이의 황당무계한 자기 착각에 일종의 유쾌함을 느꼈다. 하지만 그는 그게 단순한 자랑이라고 간주해버릴 만큼 가볍게 생각하지는 않았다.

영국인은 자신의 장점에 대해 보통 겸손한 태도를 보이는 법이지만, 라틴계 사람들은 자기 자신의 능력을 좀더 진지하게 평가하는 법이다. 만일, 그가 똑똑한 사람이라면 그는 자신의 능력을 숨길 이유가 없다고 생각되었다.

새터드웨이트가 물었다

"내가 알고 싶은 것은(아주 흥미를 느끼게 되었는데요) 당신이 이번 일에 개입함으로써 무슨 이득을 얻을까 하는 겁니다. 조사 과정에서 얻어지는 흥분인가요?"

포와로가 고개를 저었다.

"아뇨, 아닙니다. 그건 아니에요. 마치 마법에 걸린 것처럼 일단 냄새를 맡게 되면 흥분하게 된답니다. 그러고는 도저히 그 일에서 손을 떼지 못하게 되죠. 이건 사실입니다. 하지만, 그 이상의 것도 있지요. 그건(글쎄요, 뭐라고 표현해야 할까?) 진실에 도달하려는 열정이라고나 할까요. 진실만큼 아름답고 흥미롭고 호기심을 유발하는 건 이 세상 그 어디에서도 없을 겁니다."

포와로의 말이 끝난 뒤에 한동안 침묵이 흘렀다.

조금 뒤 그는 새터드웨이트가 옮겨 쓴 일곱 명의 이름이 적힌 쪽지를 들고서 커다란 목소리로 읽었다.

"데이크리스 부인, 데이크리스 씨, 윌스 양, 서트클리프 양, 그리고 메리 리튼 고어 부인, 리튼 고어 양, 올리버 맨더스―좋습니다."

포와로가 다시 말했다.

"의미심장하지 않습니까?"

"뭐가 의미심장하다는 거죠?"

"이름들이 쓰여 있는 순서 말입니다."

"내가 보기에는 아무것도 의미심장할 게 없는 것 같은데요. 특별한 의미 없이 그냥 내키는 대로 써 내려간 것뿐인데요."

"그렇습니다. 그런데, 맨 처음에 쓰인 이름이 데이크리스 부인입니다. 이걸로 미루어 봐서, 그 부인이 가장 혐의가 가는 사람으로 생각된 모양이군요."

새터드웨이트가 말했다.

"꼭 그렇지는 않습니다. 조금도 그런 의도로 쓴 것은 아니지요."

"하지만, 무의식중에라도 그녀가 범인이라는 의심이 들었기 때문에 그런 순서로 쓴 걸 겁니다."

새터드웨이트가 뭐라고 반대할 말을 생각해 냈지만, 포와로의 빛나는 초록색 눈동자와 마주치자 저절로 입이 다물어지고 말았다.

"글쎄요, 어쩌면, 포와로 씨, 당신 말이 옳을지도 모르죠. 무의식적으로 말입니다."

"새터드웨이트 씨, 당신에게 묻고 싶은 게 있습니다."

"그렇게 하십시오."

새터드웨이트가 대꾸했다.

"당신이 내게 해주었던 이야기로 미루어 봐서, 찰스 경과 에그 리튼 양이 함께 배빙턴 부인을 방문했던 것 같은데요."

"예."

"그들과 함께 가지는 않으셨나요?"

"아뇨, 세 사람씩이나 가는 건 너무 번거로우니까요."

포와로가 미소를 지었다.

"그럼, 당신은 어디 다른 데로 가고 싶었겠지요. 소위 말하는, 다른 목적이 있었을 테니까요. 새터드웨이트 씨, 당신은 어디에 갔었나요?"

"나는 메리 리튼 고어 부인과 함께 차를 마셨습니다."

새터드웨이트가 딱딱하게 대꾸했다.

"그럼, 그때 무슨 이야기를 나누었나요?"

"부인은 친절하게도 자신의 결혼 생활에 대한 이야기를 들려주었습니다."

그는 메리 부인의 이야기를 들려주었다.

포와로는 공감한다는 듯이 고개를 끄덕였다.

"그 이야기는 맞는 말입니다. 이상에 사로잡힌 아가씨는 건달 같은 청년과 결혼하고 누구의 말에도 귀를 기울이려 하지 않거든요. 하지만 다른 이야기는 없었나요? 예를 들어서, 올리버 맨더스에 대해서는 아무런 이야기도 하지 않았나요?

"아니, 사실은 그런 이야기도 좀 했었습니다."

"그렇다면, 그에 대해 뭔가 알아내셨겠군요. 그래, 어떤 사실을 알았나요?"

새터드웨이트는 메리 부인이 그에게 들려주었던 이야기를 반복했다.

그런 다음, 그는 이렇게 말했다.

"어떻게 해서 우리가 그에 대한 이야기를 했다는 걸 아셨죠?"

"당신이 바로 그걸 알기 위해 거기에 갔었을 테니까요……. 오, 예, 아니라고 부인하지는 마십시오. 당신은 데이크리스 부인이나 그녀의 남편이 범인이길 속으로 바라고 있지만, 사실상 맨더스가 범인일 거라고 생각하고 있지 않나요?"

그는 새터드웨이트가 부정하려는 걸 가로막았다.

"예, 예, 당신은 원래 생각을 함부로 표현하는 성격이 아닙니다. 생각은 하고 있지만, 그저 속으로만 묻어두지요. 나도 당신을 이해할 수 있습니다. 나 자신도 그렇게 하니까요."

"나는 그를 의심하지 않습니다. 그건 말도 안 됩니다. 하지만, 그저 그에 대해서 좀더 알고 싶었을 뿐입니다."

"내가 말하려는 게 바로 그겁니다. 그는 당신의 직감에 의해 혐의를 받게 된 겁니다. 나도 역시 그 젊은이에게 흥미를 가지고 있습니다. 파티가 있었던 그날 밤 그에게 흥미를 가지게 되었지요. 왜냐하면……."

"왜냐하면?"

"나는 최소한 두 사람이 거기서 자리를 함께하고 있는 걸 보았거든요. 어쩌면 그 이상일는지도 모르죠. 하여튼 어떤 역할을 연기하는 그러한 사람들 말입니다. 그중 한 사람은 찰스 경이죠."

그는 미소를 지었다.

"그는 해군 장교 역할을 하고 있었습니다. 내 생각이 어떻습니까? 그건 지극히 자연스러운 일이지요. 위대한 배우는 무대에 있지 않다 하더라도 연기를 그치지 않으니까요. 하지만 맨더스, 그도 역시 연기를 하고 있더군요. 그는 지치고 따분해 하는 젊은이의 역할을 하고 있었습니다. 하지만 실제의 그는 조금도 따분해 하거나 냉소적인 사람이 아니었습니다. 그는 놀라울 정도로 활기에 넘쳐 있었지요. 바로 이런 이유로 내 눈에 그가 띄게 된 겁니다."

"내가 그에 대해 궁금해한다는 건 도대체 어떻게 아셨죠?"

"별로 힘든 일은 아니죠. 당신은 그의 사고 때문에 그가 멜포비 애비에 간 것을 알고서 그 사고에 흥미를 느꼈습니다. 그리고 당신은 찰스 경과 에그 리튼 고어 양과 함께 배빙턴 부인을 만나러 가지 않았지요. 왜 그랬을까요? 아무도 모르게 당신의 생각대로 조사해보고 싶었기 때문입니다. 당신은 어떤 사람에 대해 알아보기 위해 메리 부인을 찾아갔습니다. 그럼, 과연 누구일까요? 분명히 이 지방 사람이었겠지요. 바로 올리버 맨더스가 그 사람이죠. 그래서 당신은 그의 이름을 명단 맨 끝에다가 써 넣은 것입니다. 당신 마음속에서 가장 혐의가 덜 간다고 생각하는 사람은 메리 부인과 에그 양이었죠? 하지만 당신은 맨더스의 이름을 그들 두 사람 이름 다음에다가 써 넣었습니다. 그야말로 가장 혐의가 가는 사람인데다가, 당신 자신만이 그 의심을 간직하려는 의도에서였던 거지요."

새터드웨이트가 말했다.

"맙소사, 내가 정말로 그런 사람일까요?"

"분명히 그렇습니다. 당신은 관찰력과 판단력이 대단히 날카롭습니다. 게다가 당신은 성격상 모든 걸 쉽사리 발설하지도 않습니다. 그저 혼자만 생각하는 편이지요. 사람들에 대한 견해나 평가는 당신 자신의 개인적인 것들입니다. 당신은 그것들을 세상에 알리지 않는 거죠."

"내가 생각하기에는……."

새터드웨이트가 말을 꺼내려고 했지만, 마침 찰스 경이 들어오는 바람에 말이 중단되었다.

그 배우는 발소리를 쿵쿵 내면서 걸어 들어와서는 말했다.

"오, 거친 밤이로군."

그는 위스키소다수 한 잔을 마셨다.

새터드웨이트와 포와로는 둘 다 침묵을 지켰다.

찰스 경이 또다시 말했다.

"자, 우리들의 계획을 짜 보도록 합시다…… 그 명단이 어디 있나, 새터드웨이트? 오, 고맙네. 자, 포와로 씨. 고문으로서 한 말씀 해주시지 않겠습니까? 어떻게 업무를 분담해야 가장 좋을까요?"

"당신은 어떻게 했으면 좋겠습니까, 찰스 경?"

"글쎄요. 여기 명단에 실린 이 사람들을 적당히 나눠야 할 것 같은데요—업무 분담이지요. 먼저, 데이크리스 부인이 있습니다. 에그가 이 부인을 맡게 해달라고 조르더군요. 그녀의 생각에 의하면, 남자가 여자를 맡게 되면 아무래도 객관적인 조사를 할 수가 없다는 겁니다. 그녀 말로는 자기라면 좀더 치밀하게 그 여자를 조사할 수 있을 거라는군요. 그녀의 말도 어느 정도 일리는 있는 것 같습니다. 새터드웨이트와 나는 허락만 하신다면 다른 사람들을 맡기로 하겠습니다. 다음엔 데이크리스 씨가 있군요. 나는 그의 경마 친구들을 몇 명 알고 있습니다. 그러니 그런 방법으로 잘해 나갈 수 있으리라고 장담합니다. 다음엔 안젤라 서트클리프가 있군요."

새터드웨이트가 말했다.

"그것 역시 자네의 일인 것 같군, 카트라이트. 자네는 그 여자를 상당히 잘 알잖나?"

"그래. 바로 그 때문에 내가 그녀를 맡지 않으려는 것일세."

그가 어색한 듯 웃음을 지어 보였다.

"첫째로, 내가 그녀를 뒷조사했다는 걸 알게 되면 나중에 욕을 먹게 될 테니까. 그리고 두 번째로, 뭐랄까, 그녀와 나는 친구지간이거든. 자네도 이러한 내 입장을 이해하겠지?"

"좋습니다. 옳은 말씀이지요. 정말로 자상하신 성격입니다. 충분히 이해하고도 남음이 있습니다. 새터드웨이트 씨가 그 여자분 일을 대신해서 맡기로 하시죠."

"메리 부인과 에그, 물론 이들은 조사할 필요가 없겠지요. 맨더스는 어떤가요? 톨리가 죽던 날 밤에 그가 나타난 것은 사고 때문이었습니다. 하지만 그래도 그 역시 조사해야 할 겁니다."

"새터드웨이트 씨가 맨더스를 맡을 겁니다."

포와로가 말했다.

"하지만, 내 생각에는 아무래도 당신이 이름 하나를 빼먹고 안 쓴 것 같군요. 윌스 양 말입니다."

"그렇군요. 좋습니다. 새터드웨이트가 맨더스를 맡는다면, 내가 윌스 양을 맡죠. 이제 됐습니까? 무슨 다른 의견은 없습니까, 포와로 씨?"

"아뇨, 아무것도 없습니다. 그저 결과만을 듣고 싶을 뿐입니다."

"물론 그것도 괜찮겠죠."

"좋습니다."

포와로가 만족스러운 표정으로 말했다.

"한 가지 물어보고 싶은 게 하나 있는데요. 친구 분인 바솔로뮤 스트레인지 경이 칵테일은 안 마시고 포트와인을 마셨다는데, 사실입니까?"

"예, 그 사람은 포트와인이라면 사족을 못 쓰는 사람이었거든요."

"그렇다면, 그가 포트와인을 마실 때 맛이 이상하다는 걸 조금도 느끼지 못했다는 게 좀 이상하군요. 순수한 니코틴이라면 톡 쏘는 맛이 있어서 별로 좋은 맛이 아니거든요."

찰스 경이 말했다.

"이 점을 기억해야 합니다. 포트와인에는 어쩌면 니코틴이 안 들어 있었을지도 모른다는 걸 말입니다. 그 잔의 내용물은 이미 검사가 되었거든요. 그걸 기억하시겠죠."

"아하, 그랬었지요. 내가 깜박했었군요. 하지만 어쨌든 니코틴은 아주 쓴맛이 나는데 말이죠."

찰스 경이 천천히 말했다.

"그게 무슨 상관인지 모르겠군요. 작년 봄에 병으로 몹시 앓았기 때문에, 그 때문에 맛을 느끼는 감각이 조금 둔해졌는지도 모르죠."

"오, 저런, 예……."

포와로가 생각에 잠긴 얼굴로 말했다.

"그렇다면 이해가 되는군요. 이제 문제가 훨씬 간단해진 셈이로군요."

찰스 경은 창가로 다가가서 밖을 내다보았다.

"여전히 폭풍이 몰아치는군요. 당신 물건들을 여기로 옮기라고 말해 두겠습니다, 포와로 씨. 로즈 앤드 크라운 호텔도 괜찮은 곳이지만, 그래도 역시 우리 집에 묵으시는 게 좋을 테니까요.”

“정말 고마우신 말씀입니다, 찰스 경.”

“천만에요. 지금 당장 일러두어야겠습니다.”

그는 방을 나갔다.

포와로는 새터드웨이트를 쳐다보았다.

“내가 한 가지 제안을 해도 괜찮을까요?”

“뭔데요?”

포와로는 몸을 앞으로 숙이면서 낮은 음성으로 말했다.

“맨더스에게 도대체 무슨 이유로 위장 사고를 냈느냐고 물어봐 주십시오. 경찰에서 그를 의심하고 있다는 이야기를 해주시고, 그 말에 그가 어떤 대답을 하는지 알아 봐 주세요.”

“당신 생각은……”

“아직은 시기상조입니다. 아직 아무것도 생각하지 못하고 있습니다. 하지만 시작 단계에는 들어선 셈이지요. 일기장에 쓰여 있는 구절 덕분에 말입니다. ‘M 때문에 걱정이 된다.’는 바로 그 구절 말이에요. 그 M이란 바로 맨더스를 뜻하는지도 모릅니다. 하지만, 그와 마찬가지로 전혀 아무런 상관이 없는 것인지도 모르죠.”

“두고 봐야겠군요.”

새터드웨이트가 말했다.

“예, 두고 봐야겠죠.”

앰브로신 의상실의 실내는 소박하게 보였다. 벽은 하얀색이었으며, 두껍게 깔린 양탄자는 너무나도 옅은 색이었기 때문에 거의 색이 없는 것처럼 보일 정도였다. 가구들도 마찬가지였다.

한쪽 벽에는 거대한 기하학적 무늬가 그려져 있었는데, 온통 초록색과 레몬 색깔의 무늬였다. 그 방은 당대의 최신 장식가이자 가장 젊은 장식가인 시드니 샌드포드에 의해서 디자인된 것이다.

에그 리튼 고어는 초현대식으로 디자인된 안락의자에 앉아 있었는데, 그 의자는 치과 병원의 의자를 생각나게 했다. 그녀는 그러한 의자에 앉아서 약간 지친 듯한 표정의 아름다운 여자가 그녀 앞을 오락가락하는 모양을 실눈으로 지켜보고 있었다.

에그는 의도적으로 값비싼 드레스를 사려고 온 사람처럼 보이려고 애썼다.

데이크리스 부인은 여느 때처럼 묵묵하게 자신의 일만 하고 있었다.

"이 드레스가 어떨까요? 이 어깨선이 특이하지 않습니까? 허리선은 아주 잘록하게 재단한 거예요. 하지만 갈색은 없습니다. 대신에 겨자색이 있지요. 최신 유행 색조가 겨자색이지요. 그런데 빈 오디네어는 어떻게 생각하시나요? 좀 우스꽝스럽지요? 너무 강렬한데다가 촌스럽기까지 하거든요. 너무 딱딱한 옷은 요즘에는 별로 입지 않는데 말이에요."

에그가 말했다.

"결정하기가 어렵군요. 아시다시피(그녀는 능청스럽게 둘러댔다), 전에는 이런 비싼 옷들을 살 만한 형편이 못 되었거든요. 우리는 정말 끔찍하게도 가난하게 살았답니다. 그날 밤 크로스 네스트에서 당신의 모습을 보자마자, 나는 속으로 감탄하지 않을 수 없었어요. '언젠가 돈이 생기게 되면 데이크리스 부인에게로 가서 조언을 받아야지.'라고 생각했답니다. 그날 밤 당신의 세련된 모습이 완전히 나를 사로잡은 거예요."

"정말 고마운 이야기로군요. 사실 나는 젊은 아가씨에게 좋은 옷을 입힐 수 있다는 게 얼마나 기쁜지 모른답니다. 아가씨들은 촌스럽게 옷을 입어서는 안 되지요. 내 말뜻을 알아들으시겠죠, 아가씨?"

에그는 이렇게 생각했다.

'당신이야 촌스러울 게 없겠지. 상당히 닳아빠진 여자니까.'

데이크리스 부인이 계속해서 말했다.

"아가씨는 정말 개성이 강해요. 개성이 강한 분이니까, 옷은 단순하게 입어야 합니다. 알겠죠? 그런데 어떤 옷을 원하죠?"

"이브닝 프록코트가 네 벌 정도 필요할 것 같고, 일상복이 두 벌 정도, 그리고 운동복이 두 벌 필요해요."

데이크리스 부인의 태도는 더욱 은근해졌다.

다행히도 그녀는 에그가 현재 가지고 있는 돈이 15파운드 12실링이라는 사실을 눈치 채지 못하고 있었던 것이다.

점원들이 옷을 가지고 에그에게로 다가왔다. 몇 마디 옷에 대해 말하면서 중간 중간에 다른 이야기들을 유도했다.

에그가 슬쩍 말을 꺼냈다.

"그 뒤로는 크로스 네스트에 오지 않았나 봐요."

"예, 못 갔어요. 갈 수가 없었지요. 일이 너무나 바빠서 정신을 못 차릴 지경이었는데다가, 콘월은 너무 예술성향이 강한 곳이거든요. 나는 예술가들을 그대로 봐줄 수가 없어요. 정말 우스꽝스러운 몸매들을 가지고 있거든요."

에그가 말했다.

"정말 그 사건은 끔찍했지요? 배빙턴 씨는 정말 좋은 분이었는데 말이에요."

데이크리스 부인이 아무렇지도 않게 대꾸했다.

"평화를 얻으신 거죠, 그분은 말이에요."

"어디선가 한번 그분을 만난 적이 있으셨죠?"

"그 노인을요? 내가 그랬나요? 글쎄요, 전혀 그런 기억이 없는걸요, 아가씨."

“언젠가 그분이 그런 말씀을 하셨던 것 같은데…….”

에그가 슬쩍 떠보았다.

“물론 콘월에서는 아니었지만요. 길링이라는 곳이었던 것 같아요.”

“그래요?”

데이크리스 부인이 말끝을 흐렸다.

“아닐 텐데요, 마르셀르, 페디트 스캔데일을 가져와요. 그 제니 모델 말이야. 그리고 거기에 있는 청색 패도도 가져오고”

에그가 또다시 말을 꺼냈다.

“정말, 바솔로뮤 경이 독살되다니 놀라워요.”

“어머나, 정말 너무나도 잘 맞는군요! 썩 잘 어울려요. 별별 우스운 여자들이 다 찾아와서는 괴상한 옷을 원하지요. 이것 보세요, 이 패도 모델이 당신에게는 더 잘 어울려요. 저 쓸모없이 거추장스럽기만 한 프릴을 보세요. 그런 옷은 정말 촌스러워요. 싱싱한 젊음을 표현하기에는 역시 이런 디자인의 옷이……. 예, 솔직히 말해서 바솔로뮤 경이 죽은 덕분에 나는 한숨 돌리게 되었지요. 만일 그러지 않았더라면 내가 그를 죽였을지도 모르거든요. 아, 잠깐만 실례해요. 저 뚱뚱보 여자가 나를 찾는군요.”

그녀는 미국인처럼 보이는 뚱뚱한 여자에게로 쏜살같이 달려갔다. 그 여자는 제법 굵직한 고객이었던 모양이다.

미국인 여자가 여러 가지 주문을 늘어놓는 동안을 틈타서 에그는 가까스로 탈출할 수 있었다. 그녀는 데이크리스 부인을 대신해서 시중을 들어 주는 젊은 점원에게 마지막으로 한 번 더 생각해 보고 결정하겠다고 말한 뒤에 의상실을 나왔다.

그녀는 브루턴 거리로 접어들면서 흘끔 시계를 쳐다보았다.

1시 20분 전이었다.

얼마 지나지 않아 그녀는 두 번째 계획을 실행에 옮길 수 있었다.

그녀는 버클리 광장까지 걸어간 다음 천천히 다시 그 길을 돌아 나왔다. 1시 정각에 그녀는 창문 안쪽을 들여다보았다.

이제 막 도리스 심스 양이 브루턴 거리로 나오더니 버클리 광장 쪽으로 향했다. 그녀가 채 버클리 광장에 가기 전에 누군가가 그녀를 불렀다.

"실례합니다, 잠깐 이야기 좀 해도 될까요?"

에그가 말했다.

그 아가씨는 깜짝 놀란 얼굴로 돌아다보았다.

"아가씨는 앰브로신에서 일하고 있죠? 오늘 아침에 당신을 거기서 봤어요. 내가 이런 말을 하면 실례가 될지 모르겠지만, 정말 훌륭한 몸매를 가지고 있더군요."

도리스 심스는 조금도 불쾌한 기색이 없었다. 대신 그녀는 약간 당황한 얼굴이었다.

"정말 고맙습니다."

에그가 또다시 칭찬했다.

"아가씨는 마음씨도 고운 것 같아요. 그래서 내가 부탁하려는 건데요, 버클리나 아니면 리즈에서 잠깐 나와 점심식사를 하지 않겠어요? 이야기를 나누고 싶은데요."

잠깐 주저하는 기색을 보이던 도리스 심스가 마침내 그 말을 받아들였다. 호기심이 생긴데다가 맛좋은 음식을 먹을 수 있으리라는 기대감 때문이었다.

식탁을 차지하고 점심을 주문한 다음 에그가 설명에 들어갔다.

"이 이야기는 당신만 알고 계세요. 아실지 모르겠습니다만 나는 여자들의 여러 가지 직업에 대해 글을 쓰는 사람이랍니다. 그래서 말인데, 당신한테서 의상실 근무에 대한 이야기를 듣고 싶어요."

도리스는 약간 실망한 표정이었지만 곧 마음을 고쳐서 봉급이라든가 근로 조건 등 여러 가지 이야기들을 솔직하게 들려주었다.

에그는 조그만 수첩을 꺼내서 거기다가 몇 가지 요점들을 적었다.

그녀가 말했다.

"정말 감사합니다. 나는 이 일에는 아주 숙맥이거든요. 이런 일은 처음 맡는 거래서요. 사실 나는 몹시 돈에 쪼들리고 있어요. 그래서 이런 하찮은 일이라도 해야만 먹고 살 수가 있답니다."

그녀는 능청스럽게도 계속해서 둘러댔다.

"앰브로신에 들어가서 비싼 옷들을 사는 척하느라고 얼마나 조마조마했는지 모른답니다. 솔직히 말해서, 지금 수중에 있는 돈이라고는 불과 몇 파운드뿐이 거든요. 그나마도 크리스마스 때까지 쓸 옷값이에요. 만일, 이러한 사실을 데이크리스 부인이 알게 되면 펄쩍 뛰겠지요."

도리스가 낄낄거렸다.

"그럴 테지요."

"내 행동이 그럴듯하던가요? 내가 그만한 돈을 가지고 있는 것처럼 보이던가요?"

"아주 잘하시던걸요, 리튼 고어 양. 마담은 당신이 옷을 많이 사갈 거라고 생각했나 봐요."

에그가 말했다.

"몹시도 실망하겠군요."

도리스가 더욱 큰소리를 내며 낄낄거렸다.

그녀는 점심을 맛있게 먹은데다가, 에그에게 일종의 호감을 느꼈던 것이다.

그녀는 속으로 중얼거렸다.

'이 아가씨는 제법 사교계에서는 유명한지도 몰라. 하지만 뽐내지는 않는군. 이 아가씨는 정말로 자연스럽게 행동한단 말이야.'

이러한 거리낌 없는 관계가 일단 성립되자, 에그는 좀더 스스럼없이 이야기를 할 수 있었다.

에그가 말했다.

"솔직히 말해서 데이크리스 부인은 꽤 성격이 까다롭죠?"

"그런 여자도 드물 거예요, 리튼 고어 양. 사실이랍니다. 하지만 마담은 제법 똑똑한 편이랍니다. 그리고 사업에 대해서도 비상한 머리를 가지고 있지요. 괜히 멋모르고 의상실을 차렸다가 돈도 못 받고 친구들에게 옷이나 떼이는 그런 사교계 여자들과는 달리 파산하지 않았거든요. 마담은 정말 구두쇠랍니다. 솔직히 말해서, 마담에게는 옷을 보는 안목이 있거든요. 그 방면에 대해서는 훤하게 알고 있고, 어떤 스타일의 옷이 누구에게 어울리는지도 잘 가려내요."

"돈도 많이 벌겠군요."

도리스의 눈이 빛났다.

"그건 내가 이야기할 만한 것이 못됩니다."

"물론 그렇겠지요."

에그가 말했다.

"하지만 굳이 알고 싶다면, 이야기하지 못할 것도 없죠. 솔직히 말해서, 어떤 유태인이 사업 관계로 마담과 얽혀 있는데, 내가 보기에는 아무래도 마담이 사업이 잘되면 그때 갚을 심산으로 계속 돈을 빌리다가 결국 빚이 늘어난 모양이더군요. 정말이지, 리튼 고어 양, 어떤 때는 마담이 처량해 보이는 경우도 있답니다. 완전히 절망한 얼굴을 보이는 때도 있어요. 화장을 안 한 마담의 얼굴은 상상할 수도 없을 정도예요. 밤에 잠이라도 제대로 자는 건지 모를 정도이니까요."

"마담의 남편은 도대체 어떤 사람인가요?"

"그분은 참으로 멍청한 분이세요. 형편없는 건달이라고나 할까요. 그렇게 많이 만나본 것은 아니지만요. 다른 아가씨들은 아니라고 하지만, 나는 아직도 마담이 그에게 집착하고 있다고 생각해요. 물론 지저분한 소문들이 많이 떠돌지요."

에그가 물었다.

"이를테면?"

"글쎄요, 그런 소문은 입에도 올리기가 싫군요. 나는 그런 소문은 딱 질색이라서요."

"그러실 테죠, 하던 이야기나 계속하시죠."

도리스가 계속 말했다.

"예, 사실 여러 가지 말들이 많았어요. 돈도 많고 좀 멍청한 어떤 젊은 놈팡이였는데, 그 남자 때문에 정신이 없다든가 하는 정도는 아니었고, 그저 하여튼 이도저도 아닌 어중간한 관계였지요. 마담은 그를 적절히 이용해 먹었어요. 그가 아직도 마담 곁에 있었더라면 좀더 사업에 도움이 되었을지도 모르죠. 그 정도로 멍청한 녀석이었으니까요. 하지만 바로 그때쯤 그가 불쑥 바다로 떠나게 되었지요."

"의사의 진단에 의해 그렇게 한 건가요?"

"예, 할리가에 있는 어떤 의사 때문이었어요. 사람들이 그러는데, 바로 얼마 전에 요크셔에서 살해된 그 의사라더군요."

"바솔로뮤 스트레인지 경?"

"예, 바로 그 사람이었어요. 마담이 그 집 파티에 참석했다는 기사를 읽고서 우리들은 이렇게 농담을 했었답니다—그냥 우스갯소리로 말이에요. 마담이 일종의 복수를 한 게 아니겠느냐고요! 물론 그건 그냥 농담이었지요."

"당연히 농담으로 한 말일 테죠. 충분히 이해합니다. 안 그래도 데이크리스 부인은 살인도 능히 할 만큼 싸늘하고 빈틈없어 보이더군요."

"마담은 항상 그래요. 성격이 아주 고약하지요! 한 번 화가 나면 아무도 가까이 다가가지 못해요. 사람들 말로는 남편도 쩔쩔맨다는군요. 아마 사실일 거예요."

에그가 다시 물었다.

"배빙턴이라는 사람이나, 아니면 길링이라는 곳에 대해 말하는 걸 들은 적이라도?"

"글쎄요, 그런 기억은 나지 않는데요."

도리스가 시계를 쳐다보더니 외마디 소리를 질렀다.

"오, 맙소사. 서둘러야 해요, 늦었어요."

"안녕히 가세요. 그리고 말씀 고마웠어요."

"나도 즐거웠어요. 안녕히, 리튼 고어 양. 그리고 그 기사가 성공을 거두길 바라요. 나도 한번 읽어보겠어요."

'결코 읽을 수 없을 겁니다, 아가씨.'

에그가 점심값을 계산하면서 생각했다.

그러고는 가짜 기사를 끼적거린 것에 선을 긋고는, 다시 써 내려가기 시작했다.

신시어 데이크리스 재정적인 압박을 받고 있었던 걸로 여겨짐. '나쁜 성격'의 소유자라는 평판이 있음. 그녀와 스캔들을 일으켰던 젊은이

(부자)가 바솔로뮤 스트레인지 경의 진단에 의해 떠나게 되었음. 길링에 대한 이야기나 배빙턴이 그녀를 알고 있었다는 사실을 나타내 주는 건 없음.

에그가 혼잣말로 중얼거렸다.

"별로 수확이 없군. 바솔로뮤 스트레인지 경에 대한 살인 동기가 될 수도 있지만, 그것만으로는 너무 빈약해. 포와로 씨가 뭔가를 파악할지도 모르지. 나는 모르겠어."

제7장

하지만 에그는 그날 계획을 다 끝낸 상태가 아니었다. 그녀는 데이크리스 부부가 살고 있는 아파트를 찾아가야만 했다. 그 아파트는 아주 고급의 최신식 아파트였다.

에그는 아파트 안으로 들어가지 않았다. 그녀는 어슬렁거리면서 그 길의 반대쪽으로 걸어 내려갔다. 한참 걷다 보니 족히 몇 마일은 걸어 내려온 듯했다.

시계를 보니 5시 30분이었다. 때마침 택시 한 대가 아파트 앞에 멈추더니 데이크리스 대위가 거기에서 내렸다.

에그는 잠깐 자리를 피했다가 길을 건너 아파트로 들어갔다.

에그가 3호실의 벨을 누르자, 데이크리스가 직접 문을 열어 주었다.

그는 이제 막 오버코트를 벗는 중이었다.

에그가 말했다.

"어머, 안녕하세요? 저를 기억하시겠죠? 콘월에서, 그리고 또 요크셔에서 만난 적이 있었죠?"

"오, 물론이죠. 기억하고말고요. 두 번 다 사람이 죽었죠? 들어와요, 리튼 고어 양."

"부인을 좀 만나러 왔는데요, 계십니까?"

"아내는 의상실에 있소."

"알고 있어요. 오늘 낮에 저도 거기에 가 보았거든요. 지금쯤이면 어쩌면 돌아오셨을지도 모른다고 생각했어요. 그리고 부인도 제가 여기 오는 걸 꺼리지 않으실 거라고 생각했어요. 물론 제가 방해가 안 된다면요."

에그가 말을 멈추고 동의를 구하는 표정으로 쳐다보았다.

프레디 데이크리스는 이렇게 생각했다.

‘아주 멋진 아가씨로군그래. 정말 예뻐.’

그가 커다랗게 말했다.

“신시어는 적어도 6시까지는 돌아오지 않을 거요. 나는 뉴베리에서 돌아오는 길이오. 운이 나쁜 날이어서 일찍 온 거지요. 클럽에 가서 칵테일 한잔합시다.”

에그는 데이크리스가 이미 조금은 취해 있는 게 아닐까 하는 생각이 들었지만 그러자고 수락해 버렸다.

희미한 조명이 비치는 지하 클럽에 앉아서 마티니를 마시며 에그가 말을 꺼냈다.

“정말 재미있는 곳이로군요. 저는 여태껏 이런 곳에 와 본 적이 없어요.”

프레디 데이크리스가 탐욕스러운 얼굴에 미소를 지었다. 그는 젊고 아름다운 아가씨를 좋아했던 것이다. 그가 좋아하는 다른 것만큼은 아니었지만, 그래도 꽤나 좋아하는 편이었다.

그가 말했다.

“정말 어수선한 때죠? 그리고 그때 요크셔에서도 말이오. 정말 울화통이 치밀더군요. 그건 그렇고, 의사가 독살되다니 정말 신나는 일이더군요. 물론 이렇게 말해서는 안 되겠지만. 의사야말로 다른 사람들을 살해하는 존재인데 말이오.”

그는 자신이 말해 놓고 나서 혼자 낄낄거리며 웃어댔다. 그러고는 진을 한 잔 더 주문했다.

에그가 말했다.

“재미있는 생각이군요. 저는 그런 식으로는 생각지 못했어요.”

프레디가 말했다.

“그냥 농담입니다.”

에그가 말했다.

“이상하죠? 만날 때마다 사람이 죽다니 말이에요.”

데이크리스 대위가 시인했다.

“좀 이상하긴 해요. 그 늙은 목사 말이죠? 그 사람 이름이 뭐였더라? 아무튼 그 배우의 집에 있었던 그 사람이죠?”

"예, 그것도 정말 이상했어요. 그렇게 갑자기 죽다니."

데이크리스가 내뱉듯이 말했다.

"에이, 기분 나빠. 그런 생각만 하면 기분이 나빠진단 말이오. '다음엔 내 차례'라는 생각이 들면서 몸이 떨리거든."

에그가 물었다.

"전부터 배빙턴 씨를 알고 계셨죠, 길링에서?"

"그런 곳은 모르겠는걸. 아니오, 그 늙은 영감을 만난 적은 없었소. 정말 우습군 그래. 스트레인지 의사처럼 똑같은 방법으로 죽다니 말이야. 이상해. 그 사람의 죽음도 단순한 자연사는 아닐 것 같은데……?"

"글쎄요, 무슨 뜻인지요?"

데이크리스가 고개를 저으며 확고하게 말했다.

"그럴 리야 없겠지. 아무도 목사를 죽이지는 않으니까. 의사라면 모르지만."

"예, 저도 의사는 다르다고 생각해요."

에그도 한마디 거들었다.

"그렇고말고. 그럴 만한 이유가 있다니까. 의사들은 모두 다 악마 같은 녀석들이오."

그는 의사들을 욕했다.

"이해하겠소?"

"아뇨."

에그가 대꾸했다.

"그 녀석들은 사람의 목숨을 가지고 논단 말이야. 지나치게 많은 힘을 가지고 있는 게 바로 그들이라오. 그렇게 놔두어서는 안 돼요."

"무슨 말을 하시는 건지 도무지 모르겠는데요?"

"아가씨, 분명히 말하지만 그런 의사 녀석들은 지옥에나 보내야 하는 거요. 그놈들은 잔인하단 말이오! 제멋대로 처방이랍시고 해준 다음에는, 아무리 애걸복걸해도 술 같은 건 손도 못 대게 하거든. 어떤 고통을 당하든 그들은 전혀 개의치 않소. 바로 그게 의사 녀석들이 하는 짓이라오. 다시 한 번 이야기하지만, 나는 알아요."

그의 얼굴이 일그러졌다.

"그건 지옥이오. 분명히 이야기하지만 그건 지옥이란 말이야! 그런데도 의사 놈들은 그걸 치료라고 부르고 있소! 뭔가 대단한 일을 하는 것처럼 생색을 내면서. 돼지 같은 녀석들 같으니라고!"

에그가 조심스럽게 말을 꺼냈다.

"바솔로뮤 스트레인지 경이……."

그가 그녀의 말을 가로막았다.

"바솔로뮤 스트레인지 경, 바솔로뮤 경이라. 도대체 그 요양소에서 무슨 일을 하는 건지 통 알 수가 없단 말이야. 신경계통 질환이라니. 그들 말로는 그런 요양소라더군. 흥, 신경질환 요양소라니."

그는 이제는 몸을 떨고 있었다.

그의 머리가 갑자기 숙여지더니 변명하듯이 중얼거렸다.

"나는 지금 엉망이오. 완전히 엉망진창이오."

그는 웨이터를 불러 에그에게 한 잔 더 들라고 말했다. 그녀가 거절하자 자기 잔만 한 잔 더 시켰다.

"이제 기분이 훨씬 나아졌소."

이렇게 말하면서 그는 그 잔을 죽 들이켰다.

"이제야 좀 안정이 되는 것 같군. 이 빌어먹을 놈의 신경이 툭하면 소란을 일으킨단 말이야. 신시어를 화나게 해서는 안 되지. 날더러 이야기하지 말라고 했었는데."

그는 한두 번 머리를 끄덕였다.

"여태까지 들은 이야기를 전부 다 경찰한테 말하지는 마쇼."

그가 계속해서 말했다.

"경찰에서는 내가 스트레인지 영감을 없애버렸다고 생각할지도 모르니까. 아가씨 생각은 어떻소? 누군가 분명히 살인자가 있다고 생각지 않소? 우리들 중 누군가가 분명히 그를 살해한 거요. 그렇게 생각하니 재미있는걸. 우리들 중에서 누굴까? 그게 문제야."

에그가 슬쩍 말해 보았다.

"어쩌면 당신은 누구인지 아실지도 모르죠."

"도대체 왜 그런 말을 하는 거요? 내가 어떻게 알겠소?"

그는 화난 얼굴로 그녀를 노려보았다.

"나는 그 일에 대해서는 전혀 아는 바가 없소. 분명히 말하는 거요. 나는 그 녀석의 엉터리 치료 따위는 받을 생각이 전혀 없었어. 신시어가 아무리 뭐라 해도 나는 그따위 치료는 받지 않았지. 그놈은 무슨 일인가를 꾸미고 있었어―둘 다 말이야. 하지만 그렇다고 나를 마음대로 할 수는 없었지."

그는 아무렇게나 걸터앉았던 자세를 고쳤다.

"나는 강한 사람이오, 리튼 고어 양도 알겠지만."

에그가 말했다.

"저도 그렇게 생각해요. 혹시 요양소에 있는 드 러시브리저라는 부인에 대한 이야기를 들은 적이 없나요?"

"러시브리저? 러시브리저? 스트레인지 녀석이 그 여자에 대해 무슨 말을 했었는데……. 그게 뭐였더라? 도통 기억이 안 나는군. 아무것도 기억이 안 나."

그는 한숨을 쉬면서 고개를 설레설레 흔들었다.

"기억력도 이젠 다 없어져 버렸어. 그리고 이제 내게 남은 것이라곤 적들뿐이지―온통 사방에 우글거리는 적들 말이오. 그 녀석들은 지금도 날 훔쳐보고 있을 거요."

그는 초조하고 불안한 기색으로 사방을 둘러보았다. 그런 다음, 그는 테이블 앞쪽으로 몸을 숙였다.

"그날 그 여자는 도대체 내 방에서 무얼 했을까?"

"어떤 여자 말이에요?"

"꼭 토끼같이 생긴 낯짝을 한 여자 말이오. 희곡을 쓴다든가 하는 그 여자. 막 아침식사를 마치고 올라오던 중이었지. 그 여자가 내 방에서 빠져나와서는 복도 맨 끝에 있는 문으로 들어가더군―하인들이나 드나드는 그런 문으로 말이오. 이상하지 않소? 왜 그 여자가 내 방에 들어갔을까? 도대체 내 방에서 무얼 찾아내려고 했던 것일까요? 그런 식으로 슬금슬금 조사하고 다니는 이유가 도대체 뭐지? 도대체 그 여자가 그 일과 무슨 상관이라고?"

그는 좀더 몸을 숙여서 에그에게 가까이 다가왔다.

"아니면 신시어가 한 말이 사실이라고 생각하시오?"

"데이크리스 부인이 무슨 이야기를 했었나요?"

"내가 '모든 걸 다 보고 있었다.'라고 말했다더군."

그는 갑자기 너털웃음을 터뜨렸다.

"나는 때때로 열심히 보지요. 흰쥐라든가 뱀 같은 것들—별별 것들을 다 말입니다. 하지만 여자를 보는 것은 다릅니다. 물론 나는 그 여자를 보았소. 그 여자는 정말 수상쩍게 생겼더군. 눈매가 아주 음흉하더란 말이오. 사람을 꿰뚫어보는 눈이었지."

그는 소파에 비스듬하게 등을 기대었다. 그는 졸음이 오는 것 같았다.

에그가 일어섰다.

"저는 가봐야 해요. 대단히 고마웠어요, 데이크리스 씨."

"내게 감사할 필요는 없소. 덕분에 즐거웠으니까. 정말 즐거웠다, 이 말이오"

그의 목소리가 점차 작아졌다.

'더 이상 주정을 부리기 전에 빨리 가는 게 좋겠군.'

에그는 속으로 중얼거렸다.

그녀는 담배 연기가 자욱한 클럽을 빠져나와 차가운 저녁 공기 속으로 들어갔다.

하녀인 비어트리스는 윌스 양이 여기저기 흘끔거리고 다녔다는 이야기를 했었다. 그런데 프레디 데이크리스에게서도 그런 말을 들었다. 윌스 양은 도대체 무엇을 찾고 있었던 것일까? 그녀가 찾아다닌 것은 무엇일까? 윌스 양이 무엇인가를 알고 있지는 않을까?

약간 혼란스러운 바솔로뮤 스트레인지 경에 대한 이야기 속에 어떤 비밀 같은 게 있는 건 아닐까? 프레디 데이크리스는 은밀하게나마 그를 두려워하고 증오했던 것은 아닐까?

가능성이 있을 것 같다. 하지만 배빙턴의 경우엔 아무런 실마리도 보이지 않았다.

'만일 그가 살해당하지 않았더라면 무슨 일이 벌어졌을까?'

에그는 스스로에게 물어보았다. 그러고 나서 문득 신문 판매대를 쳐다보고는 깜짝 놀라지 않을 수 없었다.

신문의 기사가 그녀의 주의를 끌었던 것이다.

'콘월 지방에서의 시체 부검. 그리고 그 결과.'

황급히 1페니를 내밀고 그녀는 신문을 집어들었다. 그녀가 그렇게 하는 동안, 또 다른 여자가 그녀와 똑같이 행동하고 있었다.

에그가 쳐다보니, 그 여자는 다름 아닌 찰스 경의 유능한 비서 밀레이 양이었다. 나란히 서서 그들은 그 기사를 찾았다.

'그래, 여기 있군. 콘월에서의 시체 부검 결과—그 구절들이 에그의 눈앞에서 어지럽게 맴돌았다. 시체 부검 결과……니코틴…….'

에그가 자기도 모르게 소리 내어 말했다.

"그러니까 그분도 역시 살해되었던 거야."

"오, 세상에!"

밀레이 양이 외쳤다.

"세상에 이런 끔찍한 일이, 세상에!"

그녀의 못생긴 얼굴이 놀람으로 해서 더욱 일그러졌다.

에그는 깜짝 놀라서 그녀를 빤히 쳐다보았다. 그녀는 항상 밀레이 양은 인간적인 감정을 가지고 있지 않을 거라고 생각했었다.

밀레이 양이 설명하려는 투로 말했다.

"정말 놀라운 일이에요. 알고 있겠지만, 나는 그분과 오래전부터 알고 지냈거든요."

"배빙턴 씨와요?"

"예, 들었는지 모르겠습니다만, 우리 어머니가 길링에 사세요. 그가 목사보로 지낸 적이 있었던 그곳 말이에요. 그러니 당연히 놀랄 수밖에요."

"오, 그렇겠죠."

찰스 경의 비서가 중얼거리듯이 말했다.

"정말 어떻게 해야 할지 도무지 모르겠어요."

그녀는 에그가 놀란 표정을 짓자 약간 얼굴을 붉혔다.

"배빙턴 부인에게 편지를 써야겠어요."

그녀가 얼른 말했다.

"아무래도 그건 결코—글쎄, 어떻게 해야 할지 종잡을 수가 없군요."

에그에게는 어쩐지 그 설명이 불만족스럽게 느껴졌다.

제8장

서트클리프 양은 조롱하는 듯한 눈으로 그를 쳐다보았다.

"자, 말해봐요. 당신은 친구로서 온 건가요? 아니면, 탐정으로 온 건가요? 대답하세요."

그녀는 의자에 앉아 발을 꼬고 있었다. 그녀의 잿빛머리는 보기 좋게 손질되어 있었다. 새터드웨이트는 그녀의 완벽하리만큼 아름다운 다리와 가는 발목에 감탄을 금치 못했다. 서트클리프 양은 대단히 매력적인 여자였다. 그녀가 뭐든지 심각하게 받아들이지 않는 점도 또 다른 그녀의 매력이었다.

새터드웨이트가 물었다.

"그게 그렇게도 궁금합니까?"

"물론 궁금하고말고요. 자, 당신은 저의 아름다운 눈 때문에 오신 건가요? (프랑스 사람들이 그런 식으로 이야기하더군요.) 아니면, 살인사건들 때문에 저를 조사하러 온 건가요?"

"이미 당신은 후자의 이유로 온 것으로 알고 있을 텐데요?"

여배우가 카랑카랑한 목소리로 대꾸했다.

"그래요, 이미 짐작은 하고 있었죠. 당신은 겉으로는 상냥해 보이지만 실제로는 무서운 사람이에요."

"아뇨, 그럴 리가……."

"맞아요. 그게 솔직한 내 생각이에요. 다만, 내가 아직 마음을 정하지 못하고 있는 것은 바로 나를 살인혐의자 중 하나로 봐준 것을 모욕이라고 생각해야 하느냐, 아니면 칭찬이라고 받아들여야 하느냐 바로 그 문제뿐이에요. 좋아요. 좋은 쪽으로 생각하죠. 칭찬으로 생각하겠어요."

그녀는 고개를 한쪽으로 약간 숙인 채, 또다시 매력적인 미소를 지었다.

새터드웨이트는 속으로 이렇게 중얼거렸다.

'매력 있는 여자로군.'

큰 목소리로 그가 말했다.

"솔직히 바솔로뮤 스트레인지 경 사건에 흥미를 느끼고 있는 것이 사실입니다. 알지도 모르지만, 전에 그러한 일을 좀 해봤거든요."

그는 겸손하게 말을 멈추면서도, 속으로는 서트클리프 양이 자신의 활약상에 대해 알고 있다는 이야기를 해주길 바랐다.

하지만 그녀가 물은 것은 고작 이 말이었다.

"하나만 대답해주세요. 그 아가씨가 말한 것이 어느 정도 신빙성이 있나요?"

"어떤 아가씨 말입니까? 그리고 어떤 말인데요?"

"리튼 고어라는 아가씨 말이에요. 찰스 경한테 홀딱 반해 있다는 그 아가씨, 찰스도 참 너무하다니까……. 그건 그렇고, 그 아가씨는 콘월에서 만났던 노신사도 살해된 거라고 생각하더군요."

"당신 생각은 어떤가요?"

"글쎄요, 분명히 두 사건 다 똑같은 방식으로 일어났지요. 그 아가씨는 똑똑하더군요……. 그런데, 말해 보세요 찰스는 정말 심각한 건가요?"

새터드웨이트가 말했다.

"그 문제라면 당신 판단이 나보다 정확할 것 같은데요."

서트클리프 양이 소리쳤다.

"정말 요리조리 잘도 돌려서 말하시는군요!"

"하지만, 나는……."

그녀는 잠시 한숨을 쉬었다.

"그렇게 돌려서 말하지 못하는 성격이에요."

그녀는 눈을 깜박거리면서 새터드웨이트를 쳐다보았다.

"나는 찰스를 잘 알고 있어요. 남자들에 대해서는 제법 잘 아는 편이랍니다. 그는 이제 아무래도 정착할 것같이 보여요. 그에게서 그런 느낌을 받았답니다. 그는 곧 가정을 만들 것이다—그게 바로 내 판단이에요. 정착하려는 남자들은 정말 너무나도 따분해요! 자신들의 매력을 몽땅 잃게 되거든요."

"나는 늘 찰스 경이 왜 결혼을 하지 않았을까 하고 의아해했지요."

새터드웨이트가 말했다.

"맙소사, 그는 조금도 결혼할 의사를 비친 적이 없었는걸요. 그 사람은 흔히 말하는 유부남 타입은 결코 아니에요. 하지만 대단히 매력 있는 사람인 건 분명해요."

그녀가 다시 한 번 한숨을 지었다.

새터드웨이트는 자신을 쳐다보는 그녀의 눈에서 언뜻 불꽃이 타오르는 걸 느꼈다.

"그 사람과 나는 한때—다른 사람이 모르도록 굳이 숨길 필요야 없겠지요? 그러한 관계가 지속되는 동안만큼은 참으로 즐거웠어요. 그리고 지금도 여전히 우리 두 사람은 좋은 친구로 지내고 있어요. 바로 그 때문에 리튼 고어 애송이가 나를 그렇게 쏘아보고 있었을 거예요. 그 애송이는 아직도 내가 찰스 경에게 미련을 가지고 있다고 의심하는 눈치더군요. 과연 그럴까요? 어쩌면 아직 미련을 느끼고 있는지도 모르죠. 하지만, 나는 다른 친구들이 흔히 그렇듯이 연애사건을 미주알고주알 적은 자서전을 쓰지는 않았어요. 만일 내가 그런 자서전을 썼다면 그 꼬마 아가씨는 무척 싫어할 테지요. 충격을 받을 거예요. 요즘 아가씨들은 너무나 쉽사리 충격을 받으니까요. 하지만 그 아가씨의 어머니는 전혀 놀라지 않을 거예요. 빅토리아 시대 사람을 놀라게 하기란 거의 불가능하니까요. 그런 사람들은 거의 말은 안 하지만 언제든지 최악의 사태를 생각하거든요."

새터드웨이트가 자기 말에 만족감을 느끼면서 말했다.

"당신 말대로 에그 리튼 고어는 당신을 믿지 않습니다."

서트클리프 양이 얼굴을 찡그렸다.

"내가 그 아가씨를 질투하지 않는다고는 장담할 수 없어요……. 여자들은 원래가 그런 거잖아요?"

그녀가 웃었다.

"왜 찰스가 직접 와서 나를 조사하지 않는 거지요? 아마 지나칠 정도로 자상한 배려 때문일 테지. 그 사람은 내가 범인이라고 생각하고 있겠죠. 정말로 내가 범인일까요? 당신 생각은 어떤가요?"

그녀가 자리에서 일어나서 한 손을 들었다.

"아라비아의 그 어떠한 향기로도 이 조그만 손을 당해내지는 못하리."

그녀가 대사를 중단했다.

"아니, 나는 맥베드 부인이 아니지요. 나한테는 역시 희극이 어울리거든요."

"살인 동기도 역시 불충분한 것 같군요."

새터드웨이트가 한마디 했다.

"맞아요. 나는 바솔로뮤 스트레인지를 좋아했으니까요. 우리는 친구 사이였어요. 그러니 그를 죽일 만한 이유는 하나도 가지고 있지 않아요. 오히려 친구인 나는 그의 살인범을 추적해보고 싶은걸요. 어떤 식으로 제가 도와드릴 수 있을까요?"

"글쎄요. 서트클리프 양, 혹시 이번 사건과 관련된 이야기를 들은 적이나 본 적이 없나요?"

"이미 다 경찰에 이야기했는걸요. 달리 경찰에 이야기하지 않은 것은 없어요. 파티에 초대된 사람들이 도착한 바로 그날 그가 죽었으니."

"집사는?"

"저는 그 사람에겐 거의 신경을 쓰지 않았어요."

"손님들 중에서 별다르게 행동한 사람은?"

"전혀 그런 사람은 없었어요. 물론 그 청년, 그의 이름이 뭐더라? 맨더스였지, 아무튼 그 청년이 갑자기 나타났지요."

"바솔로뮤 스트레인지 경은 놀란 것 같던가요?"

"예, 그런 것 같았어요. 저녁식사를 하러 가기 전에 나한테 이런 말을 하더군요. 이상한 일이라면서요. '대문을 들어오는 새로운 방법이군.'이라고 말이에요. '물론 그 청년이 들이받은 건 문이 아니라 담이지만.' 하고요."

"바솔로뮤 경의 기분은 어떻던가요?"

"아주 기분이 좋았어요!"

"경찰에 말한 비밀통로에 대해 말해 주겠어요?"

"분명히 그 입구는 서재에 있을 거예요. 바솔로뮤 경이 내게 보여 주겠다고 약속했거든요. 물론 가엾게도 그 사람은 죽어 버렸지만.”

“어떻게 해서 비밀통로 이야기가 나온 겁니까?”

“우리는 최근에 그가 사들인 낡은 밤나무 책상에 대해 말하고 있었어요. 그 책상에 비밀서랍이 있느냐고 물어보았죠. 나는 비밀서랍이 있는 게 좋다고 말해 주었어요. 그랬더니, 그는 책상에는 비밀서랍이 없지만, 집에는 비밀통로가 있다고 말했어요.”

“바솔로뮤 경은 자신의 어떤 환자에 대해 이야기하지 않던가요, 러시브리저 부인이라든가?”

“아뇨.”

“그럼, 혹시 길링이라는 곳을 아세요?”

“길링? 길링? 아뇨, 모르겠는데요. 왜요?”

“아닙니다. 당신은 전부터 배빙턴 씨를 알지 못했나요?”

“누가 배빙턴 씨인데요?”

“죽은 사람 말입니다. 아니면, 살해되었다고 해야 할 사람이 배빙턴 씨죠.”

“오, 그 목사님! 그 사람의 이름을 깜박 잊어버렸어요. 아뇨, 전에 한 번도 그를 본 적이 없어요. 그때 크로스 네스트에서 처음 만난 거예요. 누가 내가 그 사람을 그전부터 알고 있다고 하던가요?”

새터드웨이트가 노골적으로 말했다.

“그와 전부터 아는 사람이 있을 겁니다.”

서트클리프가 재미있다는 투로 이야기했다.

“설마 내가 그 영감님과 무슨 관계라도 있다고 생각하는 건 아니겠죠? 그렇다면 분명히 말씀드리죠. 맹세하지만, 그전에 그를 만난 적은 없어요.”

그러한 그녀의 말을 새터드웨이트는 어쩔 수 없이 믿을 수밖에 없었다.

제9장

투팅에 있는 어퍼 캐드카트 로드 5번지는 냉소적인 희곡작가에게는 왠지 어울리지 않는 집이었다. 찰스 경이 들어선 방의 벽돌은 온통 오트밀 색 금련화 무늬로 요란스럽게 치장되어 있었다.

커튼은 장밋빛 벨벳 천으로 만들어진 것이었다. 그 방에는 사진과 도자기들이 많이 있었다. 전화기는 레이스 커버로 덮여 있어서 눈에 잘 띄지 않을 정도였다. 조그만 탁자가 많이 놓여 있었으며, 극동을 거쳐 버밍엄을 통해 들어온 희한한 놋쇠 제품들이 몇 개 있었다.

찰스 경은 소파에 비스듬히 눕혀져 있는 우스꽝스럽게 생긴 피에로 인형을 살펴보고 있었다. 윌스 양이 아무런 인기척도 내지 않고 조용히 들어왔기 때문에 그는 미처 그녀가 들어오는 소리를 듣지 못했다.

그녀는 가느다란 목소리로 말했다.

"안녕하세요, 찰스 경, 정말 반가워요"

이 소리에 놀란 그는 뒤를 돌아다보았다.

윌스 양은 점퍼를 헐렁하게 입은 모습이었다. 그녀의 스타킹은 약간 쭈글쭈글했으며, 굽이 아주 높은 슬리퍼를 신고 있었다. 찰스 경은 그녀와 악수를 한 다음, 담배를 한 대 건네받고서 피에로 인형이 놓여 있는 소파에 걸터앉았다.

윌스 양은 그의 맞은편 자리에 앉았다. 창문 틈으로 새어 들어온 빛이 그녀의 안경에 반사되었다.

윌스 양이 말했다.

"선생님이 저를 만나러 여기까지 오시다니, 제 어머니가 좋아서 펄쩍 뛰실 거예요. 어머니는 연극을 좋아하거든요. 특히 로맨틱한 연극에는 사족을 못 쓴답니다. 선생님이 대학에 다니는 황태자 역을 하신 연극 말이에요. 어머니는 두고두고 그 연극 이야기를 하신답니다. 낮에도 연극 공연장을 찾아가서 초콜릿을 사 먹는 분이에요. 어머니는 그걸 무척이나 좋아하거든요."

찰스 경이 말했다.

"정말 고마운 이야기로군요. 기억된다는 게 얼마나 행복한 일인지 당신은 모를 겁니다. 더욱이 관객들은 쉽사리 우리들을 잊어버리거든요."

그는 한숨을 쉬었다.

"어머니는 선생님을 보면 바들바들 떠실 거예요."

윌스 양이 말했다.

"지난번에 서트클리프 양이 찾아왔었는데, 어머니는 그녀를 보자마자 부들부들 떨었답니다."

"안젤라가 여기 왔었다고요?"

"예, 그녀는 제 작품을 연기하는 중이거든요. '강아지가 웃었다'라는 연극 말이에요."

"신문에서 그 연극에 관한 기사를 읽었습니다. 호기심을 자극하는 제목의 연극이더군요."

"그렇게 생각하시다니 정말 기뻐요. 서트클리프 양도 역시 그 제목을 좋아해요. 그건 일종의 현대판 동요 같은 거지요. 이러쿵저러쿵하는 스캔들이 담겨 있답니다. 물론 모든 것이 주역인 서트클리프 양을 축으로 해서 돌게 만들었어요. 모든 사람들이 그녀의 지시대로 움직이는 것이지요. 그게 바로 이 작품의 아이디어예요."

찰스 경이 말했다.

"거 괜찮군요. 사실 요즘 세상은 미치광이 동요나 마찬가지이니까요. 그러니까 '강아지는 그런 꼴을 보고서 웃어 댄다', 이거지요?"

그렇게 말하고 나서 그는 생각했다.

'물론 이 여자가 강아지일 테지. 비웃는 강아지는 바로 이 여자야.'

윌스 양의 안경에 반사되던 빛이 사라지자 찰스 경은 그녀의 연푸른 눈동자가 그를 꿰뚫어보고 있다는 걸 알았다.

찰스 경은 내심 이렇게 생각하지 않을 수 없었다.

‘이 여자는 뛰어난 유머 감각을 가지고 있군 그래.’

그가 큰소리로 말했다.

“내가 무슨 용건으로 여기까지 왔는지 알아맞혀 봐요.”

“글쎄요, 설마, 이 볼품없는 저를 만나러 오시지는 않았을 테고.”

윌스 양이 능청스럽게 말했다.

찰스 경은 이 순간만큼 글 쓰는 것과 말하는 것의 차이를 절실하게 느껴 본 적이 없었다. 작품에서 그녀는 재치 있고도 예리했다. 하지만 말할 때는 너무나 능구렁이였다.

찰스 경이 말했다.

“사실, 새터드웨이트 때문에 그 생각을 하게 된 것인데요. 그는 자신이 성격을 파악하는 데 일가견이 있다고 자부한답니다.”

“그분은 사람들을 잘 파악하세요. 그게 그분의 취미 같은 거죠.”

“그러한 그가 이런 말을 하더군요. 만일, 멜포트 애비에서 있었던 그날 밤 사건 때 뭔가 눈치 챌 만한 것이 있다면 분명히 당신이 그걸 알아챘을 것이라고요.”

“그분이 그런 말을 하던가요?”

“예.”

윌스 양이 느린 말투로 이야기했다.

“물론 제가 무척 흥미를 느끼고 있다는 건 인정해요. 이미 잘 아시겠지만, 전에는 한 번도 그렇게 가까운 곳에서 살인사건을 본 적이 없었거든요. 게다가 원래 작가란 뭐든지 주의 깊게 지켜봐야 하잖아요?”

“그렇게들 이야기하죠.”

“그래서 자연히 가능한 한 모든 걸 알려고 들죠.”

바로 이런 그녀의 태도 때문에 비어트리스가 윌스 양이 ‘엿보며 엿듣고’ 다닌다는 이야기를 했던 것이다.

“손님들에 대해서?”

“예.”

“그럼, 정확하게 무엇을 알아냈나요?”

그녀가 안경을 벗으며 말했다.

"아직 아무것도 찾아내지 못했어요. 만일 뭔가를 알아냈다면 곧장 경찰에 알렸을 거예요."

"하지만 당신은 뭔가를 알아차렸을 텐데?"

"언제나 그러는걸요. 저도 어쩔 수 없이 그렇게 하는 거예요. 정말 우스운 일이죠."

그녀가 낄낄거렸다.

"그럼 당신이 눈치 챈 건 뭔가요?"

"오, 아무것도 아니에요. 대단한 게 아니지요. 그저 사람들 성격의 이모저모를 살펴보는 거예요. 사람이란 워낙 재미있는 존재 아니요? 너무나 전형적이랄까."

"무엇의 전형적?"

"그들 자신의 전형이죠. 오, 제대로 설명하기가 힘들어요. 아무튼 저는 말을 잘 못해요."

그녀가 또다시 낄낄거렸다.

찰스 경이 미소를 지으면서 말했다.

"당신의 펜은 당신의 혀보다 더욱 치명적이죠."

"치명적이라는 말은 너무 심한 것 같은데요, 찰스 경."

"아니, 월스 양, 당신 손에서 움직이는 펜이 상당히 무자비하다는 건 인정해야 할 거요."

"정말 무서운 분이군요, 찰스 경. 제게 무자비한 건 바로 선생님이에요."

찰스 경이 껄껄거리면서 말했다.

"이제 괜한 말을 꺼냈다 하는 후회가 드는걸. 그만 공격하십시오. 그러니까, 월스 양은 아무런 구체적인 것도 알아내지 못했다, 이 말이군요?"

"아뇨, 아니에요, 꼭 그런 것만은 아니지요. 적어도 한 가지는 있었어요. 제가 알아챈 게 하나 있었는데, 그만 깜박 잊어버리고 경찰에게 말을 못했죠."

"그게 뭔가요?"

"집사 말이에요. 그는 왼쪽 팔목에 흉터 같은 걸 가지고 있더군요. 그가 제게 채소를 날라다 줄 때 눈치 챘어요. 그것도 실마리로 쓰일 수 있을 거예요.”

“대단히 도움이 되겠군요. 경찰에서는 엘리스라는 사람의 나이도 아직 찾아내지 못했습니다. 정말로, 윌스 양, 당신은 특이한 여자요. 어떤 하녀도, 어떤 손님도 그런 이야기를 한 적은 없었거든요.”

윌스 양이 말했다.

“대부분 사람들은 자신의 눈을 별로 사용하지 않잖아요?”

“정확히 그 흉터는 어디에 있었죠? 그리고 크기는?”

“팔목을 내밀어 보시면…….”

찰스 경이 그의 팔을 내밀었다.

“고마워요. 바로 여기쯤이었어요.”

윌스 양이 주저하지 않고 그 위치를 가리켰다.

“흉터는 6펜스 동전 크기만 했고, 모양은 오스트레일리아 지도 같았어요.”

찰스 경이 소매를 내리면서 말했다.

“감사합니다. 그 정도면 정확한 설명이로군요.”

“경찰한테 이야기해야 할까요?”

“그래야 하겠죠. 그를 찾아내는 데 큰 도움이 될 테니까요. 빌어먹을!”

찰스 경이 격앙된 목소리로 계속해서 말했다.

“추리소설에서 보면 범인에게는 언제나 특징적인 흉터 같은 게 있기 마련이지요. 하지만 설마 실제로 그러리라고는 생각지 않았습니다.”

윌스 양이 생각에 잠긴 목소리로 말했다.

“추리소설에서는 보통 칼자국이 있죠.”

찰스 경이 말했다. 그는 어린 소년처럼 즐거워하는 표정이었다.

“사마귀도 자주 등장하고……. 문제는 대부분 사람들의 성격이 불분명하다는 거죠. 도무지 특징을 잡을 수가 없어요.”

윌스 양이 의아하다는 듯이 그를 쳐다보았다.

찰스 경이 계속 말을 이었다.

“예를 들어 배빙턴 씨는, 그분은 좀 막연한 성격을 지니고 있지요. 딱 꼬집어서 이야기하기는 힘들지만.”

윌스 양이 한마디 했다.

"그분의 손은 좀 특이하던데요. 소위 학자의 손이라고나 할까요? 약간 굽었기는 했지만, 세련되고도 섬세한 손가락을 가지고 있더군요."

"정말로 관찰력이 대단하시군요. 아, 하지만, 물론 당신은 전부터 그를 알고 있었겠군요."

"배빙턴 씨를 알고 있었냐고요?"

"예, 언젠가 그가 그렇게 말하는 걸 들었거든요. 당신을 알게 된 곳이 어디라고 했더라?"

윌스 양은 단호하게 고개를 저었다.

"저는 아니에요. 아마도 누군가 다른 사람을 저로 착각한 모양이군요. 그전에 그를 만난 적은 없었는걸요."

"내가 실수했나 보군. 나는 길링에서……."

그는 그녀를 날카로운 눈으로 쳐다보았다.

윌스 양은 여전히 침착하게 보였다.

"아뇨."

"혹시, 배빙턴 씨 또한 살해되었으리라는 생각은 안 드나요?"

"선생님과 리튼 고어 양이 그렇게 생각한다는 건 저도 알고 있어요."

"오, 그러면 흠, 당신은 그걸 어떻게 생각하죠?"

윌스 양이 말했다.

"저는 그럴 것 같지가 않은걸요."

윌스 양이 그 이야기에 별다른 관심을 보이지 않자 찰스 경은 다른 문제를 들먹여 보았다.

"바솔로뮤 경이 혹시 드 러시브리저 부인에 대한 이야기를 하지 않던가요?"

"아뇨."

"그 부인은 그의 요양소에 입원 중인 환자랍니다. 신경쇠약에다가 기억 상실로 입원한 거죠."

윌스 양이 말해 주었다.

"기억 상실증에 대한 이야기는 들은 적이 있어요. 바솔로뮤 경의 말로는 최면을 걸어 기억을 되살리는 방법도 있다던데요.”

“그래요?”

찰스 경은 얼굴을 찌푸린 채로 생각에 몰두했다.

윌스 양은 아무런 말도 없었다.

“내게 달리 할 말씀은 없습니까? 손님들 중 어느 누구에 대한 이야기도 없어요?”

윌스 양은 몇 분간 뜸을 들이다가 대답했다.

“없어요.”

“데이크리스 부인에 관한 이야기라도? 아니면 데이크리스 씨라든가? 서트클리프 양, 아니면 맨더스?”

그는 한 사람 한 사람의 이름을 들먹이면서 그녀의 안색을 살폈다. 언뜻 안경이 번쩍하고 빛난 것 같았다.

“죄송하지만, 아무것도 드릴 말씀이 없어요.”

“오, 그래요? 좋습니다!”

그가 자리에서 일어섰다.

“하지만 새터드웨이트가 실망하겠군요.”

“미안해요.”

“나도 미안합니다, 귀찮게 해서. 안 그래도 글을 쓰느라고 바쁠 텐데…….”

“예, 사실 바쁩니다.”

“새로운 작품?”

“예, 솔직히 말하자면 멜포트 애비에 왔었던 사람들 중 몇 사람의 성격을 참조할까 해요.”

“그러다가 괜히 잘못해서 명예 훼손죄로 재판받는 게 아닐까요?”

그녀가 낄낄거리면서 웃었다.

“그런 염려는 안 해요, 찰스 경. 아무도 자기 자신이라고는 생각지 못할 테니까요. 조금 전 말씀하신 대로 무자비하게만 쓴다면 말이에요.”

찰스 경이 말했다.

“그러니까 당신 이야기는 우리들의 성격이 과장되어 여지없이 노출된다면 아무도 자신이라고는 생각지 못한다는 말이군요! 역시 내가 옳았소, 윌스 양.
당신은 잔인해요.”

윌스 양이 킥킥 소리를 죽여서 웃었다.

“그렇다고 두려워하실 필요는 없어요, 찰스 경. 여자들은 보통 남자들한테는
잔인하지 않으니까요—어떤 특정한 남자가 아니라면 말이에요. 여자들은 그저
다른 여자들한테만 잔인할 뿐이거든요.”

“그러니까 당신은 어떤 운 나쁜 여자에게 칼을 들이밀고 있다는 말이죠? 도
대체 누구죠? 어쩌면 추측할 수도 있겠는데. 신시어는 결코 같은 여자들한테
호감을 못 받죠.”

윌스 양은 아무 말도 하지 않았다. 그녀는 그저 미소만 지을 뿐이었다.

“당신이 직접 쓰나요? 아니면 받아쓰게 하나요?”

“오, 제가 직접 쓴 다음에 타이프를 쳐 오게 하지요.”

“그럼 비서가 있어야겠군.”

“어쩌면. 그런데 선생님은 아직도 유능한 밀레이 양을 비서로 쓰고 있나요?”

“그렇소. 아직도 비서로 일하고 있어요. 그녀는 그동안 시골에 있는 자기 어
머니한테 갔었지요. 하지만 이제 다시 돌아왔습니다. 아주 똑똑한 여자죠.”

“저도 그렇게 생각해요. 조금 충동적이긴 하지만요.”

“충동적이라고, 밀레이 양이 말입니까?”

찰스 경이 빤히 쳐다보았다. 어떤 경우에도 찰스 경은 밀레이 양이 충동적
이라는 생각은 한 번도 해본 적이 없었다.

윌스 양이 말했다.

“경우에 따라서는 말이에요.”

찰스 경이 고개를 저었다.

“밀레이 양은 로봇 같은 여자예요. 윌스 양, 안녕히. 시간을 빼앗아서 미안
합니다. 그리고 부디 잊지 말고 경찰한테 아까 그 이야기를 하세요.”

“집사의 오른쪽 팔목에 있는 흉터 말인가요? 아뇨, 잊지 않아요.”

“그럼, 안녕…… 아 참, 잠깐만요. ‘오른쪽 팔목’이라고 했던가? 아까는 왼
쪽이라고 이야기했는데?”

“그랬나요? 제가 깜박 혼동을 한 모양이군요.”

“그래, 어느 쪽이죠?”

윌스 양은 얼굴을 찌푸리면서 반쯤 눈을 내리깔았다.

“글쎄요. 저는 저기에 앉아 있었고, 그는―잠깐 부탁을 드려도 될까요, 찰스 경? 제게 채소 접시를 건네주는 시늉을 해봐 주시겠어요? 왼쪽으로요.”

찰스 경이 그녀의 말대로 고분고분 움직여 주었다.

“양배추를 드시겠습니까, 부인?”

윌스 양이 말했다.

“감사합니다. 이제야 확실히 알겠군요. 제가 처음에 말한 대로 왼쪽 팔목이었어요. 제가 바보였군요.”

찰스 경이 말했다.

“아뇨, 아닙니다. 오른쪽, 왼쪽은 잘 혼동되거든요.”

그는 이제 세 번째로 인사를 했다.

그는 문을 닫으면서 흘끗 뒤를 돌아다보았다. 윌스 양은 그를 쳐다보고 있지 않았다. 그녀는 그 자리에 그대로 서 있었다. 그녀는 벽난로의 불을 응시하고 있었다. 그러한 그녀의 입술에는 심술궂은 미소가 어려 있었다.

찰스 경은 소스라치게 놀라 혼잣말로 중얼거렸다.

“저 여자는 분명히 뭔가 알고 있어. 틀림없어. 그런데도 저 여자는 말하려 하지 않는군. 그건 그렇고, 도대체 저 여자가 아는 건 뭐지?”

찰스 경은 얼굴을 찡그렸다.

제10장

스파이어 앤드 로스 회사의 사무실에서 새터드웨이트는 올리버 맨더스를 만나고 싶다고 말하고 나서 그의 명함을 들여보냈다. 불과 몇 분 뒤, 그는 책상 앞에 앉아 있는 올리버의 방으로 안내되었다.

그 젊은이는 일어서서 악수를 청했다.

"이렇게 만나뵙게 되어서 기쁩니다, 새터드웨이트 씨."

그렇게 말하는 그의 목소리는 마지못해 의무적으로 이야기하는 것처럼 들렸다. 하지만 새터드웨이트는 전혀 개의치 않았다. 그는 의자에 앉아서는 손수건을 꺼내어 코를 문질렀다.

"오늘 아침 신문기사를 읽어 보았소?"

"새로운 경제 사정말입니까? 글쎄요, 달러화가⋯⋯."

새터드웨이트가 말을 가로막았다.

"달러 이야기가 아니라 죽음 말이오. 루마우드에서의 부검 결과에 대한 기사 말입니다. 배빙턴이 독살되었소, 니코틴에 의해서."

"아, 그 기사요. 예, 보았죠. 우리의 용감한 에그 양이 기뻐할 소식이지요. 계속해서 살인이라고 주장했으니까요."

"하지만 당신은 그것에 전혀 흥미가 없나 본데?"

"내 취미는 그렇게 저속하지 않으니까요. 어쨌든 살인이란(그가 어깨를 으쓱해 보였다.) 파괴적인 동시에 비예술적이니까요."

새터드웨이트가 말했다.

"항상 비예술적인 것만은 아니라오."

"그런가요? 그럴지도 모르죠."

"그건 누가 살인을 하느냐에 따라 다른 게 아닙니까? 예를 들어서, 당신이라면 대단히 예술적으로 살인을 할 텐데."

올리버가 느리게 말했다.

"그런 칭찬을 해주다니 대단히 고마운 말씀이로군요."

"하지만 솔직히 말해서 당신이 연기한 가짜 사고를 믿을 수가 없소. 경찰도 그럴 거고."

한순간 침묵이 흘렀다. 다음엔 펜이 바닥에 떨어졌다.

올리버가 말했다.

"죄송하지만 무슨 뜻인지 모르겠군요."

"멜포트 애비에서 있었던 다소 비예술적인 당신의 연기 말이오. 왜 그런 짓을 했는지 알고 싶군요."

또다시 침묵.

조금 뒤 올리버가 입을 열었다.

"경찰에서 나를 의심한다……, 바로 이 뜻인가요?"

새터드웨이트가 고개를 끄덕이고는 유쾌한 목소리로 물었다.

"당신 생각에도 조금 의심스럽지 않겠소? 하지만 어쩌면 그럴싸한 설명이 있는지도 모르지."

"내겐 설명할 만한 근거가 있어요."

올리버가 느릿느릿 말하기 시작했다.

"그런 설명까지 해야 하는 건지는 모르겠지만."

"내가 한번 판단해볼까요?"

잠시 침묵이 흐른 뒤 올리버가 말했다.

"내가 거기에 간 것은 바솔로뮤 경이 직접 그렇게 해 달라고 했기 때문이었습니다."

"뭐라고?"

새터드웨이트는 깜짝 놀랐다.

"좀 이상한 일이죠? 하지만, 그건 엄연한 사실입니다. 나는 그 사람에게서 사고를 낸 척 꾸며서 자기를 찾아와 달라는 편지를 한 통 받았습니다. 그는 편지로는 이유를 설명할 수는 없지만, 기회가 생기면 제일 먼저 내게 말해주겠다고 했어요.”

“그래서 그가 이유를 설명해 주었소?”

“아뇨, 설명하지 못했어요. 나는 저녁식사 직전에 거기 도착했지요. 그래서 그 사람과 단 둘이 있을 만한 시간이 없었어요. 저녁식사가 끝날 무렵에는 그가 죽었고요.”

올리버의 얼굴에는 지겹다는 기색이 역력하게 떠올라 있었다.

그의 검은 눈은 새터드웨이트를 뚫어져라 쳐다보고 있었다. 그는 자기 말에 대한 새터드웨이트의 반응을 살펴보고 있었다.

“그 편지를 가지고 있소?”

“아뇨. 찢어 버렸어요.”

새터드웨이트가 말했다.

“거참, 그런데도 경찰에 아무런 이야기도 하지 않았단 말이군.”

“사실은 왠지 그 모든 게 허황한 이야기같이만 들릴 것 같아서요.”

“그건 그렇소.”

새터드웨이트는 고개를 저었다.

바솔로뮤 스트레인지가 그런 편지를 썼다? 그건 그답지 못한 행동처럼 여겨졌다. 그런 이야기는 지극히 상식적인 의사에게는 전혀 어울리지 않는 것이었다. 그는 고개를 쳐들고 그 청년을 쳐다보았다.

올리버는 여전히 그를 지켜보고 있었다.

새터드웨이트는 이런 생각을 하지 않을 수 없었다.

‘이 청년은 내가 자기 이야기를 믿는지를 살피고 있군.’

“그러면 바솔로뮤 경은 그러한 자신의 제안에 대해 아무런 설명도 안 했다는 거군요?”

“예.”

“정말 이상하군.”

올리버는 아무 대꾸도 하지 않았다.

“그런데도 당신은 그의 청을 수락했고?”

또다시 그 지겨워하는 듯한 태도가 나타났다.

"예. 솔직히 말해서, 이상한 느낌은 들었지만 그래도 호기심이 생겨서 간 겁니다."

새터드웨이트가 물었다.

"다른 이유는 없고요?"

"무슨 뜻입니까, 다른 이유라니, 도대체?"

새터드웨이트 자신도 자기가 무슨 뜻으로 그런 말을 했는지 알 수가 없었다. 그저 어떠한 불확실한 직감 때문이었던 것 같았다.

"내 말은, 그저 혹시 당신에게 불리할 만한 다른 건 없었느냐 이거요."

두 사람 다 아무런 말을 하지 않았다.

잠깐 시간이 흐른 뒤 맨더스가 어깨를 으쓱하면서 말했다.

"모두 다 솔직하게 털어놓는 편이 좋겠군요. 여자란 본시 이야기를 하지 않고서는 못 견디는 법이니까 어차피 알게 될 테니……."

새터드웨이트가 궁금하다는 듯한 표정으로 쳐다보았다.

"살인사건이 일어난 다음날 아침이었습니다. 나는 앤서니 애스터라는 여자와 이야기하고 있었지요. 내가 노트를 꺼냈는데, 거기서 뭔가가 떨어졌어요. 그 여자가 그걸 집더니 내게 돌려주더군요."

"뭔가라니?"

"재수 없게도 그 여자는 내게 그걸 돌려주기 전에 그만 봐버렸습니다. 그건 신문에서 오린 니코틴에 대한 기사였어요. 니코틴이 치명적인 독이라는 내용의 기사였지요."

"무슨 이유로 해서 그런 데 관심을 가지게 되었소?"

"아니에요, 내가 그런 걸 지갑 속에다가 언제 넣었는지 모르겠지만 내겐 전혀 그런 기억이 없어요. 좀 이상하죠?"

새터드웨이트가 속으로 중얼거렸다.

'너무나도 설득력이 없는 이야기를 하고 있군.'

맨더스가 계속해서 말했다.

"아무래도 그 여자가 경찰을 찾아가서 그런 이야기를 한 것 같아요."

새터드웨이트는 고개를 저었다.

"나는 그렇게 생각지 않소. 내가 보기에 그 여자는 뭐랄까, 혼자만 모든 걸 알고 싶어 하는 그런 성격이오. 정보 수집가인 셈이지."

올리버 맨더스가 갑자기 몸을 앞으로 숙였다.

"나는 결백합니다, 선생님. 정말로 결백해요"

새터드웨이트가 상냥하게 말했다.

"당신이 범인일 거라고 의심하는 게 아니오."

"하지만 누군가, 분명히 누군가가 한 짓이에요. 그 녀석이 나를 범인으로 몰려는 거예요."

새터드웨이트가 고개를 저었다.

"아니오."

"그럼, 선생님은 도대체 무슨 이유로 여기 온 거죠?"

"그 점에 대한 내 나름대로의 의문을 해결하러 온 것이기도 하고……."

새터드웨이트가 잠깐 뜸을 들였다가 다시 이야기를 이었다.

"친구의 제안 때문에 온 것이기도 하고"

"어떤 친구요?"

"에르퀼 포와로"

올리버가 소리쳤다.

"그 사람이라고요! 그 사람이 영국에 돌아왔습니까?"

"그렇소"

"왜 그가 돌아온 거죠?"

새터드웨이트가 일어섰다. 그러고는 되물었다.

"그렇다면, 개는 왜 사냥을 하러 다닐까?"

그는 상대방의 반응에 적잖이 만족을 느끼면서 그 방을 빠져나왔다.

제11장

리츠 호텔의 특실에 있는 에르큘 포와로는 편안한 안락의자에 앉아 있었다.

에그는 의자 팔걸이에 걸터앉은 자세였고, 찰스 경은 벽난로 바로 앞쪽에 서 있었으며, 새터드웨이트는 다른 사람들을 바라보면서 좀더 떨어진 곳에 앉아 있었다.

에그가 말했다.

"처음부터 끝까지 온통 실패로군요."

포와로가 천천히 고개를 저었다.

"아니, 아니오. 지레 짐작하지는 마시오. 배빙턴 씨에 관한 일은 아무것도 못 알아냈지만, 그래도 다른 쓸 만한 정보들을 얻어 왔으니까요."

"윌스라는 여자는 뭔가를 알고 있습니다. 장담해요."

찰스 경이 말했다.

"그리고 데이크리스 대위도 깨끗하게 혐의가 벗어지는 건 아니요. 또, 데이크리스 부인은 몹시 돈이 필요한 상황이었는데, 바솔로뮤 경이 그 기회를 망쳐버렸다는군요."

새터드웨이트가 물었다.

"맨더스의 이야기는 어떤가요? 그 이야기는 바솔로뮤 스트레인지 경답지 않은 행동인 것 같소."

찰스 경이 노골적으로 물었다.

"그게 거짓말이라는 건가요?"

"거짓말에도 여러 가지가 있죠."

에르큘 포와로가 대꾸했다.

그는 한동안 침묵을 지키다가 한참 지난 뒤에야 입을 열었.

"윌스 양이라는 여자는 서트클리프 양을 위한 연극을 썼다고요?"

"예, 다음 주 월요일이 공연 첫날이랍니다."

"오호!"

그는 또다시 잠잠해졌다.

에그가 말했다.

"자, 이제부터 무얼 해야 하는 건지 말씀해 주세요."

에르퀼 포와로는 그런 에그를 쳐다보고 빙그레 웃었다.

"한 가지 할 일이 있기는 있는데……, 생각하는 것 말이오."

"생각하는 거요?"

에그가 되물었다. 그녀는 역겹다는 듯한 표정을 지었다.

포와로가 그녀를 빤히 쳐다보았다.

"그렇소. 바로 그거요. 생각하는 거! 생각을 하면 모든 문제들이 다 해결될 거요."

"다른 일은 없어요?"

포와로가 말했다.

"행동으로 하는 것 말인가요, 아가씨? 물론 그런 일도 있지요. 아직도 당신이 할 일이 있지요. 예를 들어, 배빙턴 씨가 몇 년 동안 살았던 길링이라는 곳이 있지요. 바로 거기서 조사를 하는 겁니다. 밀레이 양의 어머니가 아직도 거기 살고 있으니까. 또한, 그 어머니란 사람은 환자이니까요. 원래 환자들이란 뭐든지 알고 있는 법이거든요. 별별 이야기를 다 듣고, 또 결코 잊어버리지도 않지요. 그러니 당신이 그녀에게 물어보십시오. 그러면 뭔가 소득을 얻을지도 모릅니다. 기대해봄직 하잖소?"

에그가 고집스러울 정도로 끝까지 캐물었다.

"선생님은 아무것도 안 하시고요?"

포와로가 눈을 깜박었다.

"그러니까 나도 움직여야 한다는 건가요? 아무려면 어때요? 당신은 당신 내키는 대로 행동해요. 하지만 나는 여기를 떠나고 싶지 않소. 무척 편안한 곳이라서. 하지만, 내가 할 일이 무엇인지는 말해 주지요. 나는 파티를 열 생각이오. 셰리주 파티를 말이죠. 어때요, 근사하잖아요?”

에그가 놀라서 되물었다.

“셰리주 파티요?”

“그렇소, 셰리주 파티요. 그러고 나서 데이크리스 부인, 데이크리스 대위, 서트클리프 양, 맨더스, 그리고 아가씨의 어머님을 초대할 생각입니다.”

“그리고 저도요?”

포와로가 말했다.

“물론, 아가씨도 그때 현장에 있던 사람들은 모두 다 초대할 겁니다.”

에그가 말했다.

“어쩜. 제 눈은 속이지 못해요, 포와로 씨. 그 파티에서 무슨 일이 일어나는 거죠?”

포와로가 말했다.

“두고 봐야겠지요. 하지만 너무 기대는 하지 마십시오, 마드모아젤. 자, 이제는 찰스 경의 조언을 듣고 싶으니 그와 둘만 남게 해주지 않겠소?”

에그와 새터드웨이트가 엘리베이터를 기다리며 서 있을 때 그녀가 말했다.

“정말 스릴 있군요. 꼭 추리소설 같은데요. 모두 다 한꺼번에 모였을 때 누가 범인인지를 말하는 것 말이에요.”

“글쎄요.”

새터드웨이트가 말했다.

셰리주 파티는 월요일 저녁에 열렸다. 모든 사람들이 초대를 받아들였다.

아름답고 매력적인 서트클리프 양은 깔깔거리면서 주위를 둘러보았다.

“정말 거미줄에 걸린 거로군요, 포와로 씨. 우리들 가엾은 파리들은 거미줄에 걸린 셈이에요. 분명히 말하지만, 당신은 그때 상황을 재연한 다음 갑자기 저를 지목하고서 ‘당신이 바로 범인이오!’라고 말하겠지요. 그러면 모든 사람들이 하나같이 입을 모아서 이렇게 말할 테지요. ‘맞아, 저 여자가 범인이다.’라고 말이에요. 그러면 저는 왈칵 울음을 터뜨리면서 범행을 자백해버리겠죠. 저는 말로는 못 당하니까요. 오, 포와로 씨. 전 정말 당신이 무서워요.”

“저런.”

포와로가 외쳤다.

그는 부지런히 잔들을 건네주고 있었다. 그는 인사말과 함께 그녀에게 잔을 건네주었다.

"이건 친목을 도모하기 위한 소규모 파티일 뿐입니다. 그러니 이 자리에서 살인사건이라든가 피, 그리고 독약 등에 대한 이야기는 하지 않기로 합시다. 자, 자! 그런 이야기를 해봤자 기분만 버리거든요."

그는 찰스 경을 따라온 못생긴 밀레이 양에게도 세리주 한 잔을 건네주었다. 그녀는 아무도 감히 다가오지 못하게 만드는 얼굴이었다.

포와로가 잔을 모두 돌리고 나서 말했다.

"자, 이제 전번에 있었던 끔찍한 사건을 잊기로 합시다. 즐겁게 파티를 즐기는 거예요. 먹고 마시고, 그리고 유쾌하게 노십시오. 아참, 내 정신 좀 봐. 또 살인 이야기를 꺼냈군. 부인(그가 데이크리스 부인을 향해 고개를 끄덕였다), 부인의 그 아름다운 가운에 건배를 하도록 허락해주시겠습니까?"

찰스 경이 말했다.

"나는 에그를 위해 건배하지."

"브라보."

이번에는 프레디가 외쳤다.

사람들이 제각기 다 한마디씩 중얼거렸다.

어딘지 모르게 마지못해 즐거워하는 척하는 분위기가 느껴졌다. 모든 사람들이 다 유쾌하고 무관심하게 보이려고 노력했다.

그러나 오직 포와로만이 정말로 유쾌해 보일 뿐이었다.

그는 즐겁게 떠들어댔다.

"나는 칵테일보다 오히려 세리주를 더 좋아한답니다. 위스키보다는 백 배 더 좋고요. 오, 위스키는 정말 안 좋아요. 위스키를 마시면 입만 버리게 되더군요. 프랑스제의 감미로운 포도주를 한 번 맛보고 나면……."

이상한 신음 소리 때문에 그의 말이 중단되었다.

금방이라도 숨이 넘어갈 듯한 신음 소리였다.

모두의 시선이 찰스 경에게로 쏠렸다.

그가 일그러진 얼굴로 신음하고 있었던 것이다. 들고 있던 잔이 그의 손에서 미끄러져서는 바닥에 떨어졌다.

그는 휘청거리면서 몇 걸음 옮기는가 싶더니 이내 바닥에 쓰러졌다.

순간적으로 무시무시한 침묵이 온 방 안을 가득 채웠다.

다음 순간 안젤라 서트클리프가 비명을 질렀으며, 에그가 앞으로 달려갔다.

에그가 외쳤다.

"찰스! 찰스!"

그녀는 마구 앞으로 나아가려고 했다.

새터드웨이트가 가만히 그녀를 붙잡았다.

메리 부인이 외쳤다.

"오, 하나님, 이럴 수가! 다름 아닌 찰스 경이!"

안젤라 서트클리프가 외쳤다.

"또다시 독살 사건이 일어나다니! 끔찍해요! 오, 하나님 맙소사. 너무나 무서운 일이에요."

그리고 나서 그녀는 무너지듯이 소파에 주저앉은 다음 울다가 웃다가 했다.

포와로가 그 사태를 수습하게 되었다.

그는 쓰러진 사람 곁에 무릎을 꿇고 앉았다.

나머지 다른 사람들은 그가 조사를 하는 동안 그를 지켜보고 있었다.

포와로는 조사를 마친 뒤, 무릎에 묻은 먼지를 톡톡 털었다.

그는 주위에 둘러선 사람들을 훑어보았다.

안젤라 서트클리프의 흐느낌 소리만 빼놓고는 완전한 정적이었다.

"여러분."

에르퀼 포와로가 말을 시작했지만 더 이상 말을 계속 잇지 못했다.

에그가 그에게 폭언을 퍼부었기 때문이다.

"당신 같은 바보는 다시없을 거예요! 당신은 천치 같은 짓을 했어요! 그렇게 대단한 척하면서, 모든 걸 다 아는 것 같이 행동하더니 꼴 좋군요! 또다시 살인사건이 일어나다니 말이에요! 그것도 바로 당신 눈앞에서! 만일, 당신이 가만히만 있었더라면 이런 일도 안 생겼을 거예요! 찰스를 죽인 건 바로 당신이에요, 당신······."

그녀가 더 이상 말을 잇지 못한 채 중단했다.

포와로가 엄숙하고도 슬픈 표정으로 고개를 끄덕였다.

"맞는 이야기입니다, 마드모아젤. 그건 나도 인정해요. 찰스 경을 죽인 건 바로 나인 셈이지요. 하지만 나는 좀 유별난 살인자랍니다. 나는 사람을 죽일 수도 있지만 동시에 되살릴 수도 있거든요."

그는 아까와는 달리 평상시 말투로 다시 돌아와 있었다.

"찰스 경, 정말 훌륭한 연기였습니다. 축하합니다. 이젠 일어나도 됩니다."

껄껄거리고 웃으면서 배우가 일어나서는 장난스러운 태도로 둘러선 사람들에게 절을 했다.

에그가 안도의 한숨을 내쉬었다.

"포와로 씨, 당신, 어쩌면 이런 짓을······!"

"찰스! 이런 나쁜 사람!"

안젤라 서트클리프가 외마디 소리를 질렀다.

"하지만 도대체 왜······?"

"어쩜!"

"세상에!"

포와로가 한 손을 치켜들고 사람들을 조용하게 했다.

"신사 숙녀 여러분, 정말 죄송합니다. 하지만 이런 조그만 연극이 무엇보다도 필요했었기 때문에 어쩔 수 없었습니다. 여러분에게, 그리고 나 자신에게 지금까지 추측했던 것이 진실이라는 걸 증명하기 위해 어쩔 수 없이 이런 연극을 꾸미게 된 겁니다. 내 이야기를 들어 보십시오. 셰리주 잔들이 놓인 이 쟁반 위에 단순한 물을 한 숟가락 넣은 잔이 하나 있습니다. 그 물을 니코틴이라고 생각해봅시다. 여기 이 잔들은 찰스 카트라이트 경과 바솔로뮤 스트레인지 경이 마신 것과 똑같은 종류입니다. 잔이 두껍기 때문에 무색의 액체를 조금 넣는다 하더라도 거의 표시가 나지 않습니다. 그럼, 이번에는 바솔로뮤 스트레인지 경의 포트와인 잔을 생각해봅시다. 테이블에 그 잔이 놓인 다음, 누군가가 거기에다가 니코틴을 타 넣은 것입니다. 그런 짓은 집사나 하녀, 아니면 손님 중 어느 한 사람에 의해 충분히 저질러질 수 있습니다. 아래층으로 내려가는 길에 슬쩍 식당에 들러서 집어넣으면 되니까. 디저트가 나오고 포트 와인 잔들이 돌려지며 잔이 채워집니다. 바솔로뮤 경이 술을 마시고는 죽습니다. 오늘밤 우리는 세 번째 비극을 연기했습니다—가짜 비극을 말입니다. 찰스 경에게 희생자 역을 해 달라고 내가 부탁했었지요. 찰스 경은 아주 멋진 연기를 해주었습니다. 잠깐만 그 연극이 가짜가 아니라 실제의 일이라고 생각해보기로 합시다. 찰스 경이 죽었다고 말이오. 그럴 경우라면 경찰에서는 어떤 행동을 취하게 될까요?"

서트클리프 양이 외쳤다.

"물론, 그 잔을 조사할 테지요."

그녀는 찰스 경이 떨어뜨린 잔을 흘끗 쳐다보면서 말했다.

"당신은 그저 물을 넣은 것뿐이지만, 만일 그게 정말로 니코틴이었더라면……."

"그게 니코틴이었다고 가정해봅시다."

포와로가 발끝으로 그 잔을 톡톡 차 보았다.

"당신은 경찰에서 그 잔을 검사하게 되고, 니코틴 성분이 나올 거란 생각이군요?"

"물론이죠."

포와로가 천천히 고개를 저었다.

"당신 생각은 틀렸어요. 니코틴은 한 방울도 검출되지 않을 겁니다."

사람들이 그를 빤히 쳐다보았다.

"사실(그가 빙그레 미소를 지었다) 이건 찰스 경이 마셨던 잔이 아닙니다."

마치 변명이라도 하듯이 싱긋 웃으면서 그는 윗도리 주머니에서 잔 하나를 꺼냈다.

"이것이 바로 그가 사용했던 잔이지요."

그가 계속 말했다.

"아시다시피 이건 간단한 눈속임에 지나지 않는 겁니다. 사람의 주의력이란 동시에 두 곳에 있을 수는 없으니까요. 눈속임을 성공시키기 위해서는 딴 곳으로 주의를 끌어야겠지요. 말하자면, 심리학적인 순간이 있다고나 할까요. 찰스 경이 쓰러졌을 때 방 안에 있던 사람들의 시선은 모두 그의 시체에 쏠렸습니다. 다들 그에게 가까이 가려고 했어요. 그리고 아무도, 어느 누구도, 이 에르퀼 포와로를 쳐다보지는 않았습니다. 바로 그 순간을 이용해서 슬쩍 잔을 바꿔 놓으면 아무도 눈치 채지 못하게 되는 거지요. 그렇게 해서 나는 내 생각을 증명한 겁니다. 바로 이런 식으로 크로스 네스트에서 살인이 일어난 것이고, 역시 마찬가지로 멜포트 애비에서도 살인이 저질러진 겁니다. 그렇게 해서 칵테일 잔과 포트와인 잔에 아무것도 없었던 거지요.”

에그가 물었다.

“그럼, 누가 그 잔을 바꿔 놓았을까요?”

그녀를 쳐다보면서 포와로가 대답을 했다.

“이제 찾아내야겠지요.”

“당신은 모르시나요?”

포와로가 어깨를 으쓱했다.

손님들이 서서히 떠날 채비를 하는 것 같았다.

그들의 태도는 약간 싸늘했다. 그들은 자신들이 완전히 바보 취급을 당했다고 생각했던 것이다.

포와로가 손을 쳐들고서 떠나려는 그들을 말렸다.

“잠깐만 기다려 주십시오. 아직 이야기할 게 더 있습니다. 오늘 밤 나는 코미디를 보여 드렸습니다. 하지만 코미디는 실제 그대로인지도 모릅니다. 그리고 사실은 비극으로 되었을지도 모르고요. 어쩌면 범인은 세 번째 살인을 저지르게 될지도 모릅니다. 만일, 여러분 중 혹시라도 조그만 사실을 알고 있는 사람이 있다면(이 사건과 관계가 있는 것을 말입니다) 지금 이 자리에서 당장 이야기해주십시오. 이러한 위험한 시기에 그런 사실을 혼자만 알고 있다는 건 너무나도 위험한 행동입니다. 범인이 입을 막기 위해 살인을 저지를지도 모르니까요. 그러므로 다시 한 번 부탁합니다. 만일, 어떤 사실이든지 아는 분이 있다면 너무 늦기 전에 지금 이 자리에서 말해 주십시오.”

찰스 경에게는 포와로의 호소가 윌스 양을 향한 것처럼 여겨졌다.

하지만 그건 아무런 효과도 못 거두었다.

아무도 나서지 않았던 것이다.

포와로가 손이 내리며 한숨을 내쉬었다.

"그럼 좋습니다. 나는 경고를 했습니다. 더 이상은 어떻게 할 수가 없어요. 분명히 말하지만, 입을 다무는 건 위험합니다."

하지만 여전히 아무도 입을 열지 않았다.

어색한 표정들을 지으면서 손님들이 떠났다.

에그와 찰스 경, 그리고 새터드웨이트는 남았다.

에그는 아직 포와로를 용서해주지 않은 상태였다.

그녀는 조용히 앉아 있었는데 뺨은 붉게 물들어 있었으며, 눈에는 노여움이 가득했다. 찰스 경 쪽은 쳐다보지도 않았다.

찰스 경이 말했다.

"정말 잘한 일입니다, 포와로 씨."

"놀랍소"

새터드웨이트도 한마디 했다.

"당신이 그러한 실험을 보여 주지 않았더라면, 설마 잔을 바꿔치기했으리라고는 아무도 믿지 않았을 겁니다."

포와로가 말했다.

"바로 그 때문에 내가 그런 연극을 꾸미게 된 겁니다. 아무래도 직접 눈으로 보는 게 좋을 테니까요."

"오로지 그 때문에 그런 연극을 한 건가요?"

"글쎄요. 꼭 그런 것만은 아니죠. 다른 목적도 있었어요."

"예?"

"찰스 경이 쓰러지는 그 순간에 나는 어떤 사람의 얼굴에 나타나는 표정을 보았지요."

에그가 날카롭게 물었다.

"어떤 사람?"

"오, 그건 비밀입니다."

새터드웨이트가 물었다.

"그럼 그 사람의 얼굴을 지켜보셨다는 건가요?"

"그렇소."

"그래요?"

포와로는 아무 대꾸도 하지 않았다.

그는 그저 고개를 저을 뿐이었다.

"거기서 무얼 보았는지를 들려주시겠어요?"

포와로가 느린 말투로 이야기했다.

"나는 경악의 표정을 보았소."

에그가 숨을 몰아쉬고 말했다.

"그러니까, 누가 살인범인지를 아신단 말이군요?"

"아가씨가 그렇게 생각하는 건 자유일 테죠."

"하지만, 당신은 모든 걸 알고 계시잖아요?"

포와로가 고개를 저었다.

"아뇨, 사실은 정반대입니다. 오히려 아무것도 모르고 있다고 해야 할 겁니다. 아시다시피 나는 도대체 왜 스티븐 배빙턴이 살해되었는지를 모르니까요. 내가 그걸 알아내기 전까지는 아무것도 이야기할 수 없습니다. 나는 아무것도 모르고 있어요. 모든 건 다 스티븐 배빙턴의 살인 동기에 달려 있으니까요."

때마침 노크 소리가 나더니 전보가 들어왔다.

포와로가 그걸 열어 보았다.

그의 안색이 변했다.

그는 그 전보를 찰스 경에게 건네주었다.

찰스 경의 어깨너머로 에그가 소리를 내어서 읽어 주었다.

즉시 나를 만나러 와주십시오. 바솔로뮤 스트레인지 경의 사건에 대한 정보를 가지고 있어요

마거릿 드 러시브리저

찰스 경이 외쳤다.

"드 러시브리저 부인! 우리 생각이 결국 옳았던 겁니다! 그 부인이 그 사건과 무슨 상관이 있었다니까요."

그러고는 덧붙여서 말했다.

"마거릿, 톨리의 일기에서 M이라는 첫 글자. 드디어 뭔가 실마리가 잡히는군요."

제12장

즉시 격렬한 토론이 벌어졌다. 여러 가지로 의견이 분분했다. 마침내 그들은 자동차로 가는 것보다는 일찌감치 기차를 타는 편이 좋겠다고 결정했다.

찰스 경이 말했다.

"드디어, 이제야 슬슬 수수께끼가 벗겨지는군."

에그가 물었다.

"수수께끼가 뭔데요?"

"나도 모르오. 하지만, 배빙턴 사건에 대한 어떤 실마리는 얻을 수도 있을 거요. 만일, 톨리가 정말로 어떤 목적 때문에 사람들을 모은 것이라면(내가 확신하듯이 말이오) 그가 그들을 놀라게 해주겠다고 한 건 러시브리저라는 여자와 무슨 관계가 있을 거요. 그렇게 생각지 않습니까, 포와로 씨? 내 생각이 옳습니까?"

포와로가 고개를 저으며 중얼거렸다.

"이 전보로 해서 문제가 더욱 복잡해지는군요. 하지만, 어쨌든 서둘러야 합니다—그것도 아주 빨리요."

새터드웨이트는 왜 그렇게 급히 서둘러야 하는지 그 이유를 알 수 없었지만 정중하게 동의를 표시했다.

"우리는 틀림없이 아침 첫 열차로 떠날 겁니다. 그건 그렇고 흠, 우리가 전부 다 가야 할까요?"

"찰스 경과 저는 이미 길링으로 가기로 했는걸요."

에그가 한마디 했다.

"우리가 전부 다 요크셔에 갈 필요는 없잖아요? 그건 너무 우스운 일이니까요. 우리 이렇게 하기로 해요. 포와로 씨와 새터드웨이트 씨는 요크셔로 가시고, 찰스 경과 저는 길링으로 가기로요."

"나도 이 러시브리저 일에 호기심이 생기는걸."

찰스 경이 말했다.

"아시다시피 흠, 나는 전에 그곳 수간호사와 이야기를 나눈 적이 있거든요. 말하자면, 내 정체를 이미 폭로한 셈이라고나 할까요?"

"그 때문에 선생님이 나타나지 않는 게 좋은 거예요."

에그가 말했다.

"선생님은 이리저리 거짓말로 둘러댔잖아요. 그런데 이제 와서 러시브리저라는 여자와 직접 마주치게 되면 이제까지의 거짓말이 몽땅 탄로 나게 될 테니까요. 그러니, 선생님은 길링으로 가셔야 해요. 만일, 우리가 밀레이 양의 어머니를 만나봐야 할 필요가 있을 경우가 생긴다면 아무래도 다른 사람보다는 선생님께 마음을 터놓을 테니까요. 선생님은 딸의 고용주이고 하니까, 분명히 믿을 거예요."

찰스 경이 에그의 진지한 얼굴을 쳐다보고는 말했다.

"그럼 나는 길링에 가겠소. 당신 말이 옳은 것 같소."

에그가 말했다.

"저도 제가 옳다는 걸 알아요."

"내가 보기에는 모두 다 잘 결정된 것 같군요."

포와로가 한마디 거들었다.

"아가씨가 말한 대로 찰스 경은 밀레이 부인을 만나보기로 하세요. 혹시라도 우리가 요크셔에서 알게 될 정보보다도 더 많은 정보를 얻게 될지도 모르니까요."

계획은 대충 이런 식으로 정해졌다.

다음날 아침 찰스 경은 에그를 차에 태웠다.

포와로와 새터드웨이트는 이미 기차로 런던을 떠난 뒤였다.

정말 상쾌한 아침이었다. 에그는 템스 강 남쪽의 꼬불꼬불한 길을 달리면서 자기의 기분이 날아갈 듯하다고 생각했다. 그러다가 마침내 그들은 포크스톤 가(街)에 이르렀다. 메이드스톤을 거쳐서, 찰스 경은 지도를 들여다보며 큰길에서 좀 떨어져 있는 골목으로 접어들었다.

그들이 목적지에 도착했을 때는 11시 45분이었다.

길링은 눈부신 발전을 거듭하고 있는 현대와는 동떨어진 마을이었다. 거기에는 낡은 교회가 하나, 목사 한 명, 두서너 개의 가게들, 줄지어 늘어서 있는 집들, 서너 채의 읍사무소가 있었다. 밀레이 양의 어머니는 교회의 맞은편에 있는 자그마한 집에 살고 있었다.

차가 멈추자 에그가 말했다.

"밀레이 양은 우리가 자기 어머니를 만나러 온 걸 알까요?"

"오, 그렇소. 우리가 갈 테니 준비하라는 편지를 썼죠"

"그게 잘한 일일까요?"

"왜요?"

"오, 저는 모르겠어요. 하지만 선생님은 그녀와 함께 온 것도 아니잖아요?"

"사실 솔직히 말해서, 그녀 때문에 내가 제대로 말도 못 꺼낼 것 같아서요. 그 여자는 나보다 몇 배나 더 똑똑하거든. 그러니 내가 심리적인 압박을 받지 않을 수가 없소"

에그가 웃었다.

밀레이 부인은 딸과는 대조적이었다. 밀레이 양이 딱딱하다면 그녀는 부드러웠다. 밀레이 양이 세모꼴이라고 한다면 그녀는 동그라미였다.

밀레이 부인은 푹신한 안락의자에 앉아서 창밖을 내다보고 있었기 때문에 그들이 오는 모습을 볼 수 있었다.

그녀는 방문객들의 도착에 몹시 즐거워했다.

"정말 감사합니다, 찰스 경. 바이올렛에게 당신 이야기는 많이 들었답니다."

바이올렛—밀레이 양에게는 너무나도 안 어울리는 이름이었다.

"그 애가 당신을 얼마나 좋아하는지 모를 거예요. 지난 몇 년간 당신과 함께 일하는 걸 무척 좋아했거든요…… 여기 앉으시지요, 리튼 고어 양. 내가 일어서지 못하는 걸 용서해주십시오. 벌써 여러 해 전부터 다리가 말을 잘 안 듣는군요. 그것도 다 하늘의 뜻이겠지요. 나는 조금도 그것에 대해 불평하지 않아요. 사람이란 결국 주어진 환경에 적응하기 마련이니까요. 그런데 여기까지 운전하고 오시느라고 피곤하시죠? 뭐 좀 드시겠어요?”

찰스 경과 에그 모두 필요 없다고 정중하게 사양했다. 하지만 밀레이 부인
은 그 말에 개의치 않았다.

그녀가 가볍게 손뼉을 치자, 차와 비스킷이 날라져 왔다. 그들은 먹고 마시
면서 자기들이 여기까지 찾아온 용건을 말하기 시작했다.

“밀레이 부인도 이미 배빙턴 씨의 사건에 대해 들으셨겠죠? 여기서 목사보
로 있었던 배빙턴 씨의 죽음 말이에요.”

밀레이 부인은 대답 대신에 머리를 끄덕였다.

“예, 그랬지요. 신문에서 부검 결과에 대한 기사도 읽었고요. 도대체 누가
그 사람을 살해했는지 도저히 상상도 못하겠어요. 그분은 아주 좋은 사람이었
어요. 모든 사람들이 다 그를 좋아했지요. 그리고 그의 부인도 마찬가지고요.
어린 자녀들도 역시 많은 사람들의 사랑을 받았지요.”

찰스 경이 말했다.

“참으로 비극적인 사건입니다. 우리는 모두 다 그 일 때문에 거의 절망 상
태에 빠져 있어요. 사실 우리는 당신한테서 무슨 실마리라도 듣지 않을까 해
서 이렇게 찾아오게 된 겁니다.”

“나요? 하지만 나는 배빙턴 씨 댁 사람들을 못 본 지 오래 되었는걸요. 글
쎄, 아마 15년 이상은 못 봤지요.”

“알고 있습니다. 하지만 우리는 어쩌면 과거 이야기를 듣는 것이 그의 죽음
에 대한 실마리를 푸는 데 도움이 될지도 모른다고 생각했거든요.”

“글쎄요. 무슨 이야기를 해 드려야 할지 모르겠군요. 그들은 아주 조용하게
생활했어요. 몹시 가난했지요. 가엾게도 말이에요.”

밀레이 부인은 여러 가지 옛 이야기들을 들려주었지만, 안타깝게도 그 이야
기들은 문제의 해결에 별로 도움이 되지 않는 것 같았다.

찰스 경이 밀레이 부인에게 데이크리스 부부와 안젤라 서트클리프, 그리고
윌스 양의 얼굴을 보여 주기로 작정하고는 신문에서 오려낸 사진 조각을 그녀
에게 꺼내 놓았다.

밀레이 부인은 몹시 흥미 있어 하면서 그걸 들여다보았지만, 그들 중 어느

누구도 알아보지 못했다.

"이 사람들 중 어느 누구도 모르겠는데요. 물론 오래전 일이긴 해요. 하지만 여기는 작은 곳이랍니다. 별로 들어오고 나가는 사람들이 없지요. 애그뉴의 딸들(그 의사의 딸들 말이에요) 그들은 모두 결혼해서 딴 곳으로 나가 삽니다. 그리고 지금 여기 있는 의사는 독신으로 살고 있어요. 그분에게는 젊은 동업자가 한 사람 있고요. 그리고 케일리스 노파가 있었는데 오래 전에 죽었지요. 그리고 리처드슨 부부는—리처드슨 씨는 죽었고, 그의 아내는 웨일즈 지방으로 가버렸어요. 하지만 여기서는 그다지 변화가 없었어요. 바이올렛도 나만큼 많이 알고 있을 텐데요. 그때 그 애는 어린 소녀였는데, 목사관에 자주 놀러가곤 했으니까요."

찰스 경은 바이올렛 밀레이 양의 어렸을 적 모습을 상상해보려고 했지만 전혀 떠오르지 않았다. 그는 밀레이 부인에게 러시브리저라는 이름을 가진 사람을 아느냐고 물어보았다. 하지만 그녀는 전혀 들은 적이 없다고 대꾸했다.

마침내 그들은 그곳을 떠났다. 그들이 다음으로 찾아간 곳은 제과점이었다.

찰스 경은 어디 다른 곳에 가서 식사를 하자고 했지만, 에그가 제과점에 가면 뭔가 정보 같은 걸 얻어들을 수 있을 거라고 했다.

에그가 퉁명스럽게 말했다.

"그리고 삶은 달걀과 핫케이크를 먹는 것도 나쁘지는 않을 거예요. 남자들은 음식을 가려먹는다니까요."

찰스 경이 말했다.

"달걀은 정말 싫은데."

그들이 심부름하는 여자에게 이야기를 시키기는 아주 수월했다. 그 여자도 신문에서 부검 결과에 대한 기사를 읽었으며, 피살자가 바로 이 지방의 옛 목사였다는 걸 읽고서 너무나 전율을 느꼈다고 말했다.

그녀가 설명했다.

"그때 저는 어린아이였어요. 하지만 그분은 기억해요."

그러나 그녀는 별로 많은 이야기를 해주지는 못했다.

점심식사를 마친 뒤 그들은 교회에 가서 출생 기록, 결혼과 사망 기록 등을 찾아보았다. 하지만 역시 별다른 건 없었다.

그들은 교회 뜰로 나와서 어슬렁거렸다. 에그가 비석 위에 새겨진 이름들을 읽었다.

그녀가 말했다.

"정말 희한한 이름들이군요. 보세요, 여기는 스테이브페니스의 가족 묘지예요. 그리고 여기는 메리 앤 스티클패드의 무덤이고요."

찰스 경이 말했다.

"하지만 어떤 이름도 내 이름만큼 이상하지는 않을걸."

"카트라이트? 전혀 이상한 이름이 아닌데요?"

"카트라이트를 말하는 게 아니오. 카트라이트는 내 예명이오. 나중에 개명한 거지."

"진짜 이름은요?"

"그건 말하기 힘든데. 그건 내 비밀이니까."

"비밀로 해야 할 정도로 끔찍한 이름인가요?"

"끔찍하다기보다는 우스꽝스럽다고 해야 할 거요."

"이야기해줘요."

찰스 경이 딱 잘라서 말했다.

"안 돼요."

"제발……."

"안 돼요."

"왜요?"

"당신이 웃을 테니까."

"안 웃을게요."

"웃지 않을 수 없을 거요."

"오, 제발 말해 주세요, 예?"

"정말, 에그, 고집이 세군 그래. 왜 그렇게 알려는 거지?"

"선생님이 제게 말해 주지 않으려고 하니까요."

찰스 경이 말했다.

"귀여운 꼬마 아가씨."

"저는 꼬마가 아니에요."

"아니라고? 그래요?"

에그가 부드럽게 속삭였다.

"말해 줘요."

찰스 경의 입술 위에 장난스러운 웃음이 떠올랐다.

"좋아, 그럼 이야기해주지. 우리 아버지의 이름은 먹이었소."

"설마?"

"엄연한 사실이오."

"저런……."

에그가 소리 냈다.

"거참, 대단한 분이시군요. 먹이라는 이름으로 평생을 지내다니 말이에요."

"내 직업에는 너무나도 안 어울리는 이름이라고 생각했지."

찰스 경이 꿈꾸는 듯한 목소리로 말했다.

"어렸을 때에는 루드빅 캐스티글리온이라는 예명으로 할까 하고 생각했었지. 하지만 결국 똑같은 글자 C로 시작하는 찰스 카트라이트를 선택했소."

"찰스라는 이름은 진짜예요?"

"그래요. 우리 할머니, 할아버지가 그렇게 지어 주었지요."

그는 잠시 머뭇거리다가 말했다.

"그런데, 제발 찰스 경이라는 말 대신 찰스라고 부르지 그래요?"

"글쎄요."

"어제는 그렇게 불렀었지. 내가 죽었다고 생각했을 때."

"어머, 그때는……."

에그는 아무렇지도 않게 보이려고 애썼다. 왠지 그녀는 서둘러서 다른 화제를 꺼내야 할 것 같았다.

"오늘 올리버는 무얼 하고 있을까요?"

"맨더스? 왜 그를 생각하는 거요?"

에그가 대답했다.

"그 사람을 좋아하니까요."

왠지 모르게 그녀는 그런 대답을 한 게 즐거웠다.

그녀는 곁눈질로 슬쩍 찰스 경을 쳐다보았다.

그는 혹시라도 질투하는 게 아닐까? 분명히 그의 얼굴은 일그러져 있었다.

그런데 다음 순간 갑자기 에그는 죄책감을 느꼈다.

가엾은 올리버.

그런 식으로 그를 끌어들이는 건 부끄러운 일이었다.

그녀가 입을 열었다.

"점점 추워지는군요. 이젠 가요."

그녀는 그렇게 말하면서 몸을 떨었다.

해가 저물었다.

에그는 생각했다.

'정말 이상한 느낌이 들어. 불길한 징조일까?'

그녀는 다시 몸을 떨었다.

"다른 사람들이 뭔가를 알아냈는지 궁금한데요?"

찰스 경은 딴 생각을 하고 있었던 것 같았다.

"다른 사람들? 어떤 다른 사람들 말이오?"

"요크셔에 있는……."

찰스 경이 말했다.

"아참, 오늘 종일 그쪽을 한 번도 생각 못했군."

"찰스, 당신은 그렇게도 궁금해 하시더니……."

하지만 찰스 경은 더 이상 위대한 탐정 연기를 하진 않았다.

"글쎄, 그건 어차피 내 일이 아니니까. 이제 그 사람들에게 넘겨주었으니 그건 그들의 일이오."

"누가 범인인지 정말로 그 사람은 알까요? 알아내겠다고 말을 했지만 말이에요."

"아마 전혀 윤곽도 못 잡고 있을 거요. 하지만 그는 어떻게 해서라도 자신의 명예를 지키려고 할 테지."

에그가 아무런 대꾸도 하지 않자 찰스 경이 말했다.

"무슨 생각을 해요?"

"밀레이 양을 생각하고 있었어요. 제가 말했던 그날 저녁 그녀의 행동이 좀 이상했어요. 신문을 사서 막 부검 결과에 대한 기사를 읽고 있다가는 어떻게 해야 할지 모르겠다고 말했거든요."

찰스 경이 쾌활하게 말했다.

"말도 안 되는 소리. 그녀는 언제나 무엇을 해야 할지를 알고 있는걸."

"좀 진지해보세요, 찰스 경. 그녀는 왠지 뭔가를 걱정하는 것 같았어요."

"에그, 도대체 내가 무엇 때문에 밀레이 양의 걱정거리까지 신경을 써야 한단 말이오? 오늘만 날이 있는 건 아니잖소? 그러니 잠시 살인사건은 잊기로 합시다."

그들은 차를 마시기 위해 찰스 경의 아파트에 돌아왔다.

밀레이 양은 그들을 맞이하기 위해 현관에 나와 있었다.

"전보가 왔습니다."

"고맙소"

그는 봉투를 뜯은 다음 재빨리 읽어 보았다.

"에그, 이걸 좀 봐요! 새터드웨이트가 보낸 거요!"

그가 전보를 그녀의 손에 쥐어 주었다.

에그가 그걸 읽었다. 그러고는 그녀의 눈이 휘둥그레졌다.

열차를 타기 전에 에르큘 포와로와 새터드웨이트는 죽은 바솔로뮤 스트레인지 경의 비서였던 린던 양과 잠깐 이야기를 나누었다.

린던 양은 기꺼이 도와주겠다고 했지만, 애석하게도 별로 중요한 이야기는 들려주지 못했다. 드 러시브리저 부인에 대한 거라곤 바솔로뮤 경의 사무실에 있는 환자 기록 카드뿐이었다. 또한, 바솔로뮤 경은 의학적인 이야기밖에는 그녀에 대해 아무런 말도 하지 않았다.

그들 두 사람은 약 12시경에 요양소에 도착했다.

문을 열어 준 하녀는 몹시 흥분한 표정이었다.

새터드웨이트가 우선 수간호사를 만나게 해 달라고 청했다.

하녀가 회의적인 투로 말했다.

"손님과 만나실 수 있을는지 모르겠는데요."

새터드웨이트가 자신의 명함을 한 장 꺼내어 거기에다가 몇 글자 적어 넣었다.

"이걸 전해 주시오."

그들은 조그마한 대기실로 안내되었다.

약 5분쯤 지난 뒤에 문이 열리더니 수간호사가 들어왔다.

그녀는 여느 때의 침착한 태도를 잃고 있었다.

새터드웨이트가 일어서서 말했다.

"나를 기억하시겠지요? 바솔로뮤 스트레인지 경이 돌아가신 직후, 찰스 카트라이트 경과 함께 왔었지요."

수간호사가 대답했다.

"예, 그렇군요. 물론, 새터드웨이트 씨, 기억하고말고요. 그때 찰스 경이 가

없은 러시브리저 부인에 대해 물어보셨지요. 그런데 우연의 일치가……."

"이 분은 에르큘 포와로 씨입니다."

포와로가 인사를 하자, 수간호사도 역시 하는 둥 마는 둥 인사를 했다.

그녀는 계속해서 말했다.

"어떻게 해서 그런 전보를 받게 되었는지 정말 이해할 수가 없군요. 모든 게 다 이상해요. 어쨌든 분명한 것은 그게 가엾은 박사님 사건과는 상관이 없다는 거죠. 분명히 어떤 미치광이가—그런 식으로밖에 설명할 수가 없어요. 경찰이 여기까지 와서 소란을 피우다니, 정말 끔찍해요."

새터드웨이트가 깜짝 놀라서 물었다.

"경찰이?"

"예, 10시부터 여기 와 있어요."

새터드웨이트가 포와로에게 말했다.

"지금 당장 드 러시브리저 부인을 만나야겠는데요. 우리더러 오라고 한 건 그녀니까……."

수간호사가 그의 말을 가로막았다.

"오, 새터드웨이트 씨, 그럼 모르시고 있군요!"

포와로가 날카롭게 다그쳤다.

"뭘 모른다는 거죠?"

"가엾은 드 러시브리저 부인 말이에요. 돌아가셨어요."

포와로가 외쳤다.

"돌아가셨다니……? 그렇군! 이제야 이야기가 되는군. 이야기가 들어맞아. 나는 먼저……."

그가 잠깐 말을 멈추고는 숨을 돌렸다.

"부인이 어떻게 죽은 겁니까?"

수간호사가 대답했다.

"정말 이상한 일이에요. 초콜릿 한 상자가 부인 앞으로 배달되었어요. 우편으로 온 것이었죠. 부인은 한 조각을 먹었어요. 그런데 맛이 안 좋았나 봐요. 하지만 그냥 부인은 그걸 삼켜 버렸지요. 사람들은 보통 먹던 걸 내뱉지는 않으니까요.”

“오, 만일 독이 든 초콜릿을 한입에 삼켜 버렸다면!”

“그렇게 그걸 삼켜 버린 다음, 비명을 질렀어요. 그래서 간호사가 황급히 달려갔지만, 어떻게 손도 쓸 수가 없었어요. 약 2분 뒤에 부인은 돌아가셨지요. 그런 뒤에 의사가 경찰에 연락을 하고, 경찰이 나와서 그 초콜릿을 검사했지요. 맨 처음 칸에 있는 초콜릿에는 전부 독이 들어 있었어요. 밑에 있는 것들은 괜찮고요.”

“독이 들어 있었단 말이죠?”

“니코틴이라더군요.”

포와로가 입을 열었다.

“흐음! 또다시 니코틴이로군. 정말 굉장한 녀석이야.”

새터드웨이트가 말했다.

“우리가 너무 늦었군요. 그녀가 우리한테 무슨 이야기를 하려고 했었는지 모르게 되었군요. 혹시 누군가 다른 사람에게 말하지는 않았을까요?”

그가 수간호사를 슬쩍 쳐다보았다.

포와로가 고개를 저었다.

“그렇지는 않을 거요.”

새터드웨이트가 다시 말했다.

“그렇다면, 간호사들 중 누구에게라도?”

“글쎄요, 두고 봐야 알겠지요.”

포와로가 이렇게 말은 했지만, 아무래도 기대하지는 않는 것 같았다.

새터드웨이트가 수간호사 쪽을 돌아다보자, 그녀는 즉시 드 러시브리저 부인을 교대로 돌보는 두 간호사들을 불렀다.

하지만 그들 중 누구에게서도 아무런 정보도 얻지 못했다. 드 러시브리저 부인은 바솔로뮤 경의 죽음에 대해서 한 번도 이야기하지 않았고, 심지어 전보를 그녀가 보냈었는지도 모른다고 했다.

포와로의 부탁으로, 그들 두 남자는 죽은 부인의 병실로 안내되었다.

크로스필드 총경이 거기에 있었다.

새터드웨이트는 포와로에게 그를 소개해주었다. 그러고 나서 그들 두 사람은 침대 쪽으로 다가가 죽은 여자를 내려다보았다.

그녀는 마흔 살 정도로 보였으며, 검은 머리에 창백한 얼굴을 하고 있었다. 그녀의 얼굴은 뒤틀려 있었다. 죽을 당시의 격심한 고통을 보여 주고 있었다.

새터드웨이트가 천천히 말했다.

"가엾은 사람."

그가 에르퀼 포와로를 건너다보았다.

키 작은 벨기에인의 얼굴 위에는 이상한 표정이 떠올라 있었다.

왠지 모르게 그걸 본 새터드웨이트는 몸서리쳐졌다.

새터드웨이트가 말했다.

"이 여자가 입을 열리라는 걸 안 누군가가 이 여자를 죽인 거요. 입을 열지 못하도록 죽인 거죠."

포와로가 고개를 끄덕였다.

"그렇죠."

"부인은 자신이 알고 있는 걸 우리한테 이야기해주려다가 살해되었소."

"아니면, 모르고 있었는지도 모르죠. 하지만 더 이상 시간을 낭비하지는 맙시다. 해야 할 일이 너무 많으니까. 더 이상 살인사건이 일어나서는 안 돼요. 그걸 막아야 합니다."

새터드웨이트가 호기심 어린 표정으로 물었다.

"이번 일이 당신이 생각하는 살인범에 비추어 볼 때 들어맞는 건가요?"

"그렇소, 잘 들어맞습니다. 하지만 한 가지 새로운 사실을 깨달았죠. 범인은 내가 생각했던 것보다 훨씬 위험해요. 조심해야 합니다."

크로스필드가 방을 나오는 그들의 뒤를 따라왔다. 그러고는 그들의 전보에 대한 조사 결과를 전해주었다.

"그 전보는 멜포트 우체국에서 부쳐진 것으로, 조사에 의하면 우체국에 가져온 사람은 어떤 조그만 아이였다는군요. 그걸 담당했던 여직원이 잘 기억하고 있더군요. 그 내용에 바솔로뮤 스트레인지 경의 죽음에 대한 구절이 있었기 때문에 잊지 않았답니다."

총경과 함께 점심식사를 나눈 뒤에 찰스 경에게 전보를 치고 그들은 다시 조사에 들어갔다. 정각 6시에 전보 심부름을 해준 꼬마 아이를 찾아냈다.

그 아이는 정확하게 상황을 설명해주었다. 그 아이는 초라한 옷차림의 어떤 남자에게 그 전보를 받았다고 했다.

그 남자는 그걸 '공원에 있는 건물'의 '외로운 부인'에게서 받았다고 했다. 그녀가 2크라운의 돈과 함께 전보를 싸서는 창문 밖으로 던졌다고 했다. 그 남자는 괜히 골치 아픈 일에 말려들기 싫고, 더욱이 다른 방향으로 가는 길이라서 그것을 돈과 함께 소년에게 부탁하면서 거스름돈은 가지라고 말했다는 것이다.

이제 할 일은 그 남자를 찾는 일이었다. 하지만 새터드웨이트와 포와로가 달리 할 일은 없는 것 같아 그냥 런던으로 돌아왔다.

한밤중이 되어서야 그들은 도착했다.

에그는 이미 어머니한테 돌아간 뒤였다. 찰스 경만이 그들을 기다리고 있었다. 그래서 그들 세 사람은 토의에 들어갔다.

"이 사건을 해결할 수 있는 유일한 길은 머리를 써서 생각하는 것뿐입니다. 영국 여기저기를 휘젓고 다니면서, 혹시 범인이 스스로 우리에게 사실을 털어놓지 않을까 하고 기대해 봤자 아무 소용이 없어요. 그런 방법은 모두 다 효과도 없을 뿐더러 우스꽝스러운 짓일 뿐이지요. 진실은 오직 머릿속에서 나오는 겁니다."

찰스 경이 약간 미심쩍은 표정으로 쳐다보았다.

"그럼, 도대체 당신이 원하는 건 뭡니까?"

포와로가 말했다.

"생각을 하고 싶습니다. 이제부터 생각할 시간을 주십시오. 24시간이면 충분합니다."

찰스 경이 미소를 지으면서 고개를 저었다.

"그 여자가 만일 살아 있었다면 당신에게 결정적인 정보를 제공해주었을 것 같습니까?"

"그렇게 봅니다."

"그건 거의 불가능한 것 같은데요. 하지만 포와로 씨, 당신은 당신 자신의 방식대로 해야만 하는 사람이지요. 만일 당신이 이 수수께끼를 알고 있다면 분명히 나보다는 많이 알고 있을 겁니다. 나는 이제 지쳤어요. 솔직히 고백하는 겁니다. 하지만 나에게는 또 다른 미끼가 있습니다."

그는 거기에 대해 물어봐 주길 기다리는 눈치였다. 하지만 그의 그러한 기대는 어긋났다.

새터드웨이트는 의아한 듯이 고개를 들고 쳐다보았으나, 포와로는 자기 자신의 생각에만 몰두해 있었던 것이다.

"어쨌든, 나는 이제 그만 이 일에서 손을 떼야겠어요."

배우가 다시 한마디 했다.

"오, 잠깐, 한 가지가 남아 있습니다. 나는 윌스 양이 좀 걱정스러워요."

"어째서요?"

"그 여자는 떠났습니다."

포와로가 그를 빤히 쳐다보았다.

"가다니, 어디로 갔다는 거지요?"

찰스 경이 대답했다.

"그건 아무도 모릅니다. 당신한테서 전보를 받은 뒤에 나는 생각하고 또 생각해보았어요. 저번에 말한 대로, 아무래도 그 여자가 뭔가를 알고 있다는 생각이 들었거든요. 그녀가 비록 아무 말도 하지 않았지만 말이오. 그래서 나는 마지막으로 한 번 더 그녀를 만나봐야겠다고 생각했지요. 차를 몰고 그녀의 집으로 갔더니(그때는 9시 반경이었습니다) 그 여자가 집에 없더군요. 그녀는 오늘 아침에 집을 나선 것 같았어요. 당일로 런던에 갔다 오겠다고 말하고서 말이에요. 가족들이 그날 저녁에 전보를 받았는데, 하루나 이틀 정도 돌아오지 못할 테니까 걱정하지 말라는 내용이었다는군요."

"그럼, 그들은 걱정하고 있던가요?"

"내가 보기엔 그랬습니다. 게다가, 그녀는 아무런 짐도 가지고 나가지 않았거든요."

포와로가 중얼거렸다.

“이상한 일이군.”

“그렇습니다. 그건 마치―나도 모르겠습니다. 괜히 불안한데요.”

포와로가 말했다.

“나는 그녀에게 이미 경고해 두었습니다. 모두에게 경고했지요. ‘지금 이 자리에서 이야기 하시오!’라고 분명히 말했죠.”

“예, 예, 그러니까 당신도 역시 그녀가……”

포와로가 찰스 경의 말을 막았다.

“내 나름대로의 생각은 있습니다만 당분간은 말하지 않으렵니다.”

“처음에는 엘리스라는 집사, 그리고 다음엔 윌스 양. 도대체 엘리스는 어디에 있는 걸까요? 경찰에서 아직도 그를 못 찾았다는 게 이상하군요.”

“그들은 엉뚱한 곳을 찾고 있는 중이니까요.”

포와로가 의미심장하게 말했다.

“당신 생각도 에그와 같군요. 그가 죽었다고 봅니까?”

“다시는 살아 있는 엘리스를 보지 못할 겁니다.”

찰스 경이 벌컥 소리쳤다.

“악몽이로군! 모든 게 도대체 이해가 안 돼요!”

“아니, 아닙니다. 정반대죠. 지극히 논리적이거든요.”

포와로가 대답했다.

찰스 경이 그를 뚫어지게 쳐다보았다.

“그래요?”

“그렇고말고요. 아시다시피, 나는 상식적인 사람인걸요.”

“당신 말은 도대체 알아들을 수가 없군요.”

새터드웨이트 역시 작달막한 탐정을 호기심어린 눈길로 쳐다보고 있었다.

찰스 경이 약간 불쾌한 듯이 말했다.

“나는 어떤 사람일까요, 그럼?”

“당신은 배우에 딱 알맞은 사람입니다, 찰스 경. 창조적이고 독창적이며, 항상 극적인 걸 찾고 있습니다. 새터드웨이트 씨는 관조적인 사람이고요. 그는 사람들을 지켜보지요. 그리고 분위기를 민감하게 포착합니다. 하지만 나는 대

단히 무미건조한 사람입니다. 나는 오로지 사실만을 봅니다. 극적 효과나 여운
같은 것엔 전혀 신경을 안 쓰지요.”
　“그럼, 당신에게 일단 맡겨 둬야 하는 건가요?”
　“그게 바로 내가 원하는 겁니다. 딱 24시간 동안.”
　“그럼, 성공을 빌겠소. 안녕히 주무시오.”
　그들이 함께 걸어 나오면서 찰스 경이 새터드웨이트에게 말했다.
　“저 사람은 자신을 너무 대단하게 생각하고 있네.”
　그는 약간 싸늘하게 말했다.

포와로는 아무에게도 방해받지 않는 24시간을 허락받지 못했다. 방문객이 있었던 것이다. 다음날 아침, 올리버 맨더스가 찾아와서 포와로에게 잠깐 시간을 내달라고 한 것은 10시가 조금 지났을 때였다.

맨더스가 방으로 들어설 때, 마침 포와로는 조그만 꾸러미를 풀고 있는 중이었다. 그는 그것을 한쪽으로 치워 놓고서 자신의 방문객을 의아하다는 듯이 쳐다보았다.

그가 말했다.

"안녕하시오, 맨더스. 나를 만나겠다고 한 사람이 바로 당신이었군."

"예."

올리버가 머뭇거렸다.

포와로가 의자 하나를 끌어 왔다.

"자, 여기에 앉으시오……, 그래야만 본격적으로 이야기를 나눌 수 있을 테니까."

올리버가 의자에 앉았다. 하지만 그는 여전히 어떻게 자신의 용건을 꺼내야 할지 난감한 표정이었다.

"자, 이야기해보시오. 무슨 용건으로 온 겁니까? 내게서 무엇을 원합니까?"

"나도 모르겠습니다."

올리버가 말했다. 그러고 나서 그는 갑자기 몸을 앞으로 굽히더니 더 이상 견딜 수 없다는 듯이 외쳤다.

"포와로 씨, 당신은 나를 안 좋아하시죠?"

포와로는 약간 놀란 듯했다.

"어떻게 그런 터무니없는 생각을, 그건……."

"아닙니다. 당신은 나를 좋아하지 않아요. 나를 좋아하는 사람은 거의 없어
요. 도대체 왜 그들이 나를 안 좋아하는지 모르겠습니다."

올리버의 음울하고 거드름피우는 듯한 태도는 사라지고 없었다.

이제 그는 그 나이 또래의 다른 청년들과 똑같이 순진한 태도로 이야기하
고 있었다. 몸을 앞으로 숙이는 바람에 가까이 다가온 그의 얼굴에는 여느 때
의 냉소적인 표정이 들어 있지 않았다. 그 대신 약간 비애 어린 듯한 표정이
자리 잡고 있었다.

포와로가 부드럽게 물었다.

"도대체 왜 내가 당신을 좋아하지 않는다는 생각을 하게 된 겁니까?"

"엊그저께 당신이 연출했던 살인사건 연극이야말로 바로 나를 위한 덫이었
으니까요."

포와로의 눈썹이 또다시 치켜세워졌다.

"그래요?"

올리버가 대답했다.

"당신 내심으로는 내가 배빙턴 영감을 죽였을 거라고 생각하는 거 아닙니
까?"

"원 세상에!"

"아뇨, 당신은 그런 생각을 하고 있습니다. 나는 그런 느낌을 받았어요. 하
지만 나는 범인이 아닙니다. 포와로 씨, 나는 아니에요! 언젠가 늙은 목사에게
무례하게 대든 적은 있었습니다. 몹시 무례했지요. 내 말을 믿어 주실지 모르
겠지만, 그 뒤에 나는 그 일을 두고두고 후회했습니다. 내가 마치 두 사람인
것 같은 느낌이 들 때가 있거든요. 하나는 언제나 비아냥거리고 다니는 건방
진 녀석이고, 다른 하나는 그와는 달리 자기 자신을 보여 주기 어렵다는 걸
깨닫고 있는 자아랍니다. 오, 내 말을 이해 못하시겠죠"

"아니, 나는 당신 이야기를 잘 이해합니다. 비록 나이가 들었지만, 젊은 시
절의 기억을 잊진 않고 있으니까"

그는 상냥하게 말을 이었다.

"그게 당신의 불만이로군요. 청춘 말입니다. 청춘의 한 특성은 바로 그 자체

를 실제보다 악화시킨다는 겁니다.”

약간 장난기 있는 웃음을 지으면서 그는 한마디 덧붙였다.

“내 나이 때 하는 일이라고는 옛날 기억들을 하나하나 더듬는 게 바로 낙이거든.”

“그렇다면 이해하신단 말인가요?”

올리버는 감사하는 얼굴이었다. 참으로 매력적인 미소가 그의 얼굴을 가득 채웠다.

“정말 최선을 다하려고 노력할 때와 그러지 않을 때와의 차이가 얼마나 큰지 몰라요.”

“당신은 별로 행복한 생활을 보내지 않았군요?”

올리버의 얼굴이 굳어졌다.

“예.”

“자, 이제부터 내가 당신에게 한 가지 충고를 하겠습니다. 당신 인생은 바로 당신 겁니다. 당신의 의지에 따라서 만들어 나가는 것이지요. 냉소적인 태도로 얻어지는 것은 아무것도 없소. 그저 그 자리에 맴돌다가 끝나 버리게 되죠. 그러니 너무 늦기 전에 그런 태도를 떨쳐버리시오.”

“당신 말이 옳습니다. 포와로 씨, 나는 모든 걸 덮어 놓고 새롭게 출발할 생각이에요.”

“좋습니다.”

포와로가 고개를 끄덕이고 나서 말을 이었다.

“그리고 그다음 이야기는?”

올리버는 약간 놀란 얼굴이었다.

“다음 이야기라뇨?”

“오호, 내 생각에는 당신에겐 달리 할 이야기가 있을 것 같은데. 물론 내가 잘못 생각했는지도 모르지만.”

“아니, 아닙니다. 맞는 이야기입니다. 좀더 드릴 말씀이 있습니다. 당신이 이번 사건 조사에 나를 끼워 주시길 바랍니다. 이제 당신은 나를 믿으시니까, 당신을 돕게 해주세요.”

"나를 돕는다고요? 어떤 방법으로 말이오?"

"나도 모르겠습니다. 나름대로 내가 도움이 될 만한 방법이 있겠지요. 내 생각에는(틀린 생각인지도 모르지만) 아무래도 옆에서 거들어 주는 사람이 있으면 그만큼 시간이 단축될 것 같아서요."

그는 약간 초조한 기색으로 포와로의 대답을 기다렸다.

한참만에야 포와로가 입을 열었다.

"어쩌면, 곧 당신이 도울 일이 있을는지도 모르겠소."

"오, 그렇습니까? 정말 그렇게 되면 좋겠군요."

올리버는 1, 2분 정도 기다려 보았지만, 포와로는 더 이상 아무런 말도 하지 않았다.

"당신의 의심이 어느 쪽을 향하고 있는지 말씀해 주신다면……."

포와로가 고개를 저었다.

"그건, 그건 아직 이야기할 수 없어요. 나는 원래부터 그런 건 철저하게 비밀로 하는 편이라서."

올리버는 예민한 성격이었기 때문에 포와로가 단호하게 거절한다는 걸 충분히 알아차렸다. 그는 더 이상 이야기를 꺼내지는 않았지만, 고맙다는 말을 한 다음 곧 떠났다. 올리버 맨더스가 그 방을 나갈 때 에르큘 포와로의 얼굴 위에서 이상한 미소가 떠올라 있었다.

그는 혼잣말로 이렇게 중얼거렸다.

"내가 저 청년을 너무나 과소평가했군."

그러고 나서 그는 반쯤 풀었던 그 소포를 집어들었다.

11시 20분경에 에그가 불쑥 찾아왔다.

그런데, 놀랍게도 위대한 탐정은 카드로 집짓기 놀이를 하고 있었다. 포와로가 자신의 그러한 행동에 대해 변명하려 할 때, 에그의 얼굴에는 경멸의 표정이 떠올라 있었다.

"이런 나이에 내가 어린아이같이 된 건 아닙니다. 물론 아니고말고 하지만, 이 카드로 집짓기 놀이를 하고 있으면 언제나 아이디어가 잘 떠오르거든요. 이건 내 오랜 습관이지요. 오늘 아침에 제일 먼저 한 일은 밖에 나가서 카드를 산 겁니다. 불행하게도 나는 실수를 했습니다. 사서 보니까 진짜 카드가 아니었거든요. 하지만 그런대로 쓸 만하더군요.”

에그는 좀더 가까이 와서 테이블 위의 카드 집을 들여다보았다.

그녀가 웃었다.

“세상에, 당신은 행복한 가족을 샀군요.”

“그게 뭐죠? 행복한 가족이라는 게?”

“예, 그건 게임의 이름이에요. 어린아이들이 종종 갖고 놀고는 하지요.”

“오호, 하지만 어쨌든 집만 지으면 되겠죠.”

에그가 테이블에서 카드 몇 장을 집어서는 애정 어린 눈길로 쳐다보았다.

“번 주인님, 제과점 아들 말이에요. 저는 언제나 그이를 사랑했어요. 그리고 여기 있는 건 우유장사인 먹 씨. 오, 그렇지. 찰스 경이 여기 있었더라면 좋았을 걸……. 그에게 자신의 자화상을 보여 주었을 텐데…….”

“왜 그 우스운 그림이 찰스 경이라는 거죠?”

“이름 때문이지요.”

에그가 그의 당혹한 얼굴을 쳐다보고 깔깔 웃더니 설명하기 시작했다.

그녀가 설명을 끝내자 그는 이렇게 말했다.

“오호, 그랬군요. 카트라이트, 그건 예명이로군. 먹, 오호, 예, 은어로 그런 이야기를 하지요. 너, 먹이야? 그럼, 너는 바보냐? 하는 소리랍니다. 그러니 자연히 이름을 바꾸게 되겠지. 아무도 찰스 먹 경이 되길 원하지 않을 테니까.”

에그가 또다시 웃음을 터뜨렸다.

“먹 부인이 되는 건 더 나쁘겠지요.”

포와로가 그녀를 빤히 쳐다보자, 그녀가 얼굴을 붉혔다.

“그래요?”

“어머, 아니에요, 농담이에요.”

그녀는 재빨리 말을 계속했다.

“사실 제가 당신을 찾아온 건 상의할 일이 있기 때문이에요. 사실 저는 올리버가 떨어뜨린 신문기사 조각 때문에 걱정이 돼서 못 살겠어요. 아시겠지만, 윌스 양이 그걸 집어서 건네주었다는군요. 올리버가 거기에 그게 들어 있는지 몰랐다고 거짓말을 했는지, 아니면 거기에 그게 있을 턱이 없다고 둘러댔는지 도통 기억을 못하는 것 같더군요. 그가 이상한 쪽지를 떨어뜨렸는데, 그 여자는 그게 니코틴에 관한 기사인 것처럼 생각하더래요.”

“왜 그 여자가 그런 짓을 했다고 생각하죠?”

“그 여자 자신이 그걸 없애 버리고 싶어 했으니까요. 그래서 올리버에게 그것을 몰래 집어넣은 거죠.”

“그렇다면 그녀가 범인이란 말이오?”

“예.”

“그럼 그녀의 동기는 뭘까요?”

“그걸 제게 물어봐야 아무런 소용이 없어요. 저는 다만 그 여자가 미쳤다고 밖에는 설명할 수가 없으니까요. 똑똑한 사람들에게는 원래 약간 이상한 데가 있는 법이거든요. 그 외에 다른 동기는 생각할 수가 없고요.”

“당신더러 그 동기를 밝히라는 건 아닙니다. 그런 질문을 끊임없이 하는 대상이 바로 나란 말입니다. 배빙턴 씨의 살인 동기는 뭘까? 그것에 대답할 수 있을 때 그 사건은 해결될 거요.”

“그렇다면 단순한 광기가…….”

에그가 말했다.

“당신이 만일 그렇게 부르고 싶다면 미친 동기라고 해 두죠. 하지만 동기는 역시 있습니다. 그게 바로 내가 찾는 거지요.”

“잠깐만요, 이렇게 말을 중단시켜서 죄송하지만, 지금 막 어떤 생각이 떠올랐거든요. 서둘러야 해요. 저는 찰스와 함께 ‘강아지가 웃었다’라는 연극의 리허설에 갈 거예요. 아시다시피 그 연극은 윌스 양이 서트클리프 양을 위해 쓴 것이거든요. 내일 밤이 첫 공연이래요.”

“그것참!”

“왜요? 무슨 일이라도?”

“예, 그렇습니다. 내가 너무 멍청했어요.”

에그가 그를 혹시 미친 게 아닌가 하는 표정으로 빤히 쳐다보자, 포와로는 에그의 어깨를 두드리면서 말했다.

"내가 미쳤다고 생각하시죠? 하지만 천만의 말씀입니다. 당신 이야기는 들었습니다. '강아지가 웃었다'를 보러 갈 거라고 이야기했고, 서트클리프가 거기 나온다고 했소 그럼 가보세요, 내 이야기는 신경 쓰지 말고"

약간 주저하다가 에그가 떠났다.

홀로 남은 포와로는 방 안을 서성거렸다. 그의 눈은 마치 고양이의 눈처럼 번쩍였다.

"맞아, 그게 그렇게 되는군. 모든 게 다 설명이 돼. 특이한 동기, 그것도 아주 특이한, 내가 지금까지 한 번도 접해 보지 못한 그러한 동기야. 하지만 그래도 그 동기야 말로 모든 상황에 들어맞고 있어."

그는 카드로 지은 집이 여전히 서 있는 테이블로 다가갔다.

그는 손을 휘둘러 그 카드를 테이블에서 쓸어내어 버리고는 중얼거렸다.

"행복한 가족. 더 이상은 필요치 않아. 문제는 해결되었어. 이젠 행동만이 남아 있을 뿐이지."

그는 모자를 집어들고 오버코트를 걸쳤다. 그런 다음 아래층으로 내려가서는 택시를 잡아탔다. 포와로는 찰스 경의 아파트 주소를 대면서 그곳으로 가자고 했다. 거기 도착해서 그는 홀 안으로 들어섰다.

엘리베이터를 타지 않고 층계를 걸어 올라갔다. 그가 막 2층에 도착했을 때, 찰스 경 집의 문이 열리면서 밀레이 양이 나왔다.

그녀는 포와로를 보고는 깜짝 놀랐다.

"어머!"

포와로가 미소 지었다.

"그래요, 납니다!"

밀레이 양이 말했다.

"죄송하지만 찰스 경은 여기 안 계시는데요. 주인님은 리튼 고어 양과 함께 바빌론 극장에 가셨어요"

"찰스 경을 만나러 온 게 아닙니다. 지난번 여기 두고 간 내 지팡이를 찾으러 왔소"

"오, 그래요? 그럼 벨을 눌러 주시면 템플이 그걸 찾아드릴 거예요. 죄송하지만 저는 지금 나가야 하거든요. 열차를 타러 가는 길이라서요. 어머니를 만나러 갑니다."

"알겠소. 지체하지 말고 어서 가요."

그가 옆쪽으로 비켜서자 밀레이 양은 서둘러 계단을 내려갔다.

하지만, 그녀가 가 버리고 나자 포와로는 여기까지 찾아온 용건을 잊어버린 듯했다. 안으로 들어가는 대신, 그는 층계를 도로 내려왔다.

그가 정문에 도착했을 때, 밀레이 양은 택시를 타고 있었다. 또 다른 택시가 그의 앞으로 굴러왔다. 포와로는 손을 들어 그 택시를 세웠다. 그는 거기에 올라타서는 앞 택시를 따라가자고 말했다.

그 택시가 북쪽으로 달려서는 마침내 패딩턴 역에 멈췄을 때도 포와로는 전혀 놀라지 않았다. 패딩턴 역에서 포와로는 1등석 매표구로 가서 루마우드까지 왕복차표를 끊었다. 그 기차는 5분 뒤에 출발할 예정이었다.

날씨가 추워 오버코트를 귀 있는 데까지 올리고서 포와로는 1등석 칸에 올라탔다. 그들은 약 5시경에 루마우드에 도착했다.

거의 어둑어둑해지고 있었다. 약간 멀찌감치 떨어져서 포와로는 밀레이 양과 안면이 있는 듯한 짐꾼이 그녀를 맞는 소리를 들었다.

"오시리라고는 생각지 못했는데요, 밀레이 양. 찰스 경도 오십니까?"

밀레이 양이 대답했다.

"나는 갑자기 여기에 내려온 거예요. 내일 아침까지는 돌아가야 해요. 몇 가지 가져갈 것이 있어서 내려왔어요. 아니, 택시를 탈 필요는 없어요. 천천히 걸어가겠어요."

어둠이 깊어졌다.

밀레이 양은 빠른 걸음으로 꼬불꼬불한 길을 걷고 있었다.

포와로가 적당히 떨어져서 그녀를 뒤따르고 있었다. 그는 마치 고양이처럼 살살 걸음을 옮기고 있었다.

밀레이 양은 크로스 네스트에 도착해서 열쇠를 꺼내서는 문을 열었다. 그녀는 1~2분 뒤에 다시 나타났다. 그녀는 손전등과 열쇠 하나를 들고 있었다.

포와로는 덤불 뒤로 모습을 숨겼다.

밀레이 양이 그 집을 돌아가서는 잡초가 무성하게 자라 있는 길을 헤치고 걸어갔다. 에르퀼 포와로가 그 뒤를 따랐다.

마침내 그녀는 낡은 석탑에 이르렀다. 그곳에 도착한 그녀는 커다란 나무 대문을 열었다. 열쇠를 넣고 돌리니까 열쇠 돌아가는 소리가 났다.

문이 삐거덕 하고 열렸다.

밀레이 양은 손전등을 켜든 채 안으로 들어갔다.

포와로는 그녀와 충분히 떨어진 거리에서 그녀를 따라서 안으로 살짝 들어갔다. 밀레이 양의 손전등 빛이 새어나왔다.

밀레이 양이 쇠지레를 들어 올리고는 무엇인가를 꺼내려 했다.

그 순간 어떤 손 하나가 그녀의 팔을 움켜잡았다. 그녀는 깜짝 놀라서 뒤를 돌아다보았다.

포와로의 고양이 같은 초록색 눈이 그녀를 보고 있었다.

"그런 짓을 할 수는 없습니다, 마드모아젤. 당신이 없애려는 건 바로 증거물이니까요."

그가 말했다.

제15장

에르퀼 포와로는 커다란 안락의자에 앉아 있었다. 방 안의 모든 불은 꺼져 있었다. 장밋빛 갓을 씌운 램프만이 빛나고 있었다. 거기에는 어쩐지 상징적인 의미가 깃들어 있는 것 같았다.

그 혼자만이 불빛 안에 있었으며 나머지 세 사람—찰스 경, 새터드웨이트, 에그 리튼 고어는 어둠 속에 앉아 있었던 것이다.

에르퀼 포와로의 목소리는 몽롱했다. 그는 세 사람들에게보다는 공간을 향해서 이야기하는 듯했다.

"범죄를 재구성하는 것, 그것이야말로 형사의 목표지요. 범죄를 재구성하기 위해서는 카드로 집을 짓듯이 하나의 사실 위에 또 다른 사실을 차곡차곡 쌓아 올려야 합니다. 그리고 만일 그 사실이 들어맞지 않으면 즉, 카드의 균형이 잡히지 않으면 새로 집을 지어야지, 그렇지 않으면 모조리 쓰러지게 됩니다.

요 전날 내가 말했듯이, 사람들에게는 여러 가지 타입이 있습니다. 극적인 사람이 있고, 프로듀서적인 사람이 있고, 또한 로맨틱한 감상주의적인 사람도 있고, 마지막으로 산문적인 사람도 있습니다. 산문적인 사람은 푸른 바다나 미모사를 보는 대신, 무대 뒤편을 보게 되지요.

그리하여 나는 지난 8월에 있었던 스티븐 배빙턴의 살인사건을 생각해보았습니다. 그날 저녁에 찰스 카트라이트 경은 스티븐 배빙턴이 살해되었다는 의견을 내놓았습니다. 나는 그 의견에는 동의하지 않았었지요. 먼저, 스티븐 배빙턴과 같은 사람이 살해되었으리라고는 생각할 수가 없었던 것이고, 또한 어떤 특정인에게 독을 먹인다는 게 불가능할 거라는 생각이 들었던 거죠.

자, 이제 나는 찰스 경의 생각이 옳았고 내가 틀렸다는 걸 인정합니다. 나는 이번 사건을 완전히 잘못된 각도에서 바라보았기 때문에 틀린 것입니다.

옳은 각도에서 바라볼 수 있게 된 것은 불과 24시간 전이었죠. 그리고 이제 옳은 각도에서 바라보니, 배빙턴 사건 역시 이해가 갑니다.

하지만 그 이야기는 조금 뒤에 하기로 하고, 우선 내 자신의 추리 과정을 하나하나 설명하기로 하겠소. 먼저, 드라마의 첫 번째 막이라고 할 수 있는 스티븐 배빙턴의 죽음이 있습니다. 우리가 일단 크로스 네스트를 떠난 걸로 해서 첫 번째 막은 내려진 셈이지요. 두 번째 막이라고 부를 만한 사건은 몬테카를로에서 일어났습니다. 바로 새터드웨이트 씨가 내게 바솔로뮤 경의 사건이 난 기사를 보여 주었을 때입니다. 그걸 보는 순간, 나는 내 생각이 틀렸고 찰스 경의 생각이 옳다는 걸 깨달았습니다. 스티븐 배빙턴과 바솔로뮤 스트레인지 경은 둘 다 살해당했습니다. 그리고 두 사건은 한 사람의 범죄에 의해 이루어진 것입니다. 나중에 세 번째 사건이 그 시리즈를 완결하게 되었지요. 바로 드 러시브리저 부인의 살해사건입니다. 그러므로 우리에게 필요한 것은 세 사건들을 함께 묶을 만한 타당한 이론입니다. 그 세 사건들은 한 사람에 의해서 자행되었으며, 어떤 특정인의 이득을 위해서 저질러진 것입니다.

사실, 내가 가장 이해할 수 없었던 것은 바솔로뮤 스트레인지 경의 사건이 스티븐 배빙턴의 사건에 뒤이어서 일어났다는 겁니다. 시간이나 장소의 차이를 무시한 채로 세 사건들을 살펴보면, 아무래도 바솔로뮤 스트레인지 경의 죽음이 주된 사건인 것 같고, 다른 두 사건들은 부수적으로 발생한 사건인 것 같습니다. 즉, 바솔로뮤 스트레인지 경과 관계가 있는 사건이라는 생각이 드는 거죠. 하지만 조금 전에 이야기한 대로 자기 마음대로 사건을 바꿔서 생각할 수는 없는 법입니다. 스티븐 배빙턴이 먼저 살해되고, 그 다음에 바솔로뮤 스트레인지 경이 살해되었지요. 그러므로 당연히 두 번째 사건은 첫 번째 사건으로부터 파생된 것입니다. 그리고 따라서 사건의 실마리를 잡기 위해 맨 처음 사건을 조사해야만 할 겁니다.

나는 위와 같이 가능성 있는 이론을 세운 다음에, 그 이론 중에서 어떤 실수가 없는가를 생각해보았죠. 바솔로뮤 스트레인지 경이 첫 번째 희생자로 계획되었는데 실수로 배빙턴 씨가 살해된 게 아닐까? 하지만 그런 생각은 이내 포기하지 않을 수 없었습니다. 바솔로뮤 스트레인지 경을 아는 사람이라면 그가 결코 칵테일을 마시지 않는다는 걸 알고 있을 테니까요.

또 다른 가능성도 있었죠. 스티븐 배빙턴은 다른 사람 대신에 실수로 독살된 게 아닐까? 하지만 그런 사실을 입증해줄 만한 증거는 아무것도 없었습니다. 그렇게 해서 나는 스티븐 배빙턴의 살인은 사전에 계획되어진 의도적인 것이었다는 결론에 이르게 되었습니다. 그래서 나는 즉시 그런 생각 아래에서 다시 추리를 시작했지요.

사람들은 항상 가장 간단하고 가장 명백한 가정에서부터 수사를 시작해야 합니다. 스티븐 배빙턴이 독이 든 칵테일을 마셨다는 사실을 인정해봅시다. 그럴 경우, 도대체 누가 칵테일에 독을 넣을 만한 기회를 갖고 있었을까요? 언뜻 보기에는 오직 두 사람만이 그럴 기회가 있었던 것 같습니다. 이를테면, 잔들을 건네주었던 사람들이죠. 즉 찰스 카트라이트 경과 하녀인 템플입니다. 하지만 비록 그들 중 누군가 독을 잔에다가 넣을 수 있었다 하더라도, 그 잔을 배빙턴 씨의 손에 건네주기란 불가능한 일입니다. 템플이라면 다른 잔들을 다 돌린 뒤에 남은 마지막 그 잔을 배빙턴에게 집도록 했을 수도 있었겠죠. 쉬운 일은 아니지만 불가능한 것도 아닙니다. 그리고 찰스 경이라면 의도적으로 그 잔을 집어서 그에게 건네주었을 수도 있겠지요. 하지만 이 중 어떠한 일도 일어나지 않았습니다. 마치 우연하게, 너무나도 우연하게 그 잔이 스티븐 배빙턴에게 건네진 것처럼 보였지요.

찰스 카트라이트 경과 템플이 그 잔들을 돌리는 역할을 맡았습니다. 그들 중 어느 누구라도 멜포트 애비에 있었나요? 그렇지 않았죠. 그들은 거기에 없었거든요. 그렇다면 도대체 누가 바솔로뮤 경의 포트와인 잔에다가 독을 탈 수 있는 기회를 가지고 있었을까? 이미 증발해버리고 없는 집사 엘리스와 그를 옆에서 도와주었던 하녀입니다. 하지만 여기서 손님들 중 어느 한 사람이 그랬을지도 모른다는 가능성 또한 배제할 수는 없겠지요. 모험이기는 하지만, 가능하긴 한 일이었죠.

내가 크로스 네스트에서 여러분을 다시 만났을 때 여러분은 이미 크로스 네스트와 멜포트 애비에 있었던 사람들의 명단을 작성해 두었습니다. 지금 그 명단을 생각해봅시다. 명단의 첫머리를 장식하고 있었던 4명은 데이크리스 대위, 데이크리스 부인, 서트클리프 양과 윌스 양이었죠.

나는 즉시 추리에 들어갔습니다. 그 네 명 중에서 누군가가 그날 스티븐 배빙턴을 만나기 전에 그전부터 이미 알고 있었던 건 아닐까? 니코틴을 사용한 걸로 봐서, 그 살인은 순간적인 충동에 의한 범죄가 아니라 사전에 주도면밀하게 계획된 범죄임이 분명합니다. 명단에는 다른 세 명의 이름도 들어 있었습니다—메리 리튼 고어 부인, 리튼 고어 양, 그리고 올리버 맨더스 이들이 범인일 것 같지는 않지만, 그래도 전혀 가능성이 없다고 할 수는 없죠. 그들은 시골 사람들입니다. 스티븐 배빙턴을 제거할 만한 남모르는 동기를 가지고 있는지도 모르죠. 그리고 그걸 실천에 옮기기 위해 파티가 열린 저녁을 택했을지도 모르고. 하지만 다른 한편으로는 그들 중 어느 누가 살인을 했다는 증거는 어디서도 찾을 수가 없었습니다.

새터드웨이트 씨는 나와 지금까지 생각이 비슷한 편이었는데, 그는 올리버 맨더스에게 혐의를 두었죠. 맨더스가 가장 혐의가 많이 가는 사람이라고 생각할 수도 있습니다. 그는 크로스 네스트에서 열린 파티 때 여러모로 긴장감을 노출시켰습니다. 그는 자신의 사적인 문제 때문에 인생 자체를 왜곡된 눈으로 보고 있죠. 그리고 그는 열등감을 가지고 있어요. 열등감이란 종종 범죄의 동기로서 작용하지요. 그는 자신을 조절하기 힘든 나이입니다. 실제로 그 청년은 말다툼을 벌임으로써 배빙턴 씨에 대한 적개심을 노출했었죠. 그리고 멜포트 애비에 그가 나타난 것도 좀 이상한 일입니다. 그리고 나중에 듣기로는 그가 바솔로뮤 스트레인지 경에게서 이상한 편지를 받았다고 했는데, 이 또한 믿기 힘든 이야기 같아요. 그리고 니코틴 독살에 관한 기사를 오린 걸 떨어뜨린 적도 있고 게다가, 바솔로뮤 경의 일기에는 M에 대한 이야기가 있었습니다.

올리버 맨더스는 따라서 그 일곱 명 중에서 가장 혐의가 많이 가는 사람입니다.

하지만 그 다음엔, 여러분, 나는 어떤 이상한 느낌을 받았습니다. 범인은 양쪽 장소에 다 있었던 사람 즉, 그 7명 중 어느 한 사람일 거라고 생각하는 게 당연하겠지요. 하지만 나는 그러한 명확함이 의도된 명확함이라는 느낌을 받았습니다. 그건 이성 있는 사람이라면 누구나 다 그렇게 생각할 것입니다.

내가 그때까지 보고 있었던 것은 사실이 아니라 교묘하게 위장된 장면에 불과했었습니다. 정말로 영리한 범인이라면, 그 명단에 있는 사람이 의심을 받게 될 거라는 생각을 했을 테지요. 그렇게 해서 범인은 자기 자신이 그 명단에 포함되지 않도록 일을 꾸민 겁니다. 다시 말해서, 스티븐 배빙턴과 바솔로뮤 스트레인지의 살인범은 양쪽 다 있었지만, 겉으로 보기에는 전혀 그렇지 않았지요.

누가 첫 번째 경우에 있었고, 두 번째에는 없었을까요? 찰스 카트라이트 경, 새터드웨이트 씨, 밀레이 양, 그리고 배빙턴 부인이죠. 이들 네 사람 중, 어느 누구가 두 번째 경우에 있을 수 있었을까요? 찰스 경과 새터드웨이트 씨는 남프랑스에 있었습니다. 밀레이 양은 런던에 있었고, 배빙턴 부인은 루마우드에 있었죠.

네 사람 중 밀레이 양과 배빙턴 부인을 생각해봅시다. 밀레이 양은 아무한테 들키지 않고 멜포드 애비에 갈 수 있었을까요? 밀레이 양은 특이한 모습이므로 쉽게 위장하거나, 쉽게 잊히거나 할 사람이 아니지요. 그러므로 그녀가 아무도 몰래 멜포트 애비로 가지는 못했을 거라고 나는 판단했습니다. 마찬가지로 배빙턴 부인도 거기에 가지 않았습니다.

그런 식으로 생각해볼 때, 찰스 경이나 새터드웨이트 씨가 아무에게도 들키지 않고 멜포트 애비에 갈 수가 있었을까요? 새터드웨이트 씨는 그저 가능하겠지만, 찰스 카트라이트 경을 생각하면 문제는 달라집니다. 찰스 경은 연기를 하는데 능숙한 배우입니다. 하지만 그는 과연 어떤 역할을 할 수가 있었을까요? 그래서 나는 집사인 엘리스를 생각하게 되었죠. 사건 2주일 전에 나타났다가 그 사건이 끝난 뒤에 증발해버린 사람 말입니다. 왜 엘리스는 그렇게 잡히지 않을까요? 그건 엘리스란 인물이 실제로 존재하지 않았기 때문이지요. 엘리스는 가짜인 겁니다.

하지만, 과연 그게 가능했을까요? 멜포트 애비에 있는 하인들은 모두 다 찰스 카트라이트 경을 알고 있었죠. 집사로 변장하는 것은 전혀 모험이 아니었습니다. 만일, 하인이 그를 알아본다면 그 모든 것은 다 장난으로 웃고 넘겨질 테니까요. 그러나 만일 2주일 동안 아무런 의심도 받지 않고 무사히 넘어가게 된다면 일이 제대로 되는 거지요. 그리고 나는 그 집사에 대한 하인들의 이야기를 다시 생각해보았습니다. 그는 '정말 신사'였고 '좋은 가문 출신'인 것 같았다고 하는 여러 가지 재미있는 이야기들을 알고 있습니다. 그건 평범한 이야기였지요. 하지만 도리스에게서 들은 이야기는 정말 의미가 있었습니다. '그는 제가 알고 있던 집사와는 다른 식으로 일을 하더군요.' 그 이야기를 곰곰이 생각해보고 나서야 나는 내 추리에 확신을 갖게 되었죠.

하지만 바솔로뮤 스트레인지 경은 또 다른 문제였습니다. 그의 친구가 위장을 했다 하더라도 그걸 못 알아볼 턱이 없으니까요. 그는 분명히 찰스 경을 알아보았습니다. 거기에 대한 근거는 무엇일까요? 바솔로뮤 경답지 않은 이례적인 하인에 대한 농담, 바로 그것입니다. '자네는 정말 1등 집사야, 그렇지 않나?' 좀더 확실하게 이야기한다면, 찰스 경과 바솔로뮤 경은 서로 둘만의 농담을 하고 있었던 겁니다.

바솔로뮤 경은 찰스 경이 파티의 흥을 돋워 주기 위해 집사로 변장을 한 것이라고 생각했습니다. 그렇게 생각했기 때문에 유쾌한 농담을 건넨 것이죠. 만일, 그날 파티석상에 있었던 사람들 중 어느 한 사람이라도 찰스 경을 알아보았더라면 그런 비극적인 사건은 일어나지 않았을 겁니다. 모든 건 다 장난으로 돌려졌을 거고요. 하지만 어느 누구도 반쯤 허리가 굽은 구레나룻의, 그리고 팔목에 흉터가 있는 집사가 찰스 경이라는 사실을 알아차리지 못했습니다. 유일하게 무엇인가를 알아차린 사람은 눈이 날카로운 윌스 양이었죠.

다음에는 무슨 일이 일어났습니까? 바솔로뮤 경이 죽었죠. 이번 죽음은 자연사가 아니었습니다. 경찰이 왔지요. 그들은 엘리스와 나머지 다른 사람들도 심문했습니다. 그날 이후 엘리스가 비밀통로로 탈출했고, 다시 자신의 모습으로 되돌아온 다음 이틀 뒤에는 몬테카를로에서 어슬렁거리며 자기 친구의 죽음에 충격을 받을 준비를 하고 있었습니다.

이건 모두 추리입니다. 나는 아무런 증거도 가지고 있지 않아요. 하지만 모든 상황이 그 추리를 뒷받침해주고 있습니다. 협박 편지가 엘리스의 방에서 발견되었죠? 하지만 그건 찰스 경 자신이 찾아낸 것입니다. 그러면 바솔로뮤 스트레인지 경이 맨더스에게 써 보낸 그 편지는 어떻게 된 걸까요? 찰스 경이 그 편지를 바솔로뮤 경의 이름으로 써 보내는 게 어려운 일이었을까요? 만일 맨더스가 그 편지를 없애버리지 않았더라면 엘리스로 분장한 찰스 경이 그걸 없애버렸을 겁니다. 이와 마찬가지로 신문기사 조각은 엘리스가 올리버의 지갑 속에 넣어둔 거죠.

그리고 이제는 드 러시브리저 부인, 세 번째 희생자가 생겼습니다. 우리는 언제 처음으로 드 러시브리저 부인의 이름을 들었나요? 엘리스가 완벽한 집사라는 엉뚱한 이야기를 듣고 난 바로 직후였지요. 찰스 경은 집사가 가져온 편지가 무엇이었느냐고 재빨리 물어보았죠. 그건 환자 중 한 사람인 그 부인에 대한 것이었습니다. 집사에게 쏠린 관심을 돌려 이 알지 못하는 여자에게로 집중시키려는 의도였던 겁니다. 그는 요양소를 찾아가 수간호사에게 물었습니다. 그의 속셈은 되도록이면 러시브리저 부인에게로 다른 사람의 주의를 돌리려는 것이었죠.

이제 우리는 드라마 속에서의 윌스 양의 역할을 생각해봐야 합니다. 윌스 양은 아주 호기심이 많은 편입니다. 그녀는 자기 자신을 주위에 부각시키지 못하는 그런 부류에 속하죠. 그녀는 예쁘지도 않고, 재치도 없으며, 영리하지도 않고, 심지어는 다른 사람과 마음이 잘 통하지도 않지요. 하지만, 그녀는 관찰력이 대단하며 머리가 아주 비상합니다. 그녀는 세상에 대한 복수를 자신의 펜으로 하고 있었지요. 그러한 그녀가 집사에게서 남달리 이상한 점을 느꼈다는 건 확실합니다.

사건 다음날 아침, 호기심이 발동한 그녀는 여기저기를 엿보고 다녔습니다. 그녀는 데이크리스의 방에도 가보고, 하인들이 사용하는 문으로 들락거리기도 했어요. 하녀들이 이야기해주었듯이.

찰스 경에게 불안감을 가져다 준 유일한 사람은 바로 그녀였지요. 그녀를 만나고 난 뒤, 그의 그러한 불안감은 더욱 가중되었습니다. 그녀는 엘리스와 찰스 경 사이에 어떤 유사점이 있다는 걸 막연하게나마 깨닫고 있었습니다.

그녀는 놀라운 관찰력을 지니고 있었죠. 음식들이 그녀에게 날라질 때, 그녀는 자동적으로 얼굴이 아닌 음식을 날라 주던 그 손을 보게 되었죠. 그때는 엘리스가 바로 찰스 경이라는 생각은 들지 않았을 겁니다. 하지만 찰스 경과 말하고 있을 때 그가 바로 엘리스였다 하는 생각이 떠올랐겠죠. 그래서 그녀는 그에게 채소 접시를 날라다 주는 시늉을 해 달라고 청했습니다. 그녀가 흥미를 느낀 것은 오른팔에 흉터가 있었느냐 왼팔에 있었느냐 하는 문제가 아니었습니다. 그녀는 엘리스 같은 식으로 접시를 나르는가를 확인하고 싶었던 겁니다.

그렇게 해서 그녀는 모든 사실을 알게 되었습니다. 하지만 그녀는 좀 이상한 데가 있는 여자였어요. 자기 혼자서만 그 사실을 알고서 즐기고 싶었던 거죠. 게다가, 찰스 경이 그의 친구를 죽였다는 것도 확실하지는 않으니까요. 그는 집사로 변장했어요. 예, 하지만 그렇다고 해서 꼭 그가 범인이라고 볼 수는 없지 않습니까. 그래서 윌스 양은 그 사실을 입 밖에 내지 않고 혼자만 알고 있었습니다. 그러고는 그걸 즐겼던 거죠.

하지만 찰스 경은 불안했습니다. 그는 방을 나올 때 보았던 그녀 얼굴의 만족스런 표정을 잊을 수가 없었던 거죠. 그녀는 뭔가 알고 있다. 무엇일까? 그것이 그에게 어떤 영향을 미칠 것인가? 그는 확신할 수 없었습니다. 하지만 그는 그게 엘리스와 무슨 연관이 있다고 생각했습니다. 처음에는 새터드웨이트 씨, 다음엔 윌스 양. 그들의 결정적인 관심을 딴 데로 돌려야 한다―그렇게 생각한 그는 한 가지 계획을 세웠죠. 간단하면서도 대담한 계획을 말입니다.

셰리주 파티가 있었던 그날, 찰스 경이 일찌감치 일어나서 요크셔에 가서는 허름한 옷으로 변장한 다음, 어떤 꼬마에게 전보를 쳐 달라고 부탁했으리라고 봅니다. 그런 다음에 그는 또 다른 연극을 위해 시내에 되돌아왔지요. 그는 한 가지 일을 더했습니다. 자신이 알지도 못하는 여자에게 초콜릿 한 상자를 부친 거죠.

그날 저녁에 일어난 사건을 아시겠지요. 찰스 경이 불안해하는 걸 보고 나는 윌스 양이 그에 대해 의심을 하고 있다는 느낌을 받았지요. 찰스 경이 죽는 장면을 연기했을 때 나는 윌스 양의 얼굴에 나타난 표정을 지켜보고 있었습니다. 그가 다른 두 사람처럼 독살되어 죽는 것처럼 보이자, 그녀는 자신의 생각이 틀렸다고 생각한 겁니다. 하지만, 만일 윌스 양이 찰스 경을 의심했다면 그녀는 몹시 위태로운 상태에 놓여 있었을 겁니다.

나는 대단히 엄숙하게 경고를 했지요. 그날 밤에 나는 윌스 양과 전화로 이야기했습니다. 내 충고대로 그녀는 다음날 갑자기 집을 떠났지요. 다음날 아침 찰스 경이 투팅에 갔다는 이야기를 듣고서는 내가 그렇게 하길 잘했다는 생각이 들었죠. 그는 이미 때가 늦은 겁니다. 새는 이미 날아가 버렸으니까요.

한편, 그가 계획한 대로 일은 잘 풀려 나갔죠. 드 러시브리저 부인은 뭔가 중요한 할 말이 있다고 했습니다. 드 러시브리저 부인은 미처 그 이야기도 하기 전에 살해되었고요. 이 얼마나 극적인가요! 마치 추리소설이나 영화에서처럼 말입니다!

하지만 나 이 에르큘 포와로는 속지 않았습니다. 새터드웨이트 씨는 그녀가 폭로하지 못하도록 살해된 거라고 말했었죠. 나도 동감했습니다. 그러고는 그녀가 아는 것을 이야기하기 전에 살해된 거라는 말도 했었죠. 나는 '아니면 그녀도 모르고 있었던 것을'이라고 말했고요. 새터드웨이트 씨는 당황한 표정이었습니다. 하지만 다음 순간 그는 진실을 알았어야 했습니다. 드 러시브리저 부인은 사실 우리에게 아무것도 말할 수 없었기 때문에 살해된 것입니다. 그녀는 그 범죄와는 아무런 관계가 없었지요. 사실, 그녀가 찰스 경의 이용물이었기 때문에 살해되고 만 거지요. 그래서 아무런 관계도 없는 러시브리저 부인이 살해된 겁니다.

하지만 성공적으로 보이는 계획 중에서 찰스 경은 결정적인 실수를 저지르고 말았습니다! 전보는 리츠 호텔에 있는 이 에르큘 포와로에게 왔지요. 하지만 러시브리저 부인은 내가 이 사건에 개입되어 있다는 걸 들은 적이 없거든요. 우리밖에는 아무도 그 사실을 몰랐어요. 그건 믿을 수 없을 정도로 유치한 실수였죠.

그렇게 해서 나는 확실한 단계에 도달하게 되었습니다. 나는 그 범인의 정체를 알게 된 거죠. 하지만 그 살인 동기는 알지 못했습니다.

나는 곰곰이 생각해보았죠. 그러자 이전보다도 더욱 명확하게 바솔로뮤 스트레인지 경의 죽음이 원래 의도했던 사건이라고 느끼게 되었습니다. 찰스 카트라이트 경은 도대체 무엇 때문에 자신의 친구를 살해했을까요? 그 동기를 찾아낼 수가 있을까요? 그럴 수 있을 것 같았습니다."

깊은 한숨 소리가 났다. 찰스 카트라이트 경이 일어나서 천천히 벽난로 쪽으로 다가갔다.

그는 손을 허리에 댄 채 포와로를 쳐다보았다. 그의 태도에는 오만함과 경멸하는 듯한 분위기가 깃들어 있었다.

그가 입을 열었다.

"참으로 놀라운 상상력이로군요, 포와로 씨. 당신의 이야기에 전혀 신빙성이 없다는 건 구태여 말을 할 필요도 없겠지요. 도대체 당신이 어떻게 그런 터무니없는 상상을 하게 되었는지 도대체 이해가 안 가는군요. 하지만, 계속해보시오. 재미가 있으니까. 도대체 내가 무슨 이유 때문에 어린 시절부터 사귀어 온 친구를 죽인단 말이오?"

에르퀼 포와로는 찰스 경을 쳐다보았다.

그는 차분하면서도 분명하게 말했다.

"찰스 경, 살인동기에는 종류가 별로 많지 않습니다. 공포심이 있고, 이득이 있고, 또한 여자가 있지요. 당신의 경우에는, 찰스 경, 우리는 이들 중에서 첫 번째 동기밖에는 아무것도 생각할 수가 없소. 스트레인지 경을 살해한 동기는 공포심이었소."

찰스 경이 어깨를 으쓱해 보였다.

"그럼, 도대체 왜 내가 옛 친구를 두려워했을까?"

에르퀼 포와로가 말했다.

"왜냐하면, 바솔로뮤 경은 정신과 전문의였기 때문이오."

그는 잠깐 말을 멈췄다가 다시 조용한 목소리로 말했다.

"이런 생각이 떠올랐기 때문에 나는 조사를 좀 해보았습니다. 신문기사를 뒤적거려 보았죠. 찰스 경, 새터드웨이트 씨가 있는 자리에서 언젠가 당신이 지나친 과로로 인한 신경쇠약 때문에 일을 그만두었어야 했다는 이야기를 한 적이 있었죠. 그 이야기에는 어느 정도 진실이 결여되어 있었습니다. 나는 지난 2년 동안에 당신이 활동했던 세 연극에 주목했습니다. 하나는 나폴레옹의 일생에 대한 연극이었고, 하나는 종교적인 경건한 연극이었으며, 세 번째 연극은 악한의 일생을 그린 극이었죠. 그 시기에 당신이 한 연기에는 분명히 병적인 자부심이 나타나 있었습니다. 당신의 실제적인 신경쇠약증에 대한 상세한 이야기는 없었습니다. 신문에서는 당신이 항해를 떠났다고 쓰여 있더군요. 하지만 나는 아무리 찾으려고 노력해도 승객 명단에서 당신의 이름을 찾을 수가 없었습니다.

뜻하지 않게 이런 상황에서 리튼 고어 양이 내게 도움을 주게 되었지요. 그녀는 당신의 진짜 이름이 먹이라고 이야기해주었습니다. 그 순간 내 마음 속에는 바솔로뮤 경의 일기장에 쓰여 있던 어떤 구절이 떠올랐습니다. 'M이 걱정된다. 왠지 그가 하는 행동이 걱정스럽게 느껴진다.'라는 구절 말이오. M이란 맨더스나 마거릿 드 러시브리저 부인, 또는 우리가 모르는 어떤 인물을 나타내는 것이 아니었습니다. M이 의미하는 인물은 바로 당신이었던 겁니다.

당신이 어렸을 때부터 바솔로뮤 경이 알아왔던 이름이 바로 먹이었죠. 나는 그 덕분에 내 추리에 대해 더욱 확신을 가지게 되었습니다. 찰스 경은 항해를 떠나기로 한 그날 링컨셔에 있는 정신병원에 몰래 입원을 한 거죠. 찰스 경은 바솔로뮤 경의 정신요양소의 수간호사와 잘 아는 사이였습니다. 덕분에 그는 다른 사람 모르게 살짝 입원할 수 있었던 겁니다. 찰스 경은 4개월에 걸친 요양 끝에 정신병원에서 퇴원할 수가 있었습니다. 하지만, 바솔로뮤 경은 친구의 정신 상태에 대해 늘 근심하지 않을 수 없었습니다.

아니나 다를까, 그의 걱정대로 비극이 시작되었죠. 찰스 경은 완전히 치유되지 않았습니다. 다만, 그가 그 사실을 세상 사람들로부터 교묘히 숨기고 있었을 뿐이었죠. 그러나 그는 친구인 바솔로뮤 경의 눈만은 속이지 못할 거라는 생각이 들었습니다. 그래서 바솔로뮤 경이 자신의 정신 상태에 대해 의혹을 나타내자 찰스 경은 교활한 마음으로 계획을 세웠습니다.

바솔로뮤 경으로 인해 자신의 자유가 위태롭게 되자, 그는 바솔로뮤 경이 분명히 자신을 구속할 것이라고 생각했죠. 그래서 그는 주도면밀하고도 교활한 살인 계획을 세운 겁니다. 나를 그동안 계속 혼동하게 만든 것은 찰스 경과 고어 양의 관계였습니다. 새터드웨이트 씨에게 찰스 경은 혼자만 외로이 짝사랑을 하는 척 행동했습니다. 그는 고어 양이 올리버 맨더스와 사랑하고 있다고 자신이 믿는 것처럼 가장한 거지요. 그러나 찰스 경과 같이 연애도 많이 해보고 세상 경험도 풍부한 사람이 여자의 본심을 모른다는 건 도저히 말이 안 됩니다. 그는 다른 이유 때문에 그렇게 가장을 한 것뿐입니다.

그러면 어떻게 그의 태도를 설명할 수가 있을까요? 그건 아주 간단합니다. 찰스 경은 루마우드를 떠나 해외로 나갈 구실을 찾고 있었던 거죠. 그는 자신의 도피를 설명할 만한 적당한 구실을 찾고 있었던 겁니다. 그는 실연을 구실로, 거기에다가 자신의 천재적인 연기로 즉시 측은감을 불러일으키는 모습을 연기했습니다. 그것은 또한 바솔로뮤 경이 죽은 다음에 수사망을 피해 영국으로 돌아올 구실도 만들어 주게 될 테지요. 상황이 어떻게 돌아가는지를 그는 꼭 알아야 했습니다."

에르퀼 포와로는 잠시 말을 멈췄다.

찰스 경은 껄껄거리면서 웃으며 말했다.

"여보세요, 참으로 우스운 상상이군."

나머지 다른 두 사람은 아무 말도 하지 않았다. 그들은 에르퀼 포와로의 추리가 너무나 어처구니없다고 생각했던 것이다.

찰스 경은 지극히 정상적으로 보였으니까……

"그럼 내가 미쳤다 이 말이로군요?"

찰스 경은 여유 있게 농담을 했다.

"친애하는 포와로 씨, 정말로 당신 추리가 옳다고 생각합니까? 우리가 젊지 않은 건 사실이지요. 하지만(그는 이마를 문질러댔다) 내가 보기엔 다 허황된 이야기에 불과합니다. 내 신경쇠약 때문에 톨리의 충고대로 정신병원의 신세를 약간 졌다는 건 솔직히 인정합니다. 하지만 내가 정신병자라는 건 말이 안 돼요!"

그는 잠깐 말을 멈추었다가 다시 유머러스한 말투로 계속 말했다.

"그리고 배빙턴 씨, 늙은 목사님은 어떻게 된 겁니까? 그 또한 역시 미치광이에게 살해된 건가요?"

포와로가 말했다.

"아니죠. 배빙턴 씨를 살해한 이유는 다른 겁니다. 사실 정확히 말하자면, 아무런 이유도 없는 셈이죠"

"그저 미친 사람이 재미로 살해했다는 거군요?"

"아닙니다. 그 이상의 상당한 이유가 있었지요. 나는 그동안 내내 니코틴이 든 칵테일 잔을 특정인에게 줄 수는 없었을 거란 생각에 사로잡혀 있었습니다. 그러다가 어제서야 확실하게 깨달을 수 있었습니다. 그 잔은 특별히 스티븐 배빙턴을 목표로 한 것이 아니었습니다. 그 자리에 있었던 어느 누구라도 상관이 없었던 겁니다. 두 사람만 제외하고 말입니다―당신과 칵테일을 마시지 않는 바솔로뮤 경만을 제외하고 말이오."

새터드웨이트가 외쳤다.

"하지만, 그건 말도 안 돼요. 도대체……?"

포와로가 그쪽을 쳐다보았다. 그의 목소리는 의기양양했다.

"오, 예, 말이 되고말고요. 나 자신도 사실 처음엔 이해하기가 힘들었지요. 그러니까 스티븐 배빙턴의 살인은 일종의 리허설에 불과했던 겁니다."

"뭐라고요?"

"그렇습니다. 찰스 경은 배우였습니다. 그는 자신의 배우적인 본능에 따랐던 거지요. 그는 정작 계획한 살인을 실행하기 전에 일단 그 살인을 테스트해보고 싶었습니다. 테스트적인 살인을 하고 난 뒤에도 아무도 그를 의심하지 않았지요. 그 사람들 중 어느 누구의 죽음도 그에게 이득을 가져다주지는 않으니까요. 그리고 그가 어떤 특정인을 살해했다는 증거도 못 잡았으니까요. 그렇게 해서 리허설은 잘 진행되었습니다. 배빙턴 씨가 죽었지만, 아무에게서도 의심을 받지 않았습니다. 찰스 경은 그것이 살인이었다고 주장하고 나섰습니다.

그리고 아시다시피 사건은 다소 이상하게 돌아갔습니다. 두 번째로 의사가 독살을 당한 거죠. 그 덕분에 찰스 경은 배빙턴의 죽음에 더욱더 큰 관심을 끌게 할 수 있었습니다. 바솔로뮤 스트레인지 경의 죽음은 바로 배빙턴 씨의 죽음에서 파생된 것처럼 생각되었지요. 그러니 자연히 사람들은 배빙턴 사건의 살해 동기에 관심을 갖게 되지, 바솔로뮤 경의 살해 동기에 관심을 갖게 되지는 않을 테지요.

하지만 찰스 경이 한 가지 미처 깨닫지 못한 사실이 있었습니다. 밀레이 양의 날카로운 관찰력을 생각지 못한 겁니다. 밀레이 양은 자신의 주인이 정원에 있는 탑에서 화학 실험을 했다는 걸 알고 있었습니다. 밀레이 양은 장미꽃 살충제 값을 자신이 직접 지불했었기 때문에 그 양을 알고 있었는데, 뜻밖에도 너무나 많은 양이 사라져 버렸다는 걸 알고 있었죠. 배빙턴 씨가 니코틴 중독으로 독살되었다는 기사를 읽은 그녀는 즉시 찰스 경이 장미꽃 살충제에서 니코틴 성분을 추출해 내었다는 걸 알게 되었죠.

그리고 밀레이 양은 어떻게 해야 좋을지 난감한 입장이었습니다. 그녀는 아주 옛날부터 찰스 경을 알고 지낸데다가, 흔히 못생긴 여자들이 그렇듯이 멋쟁이 주인에게 깊은 사랑을 느끼고 있었거든요. 결국 그녀는 찰스 경의 실험 장치를 없애기로 마음먹었습니다. 찰스 경은 자신의 성공에 들뜬 상태였으므로 꼭 그걸 없애야 한다고는 생각지 않았거든요. 그녀는 콘월에 내려갔고, 나는 그 뒤를 따랐죠."

또다시 찰스 경이 웃었다. 그는 너무나도 혐오스럽다는 표정이었다.

"하찮은 화학 실험 장치가 당신의 증거인가요?"

그가 우습다는 듯이 코웃음 쳤다.

"아니죠. 당신의 여권에는 당신이 영국을 떠났던 날짜와 돌아왔던 날짜가 적혀 있을 겁니다. 그 날짜는 엘리스가 바솔로뮤 스트레인지 경의 집에서 집사로 일하고 있었던 때와 일치합니다."

에그가 그때까지 조용히 앉아 있다가 갑자기 꿈틀 움직였다. 그러고는 거의 흐느낌에 가까운 울음을 터뜨렸다.

찰스 경이 그녀를 쳐다보았다.

"에그, 설마 이런 터무니없는 이야기를 믿지는 않겠지?"

그가 웃음을 터뜨리며 손을 앞으로 내밀었다.

에그가 마치 최면술에 걸린 듯이 천천히 앞으로 다가갔다. 그녀의 눈이 그를 응시했다. 그리고 다음 순간 그녀가 그에게 다가서기 바로 직전에, 그녀가 몸을 움츠리더니 시선을 떨어뜨렸다. 그녀는 여기저기 두리번거리며 뭔가 다른 이야기를 들으려고 애쓰는 표정이었다. 그러다가 그녀는 왈칵 울음을 터뜨리면서 포와로 옆에 주저앉았다.

"정말 그게 사실인가요? 그게 사실이에요?"

그가 그녀의 어깨 위에 양 손을 올려놓았다.

"그건 사실입니다."

에그가 말했다.

"지난번 우리가 시골에 가 있었을 때, 내내 저는 두려움을 느꼈어요. 왜 그런지 이유는 몰랐지요. 저는 단지 무엇인가에 겁을 내고 있었지요. 그건 바로 그런 사실 때문에……."

"여자들의 직감인 거요, 에그."

찰스 경이 냉소적으로 말했다.

그는 여전히 침착했다.

"그렇게 된 건 아니오, 포와로 씨. 그 여권은 내가 설명할 수 있소. 물론 그건 약간 나쁘게 보인다는 건 인정하오. 하지만, 나름대로 이유가 있었소."

에르큘 포와로가 침착한 목소리로 말했다.

"옆방에는, 찰스 경, 런던경시청에서 온 경위와 두 명의 의사가 있습니다―정신분열증의 전문가이죠."

찰스 경이 벌컥 화를 냈다.

"당신이 그런 짓을 했소?"

그의 얼굴에는 분노의 표정이 불타고 있었다. 그의 목소리가 떨렸다.

"당신이 나에게 함정을 판 거야! 그래, 바로 네 녀석이! 나는 그 녀석들을 만나지 않아! 이건 음모야! 네 녀석들의 음흉한 술책이라니까! 내 숨통을 죄고 있다고! 하지만 네 녀석들이 내 몸에 손 하나도 까딱 못하게 할 거야. 어느 누구도 내게 손댈 수 없다니까!"

그는 숨을 가쁘게 몰아쉬었다.

"나는 네 녀석들 위에 있단 말이야. 너희들 멍청한 녀석들이 만든 엉터리법 따위는 상관치 않아. 그 세 사람들은 죽여야 했어. 필요한 일이었다고! 그 사람들을 죽인 건 안된 일이지만, 그래도 그건 필요한 일이었어. 내 안전을 위해서 말이야! 꼭 필요했다고!"

그는 말을 멈추고 포와로를 빤히 쳐다보았다.

"그건 사실이 아니오. 그건 음모요. 거짓말이라고! 저쪽엔 아무도 없을 거란 말이야."

에르큘 포와로가 말했다.

"당신이 직접 가보시오."

찰스 경이 문을 홱 열어젖히고 밖으로 나갔다.

그들은 그가 비명을 지르는 소리를 들었으며, 여러 사람들이 웅성거리는 소리를 들었다.

포와로가 문으로 걸어가서 내다본 다음 조심스럽게 문을 닫으며 말했다.

"이제 모두 다 끝났습니다, 마드모아젤. 그는 보호를 받게 될 겁니다. 그리고 여기에 당신을 집까지 데려다 줄 친구가 있습니다."

그가 문을 열자 올리버 맨더스가 들어왔다. 그는 재빨리 에그 쪽으로 걸어 들어왔다. 에그 또한 그쪽으로 걸음을 옮겼다.

"올리버, 나는 그동안 너무나도 나쁘게 굴었어요, 너무나도. 나를 어머니에게 데려다 주세요! 오, 나를 어머니에게 데려다 주세요!"

그는 그녀의 어깨에 팔을 두른 채 그녀를 문간으로 데려갔다.

"그럼, 내가 데려다 주지. 자, 갑시다."

"정말 너무나도 끔찍해요."

"알고 있어. 하지만 이젠 모든 것이 다 끝났어. 더 이상 그 일을 생각할 필요가 없어."

"나는 잊을 수가 없어요. 결코 잊지 못할 거예요."

"천만에. 당신은 잊을 수 있을 거야. 그것도 곧 말이야."

그녀는 그의 말을 따라 함께 걸어갔다. 문간에서 그녀는 그의 팔을 풀었다.

"이젠 괜찮아요."

포와로가 신호를 하자 맨더스가 방으로 되돌아왔다.

포와로가 말했다.

"그녀에게 잘해 주시오."

"그러겠습니다, 포와로 씨. 그녀야말로 내가 세상에서 가장 좋아하는 사람인 걸요. 당신도 그걸 아시겠지요? 그녀에 대한 사랑으로 내가 그렇게 냉소적으로 행동한 겁니다. 하지만 이제는 다를 겁니다. 이제 모든 각오가 되어 있어요. 그리고 언젠가는……"

포와로가 말했다.

"나도 그렇게 생각하오. 내 생각에도 그녀가 곧 당신에게 관심을 가질 거라고 믿어요. 영웅 숭배라는 건 아무래도 젊은이에게는 위험한 일이거든. 친구와 사랑을 하게 되면 에그는 반석 위에다가 자신의 행복을 짓는 셈이지."

그는 상냥한 시선으로 방을 나가는 청년을 지켜보았다.

새터드웨이트가 몸을 바짝 앞으로 당겼다.

"포와로 씨, 당신에게 놀랐습니다. 정말 놀라운 사람이오."

포와로가 그를 겸손한 얼굴로 쳐다보았다.

"그건 아무것도 아닙니다, 아무것도 아니에요. 3막의 비극이 이제 막을 내린 거죠."

새터드웨이트가 말했다.

"나를 용서해주시겠소."

"오, 뭔가 알고 싶은 게 있나 보군요?"

"알고 싶은 게 딱 한 가지 있지요."

"그럼, 물어보십시오."

"왜 당신은 평소에는 영어를 잘하시다가도 어떤 때는 못 하는 겁니까?"

포와로가 웃었다.

"아하, 그건 내가 설명 드리죠. 나는 사실 영어에 능숙합니다. 하지만 일부러 영어를 틀리게 말할 때가 있습니다. 그건 사람들로 하여금 나를 얕보게 하기 위한 것입니다. 그들은 '외국인이로군. 게다가 영어도 제대로 말할 줄 모르는군.'이라고 말할 겁니다. 사람들을 겁나게 하는 건 내가 하는 방식이 아니지요. 경계심 대신에 그들에게 우스꽝스러운 모습을 보여줌으로써 그들의 착각을 유도하지요. 나도 또한 그걸 자랑하고요! 영국 속담에 이런 말이 있지요. '자기 자신을 가치 있게 생각하는 사람은 결국 그만큼이나 가치가 없다.' 그런 건 영국인적인 사고방식입니다. 하지만 그런 사고방식만이 옳은 것은 아니지요. 그리고 그렇게 함으로써, 나는 다른 사람들의 경계심을 풀어 버린답니다."

"맙소사! 정말 악마 같은 계략이군요, 포와로 씨."

그는 한동안 아무런 말이 없었다. 이번 사건을 생각하는 것 같았다.

새터드웨이트가 말했다.

"내가 이번 일에 별로 도움을 못 드렸군요."

포와로가 말했다.

"오히려 그 반대입니다. 당신은 집사에 대한 바솔로뮤 경의 이야기가 중요하다는 것을 파악했지요. 그리고 윌스 양의 날카로운 관찰력을 깨닫고 있었고요. 사실 당신의 연출자적인 효과가 없었다면 이 사건을 해결하지 못했을 겁니다."

새터드웨이트는 유쾌한 표정으로 바뀌었다. 갑자기 어떤 생각이 그에게 떠올랐다.

그가 외쳤다.

"맙소사! 이제야 그걸 깨닫다니! 그 악당 놈이 독이 든 칵테일을! 누구라도 그걸 마셨더라면……, 그건 나였을지도 몰라!"

"아직 당신이 생각지 못한 게 한 가지 더 있지요."

"예?"

에르퀼 포와로가 말했다.

"바로 나였을지도 모른다는 겁니다."

<끝>

《3막의 비극(Three Act Tragedy, 1935)》은 애거서 크리스티(Agatha Christie, 영국, 1890~1976)의 23번째 추리소설이며 16번째 장편이다. 1930년대는 크리스티 여사가 추리작가로서 가장 왕성한 활동을 했던 때이며, 《3막의 비극》이 쓰인 1935년에는 《ABC 살인사건》, 《구름 속의 죽음》 등 3편의 걸작이 출판되었다. 그보다 1년 전인 1934년에는 《오리엔트 특급살인》이 나오고 2년 뒤인 1937년에는 《나일강의 죽음》이 출판되었다.

이렇게 1930년대에 애거서 크리스티의 걸작들이 쏟아져 나온 이유는 어디에 있을까? 크리스티 여사는 1928년 4월에 남편 크리스티와 정식으로 이혼했다. 이혼을 한 뒤에도 전남편의 성을 버리지 않은 것은 애거서 크리스티라는 필명이 이미 독자들에게 널리 알려져 있었기 때문이다. 본인은 필명을 바꾸고 싶었지만 출판사의 권유 때문에 어쩔 수 없이 그대로 두어야 했었다고 한다.

1930년 크리스티 여사는 휴가 여행으로 서인도제도에 갈 계획을 갑자기 바꾸어 바그다드로 갔다. 이것이 크리스티 여사의 운명을 바꾸었다고 그녀 자신도 인정하고 있다. 바그다드에서 크리스티 여사는 고대 칼데아의 도시 우르 발굴대장인 레너드 울리를 알게 되어 발굴대에 끼게 된다. 이 탐험대에서 크리스티 여사는 맥스 맬로원을 만난다. 맬로원은 크리스티 여사보다 열네 살이나 적은 청년 고고학자였다. 그들은 많은 나이 차이를 극복하고 에든버러의 교회에서 남몰래 결혼한다. 혼인 신고서에는 맥스 맬로원이 서른한 살, 애거서 크리스티는 서른일곱 살로 되어 있는데 애거스 크리스티의 여자로서의 허영심이 엿보여 흥미있다(실제보다 나이 차이를 적게 표시했다.) 여행을 좋아한 크리스티 여사는 고고학자인 남편을 따라서 시리아, 이라크 등을 자주 여행했다.

정신적으로 안정을 얻은 크리스티 여사는 이 여행을 무대로 해서 걸작들을 많이 썼다. 1930년대를 추리소설 사상 황금시대라고 하는데, 애거서 크리스티는 이 시기에 추리소설의 여왕으로 군림했던 것이다.